키스 온 더 피스트

Kiss on the piste

vol. 1

키스 온 더 피스트 1

ⓒ민혜윤 2018

초판1쇄 인쇄	2018년 8월 16일
초판1쇄 발행	2018년 8월 23일

지은이	민혜윤

펴낸이	박대일
편집	이문영 · 임유리 · 신지연 · 박현주 · 전보라
교정	김필균
마케팅	임유미
디자인	이매진

펴낸곳	파란미디어
출판등록	2004년 9월 14일 제313-2004-00214호

주소	03992 서울시 마포구 동교로23길 14 국제빌딩 6층
전화	02.3141.5589 영업부 070.4616.2012 편집부
팩스	02.3141.5590
전자우편	paranbook@gmail.com
카페	http://cafe.naver.com/paranmedia
페이스북	http://www.facebook.com/paranbook

ISBN	978-89-6371-533-9(04810)
	978-89-6371-532-2(전2권)

키스
온더
피스트

Kiss on the piste

민혜윤 장편소설

vol. 1

파란

차 례

프롤로그

꿈을 꾼다.

요즘 들어 반복되는 그 이상한 꿈. 꿈이라는 것을 의식하고 있는 그런 꿈.

두 사람이 등장한다. 우현, 그녀와 또 다른 한 남자. 누구인지는 얼굴이 잘 보이지 않았다. 막연하게, 이상할 정도로 자연스럽게 존재를 느끼고 있을 뿐이었다.

오늘의 배경은 숲속이었다. 울창한 나무 사이를 우현은 남자와 함께 걸었다. 나무가 높아 그늘 때문에 어두웠고 인적은 드물었다. 오직 단둘뿐이었다.

문득 손목의 시계로 시선이 갔다. 늘 그랬던 것처럼 시계는 멈춰 있었다.

나뭇가지 사이로 쏟아지는 햇살이 하늘에서 내려오는 신비로운 빛무리 같았다. 남자가 그쪽으로 다가가자 우현은 잠시 망설이다가 손을 뻗어 그를 잡았다. 그렇게 하지 않으면 그가 그 빛과 함께 어디론가 사라질 것만 같아 불안했다. 그가 그녀의 마음을 눈치챘는지 우현 쪽으로 몸을 틀며 키스했다. 처음 꿨던 꿈에선 손을 잡았다. 그다음엔 어깨동무를 했고, 허리를 감쌌고, 포옹을 했고…… 오늘은 키스다.

가볍게 입술이 닿았다 떨어진다.

짧은 입맞춤.

아쉬운 마음에 우현은 대담하게 남자의 품으로 파고들었다.

남자는 체온이 낮았다. 시원하고 포근한 그 느낌이 좋아 그가 손목을 잡을 때면 못 이기는 척 끌려가 안겼다. 그는 손목을 잡을 때 꼭 엄지로 맥이 뛰는 부분을 부드럽게 쓰다듬었다. 그럴 때면 저도 모르게 심장 박동이 빨라지곤 했다.

분명 꿈이라는 걸 아는데 왜 이렇게 생생할까.

그때였다.

찰칵, 셔터 소리가 났다.

보이진 않지만 느껴졌다.

그 남자가 우현의 사진을 찍고 있었다.

우현의 시야가 잠시 흐릿해졌다. 남자의 말소리가 들렸지만 공간이 울려 명확하지 않았다. 현기증이 났다. 수많은 상념이 흩어져 안개가 되어 버리고 시간과 공간의 경계가 모호해지는 느낌이 들었다.

기묘하고도 황홀한 순간. 꿈이지만 지독히도 현실적이다.

문득 붉은 장미에 눈길이 갔다. 눈이 시리도록 붉은 꽃송이에 매섭게 곤두선 가시. 묘하게 시선을 잡아끄는 그 장미를 하염없이 바라보는데 갑자기 천둥소리가 났다. 곧이어 하늘에서 떨어진 굵은 빗줄기에 장미가 흔들렸다.

그것을 시작으로 세상이 빗물에 잠기기 시작했다. 맑았던 하늘이 흐려지고 사방이 어두워졌다. 놀란 우현은 몸을 웅크리며 두리번거렸다.

남자가, 보이지 않았다.

그의 부재를 깨달음과 동시에 우현의 앞에 펼쳐진 시공간이 뒤틀리고 여러 갈래의 길로 조각이 나기 시작했다. 어두컴컴해 아무것도 보이지 않는 길. 재촉하는 듯 세찬 비가 그녀의 어깨를 짓눌렀다.

잠시 생각한다.

어디로 가야 할까. 어디로 가야 그를 만날 수 있을까.

어디선가 시곗바늘이 째깍거리는 소리가 들렸다. 눈을 깜빡일 때마다 1년이 지나갔다. 이상했다. 손목시계를 내려다봤다. 분명 멈춰 있었는데 왜 다시 움직이는 걸까. 늘 꿈속에서 시계는 멈춰 있었는데.

그녀는 마음속 나침반이 향하는 그곳으로 걷기 시작했다. 겁이 났지만 들키지 않기 위해 입술을 깨물었다. 뒤를 돌아봤다. 분명 우현이 걸어온 그 길이 빠르게 무너져 내리고 있었다.

점점 속도를 낸다. 더, 더 빠르게! 부족해. 다시, 다시 더 빠르게!

"헉!"

질끈 감았던 눈을 뜨며 현실로 돌아온다.

우현은 가쁜 숨을 몰아쉬며 두리번거렸다. 어두운 병실 안, 커튼을 친 창으로 빛이 스며들었다. 휴대폰의 시계는 5시 2분. 온몸이 땀에 젖었다.

이상한 예감이 들었다. 설레면서도 긴장되고 덜컥 겁이 나는 기묘한 느낌.

그리고 그 셔터 소리.

우현이 처음 꿈에 대해 이야기하자 동생 시현이 그랬다. 미용실에 있던 잡지에서 봤다고. 유럽 어느 나라에선 꿈속에서 사진을 찍히면 그 사람에게 영혼을 빼앗긴다는 속설이 있다고.

누굴까, 그 '남자'는.

고작 키스일 뿐인데.

우현은 붉어진 목덜미를 만지며 침대에서 일어났다. 환자복을 벗고 의자에 아무렇게나 걸어 둔 트레이닝복을 걸치며 조용히 병실을 나섰다.

3월, 어느 봄날 아침이었다.

그의 불면증은 초봄만 되면 더 심해졌다.

3주째 하루에 두세 시간밖에 자지 못했다. 그마저도 악몽에 시달리고 가위에 눌려 차라리 잠들지 않는 게 낫겠다 싶을 정도였다. 결국 입원을 하게 된 것도 이 지긋지긋한 불면증 때문이었다.

회진을 온 의료진이 병실을 나서자 그는 곧장 이불을 머리 끝까지 뒤집어쓰고 누웠다. 불면증에 시달리는 걸 들키고 병원에 갇힌 게 오늘로 벌써 2주째였다. 딱히 효과는 없었다. 안정제에 취해 강제로 잠을 자고 깨어나면 두통 때문에 영 개운치도 않았다. 오히려 정신은 점점 더 또렷해지는 느낌이었다.

선잠이 들었을 때 레지던트들이 수군거리는 이야기를 들었다. 도대체 특실의 저 환자는 누구기에 차트 열람도 막혀 있냐는 소리, 주사제와 링거, 투약도 전부 김 교수가 직접 관리해 알 수가 없다며 투덜거리는 말소리였다. 얼핏 봐도 안정제의 양이 어마어마한 게 그 정도면 코끼리도 잠재울 수준이라며.

그는 이불을 치우고 똑바로 누워 멍하니 천장을 바라봤다. 불면증만 빼면 괜찮다는데, 말짱하다는데도 하루 종일 누워만 있으라고 하니 답답했다. 차라리 지칠 정도로 몸을 쓰면 좀 나아질 것 같은데 조금만 움직여도 바로 태클이 들어왔다.

그렇게 눈만 말똥거리며 누워 동트는 창밖을 보다 잠깐 잠이 들었던 것 같다. 수면제와 신경 안정제 때문이겠지. 잠은 들었지만 답답하고 숨쉬기가 버거운 그런 상태다. 몸이 습기를 머금은 솜처럼 무겁게 깊은 어딘가로 빠져드는 것 같았다.

그리고 반복되는 꿈.

또다시 그날 밤이다. 빛 한 점 없는 어둠이 펼쳐졌던 그날 밤. 맨발의 그는 어딘가를 정처 없이 걸었다. 방향을 가늠할 수 없었지만 멈추면 죽는다는 생각뿐이었다. 유리 파편이 박힌 발바닥이 쓰리고 아팠지만 그는 이를 악물었다. 정신을 잃으면

다 끝난다고 마음속으로 수만 번을 되뇌었다.

그때, 뒤에서 나타난 누군가가 그의 목을 조르기 시작했다.

차갑고 가느다란 여자의 손. 여자의 손은 이내 뱀으로 변해 그의 목에 똬리를 튼다. 뿌리치려 하지만 쉽지가 않다. 그럴수록 몸을 더 강하게 옥죄여 온다.

그는 결국 무릎을 꿇고 넘어진다.

숨이 가빠 오고 정신이 희미해진다.

손에서 철철 흐르는 피가 어둠을 붉게 물들인다.

난 죽는 걸까, 라는 생각이 들 때쯤 꿈은 끝이 난다.

꿈속에서 그는 이미 수만 번 죽었다.

앓는 소리를 내다가 선잠에서 깬 그는 긴 한숨을 내쉬며 주변을 두리번거렸다. 시간은 겨우 20분 정도 지났을 뿐이었다.

잠시 멍하니 창밖을 보던 그는 링거 바늘을 빼 버리고 조심스럽게 몸을 움직였다. 간병인은 간이침대에서 잠이 든 모양이었다. 말이 간병인이지 사실상 감시인이기도 했다.

조용히 병실을 나선 그는 성큼성큼 계단을 올라 단번에 병원의 옥상 정원으로 향했다.

새벽 공기가 생각보다 따뜻했다. 시원하면서도 포근한 기운. 크게 심호흡을 하자 몸 안이 새로운 산소로 찼다. 밤새 그를 괴롭혔던 음습하고 소름 끼치는 악몽의 잔재들이 조금씩 사그라드는 느낌이 들었다.

옅게 흩어지는 햇살에 눈이 부셨다.

어디가 좋을까. 주변을 두리번거리며 발걸음을 옮기려던 그때, 쏟아지는 햇살 틈으로 한 여자애가 그의 눈에 들어왔다.

머리를 질끈 올려 묶은 여자애였다. 춥지도 않은지 민소매 트레이닝복에 얇은 바람막이만 걸친 채 춤을 추듯 움직였다.

오른손은 앞으로 뻗고 왼손은 균형을 잡는 것처럼 옆으로 뻗었다. 스텝에 맞춰 움직일 때마다 가느다란 몸이, 예쁘게 조각된 근육이 생동감 넘치게 움직였다. 잘은 모르겠지만 발레 같기도 했다.

[어디시죠?]

간병인에게 문자가 왔고 곧이어 전화까지 왔지만 그는 수신을 거부해 버리고 조금 더, 그녀에게로 다가갔다.

느릿느릿, 그러다 갑자기 빨라졌다. 여자애가 움직일 때마다 검은 생머리가 부드럽게 찰랑거렸다. 꽤 큰 키. 무용은 아닐 텐데. 팔다리가 굉장히 길었다. 움직임이 시원시원하면서도 우아하고…… 묘하게 시선을 잡아끌었다.

발레는 아닌 것 같다. 순간적으로 치고 빠지는 동작이 제법 날카롭다.

……뭘까.

현실이지만 꿈보다도 더 몽환적인 순간이었다. 아니, 이것은 현실이다. 그의 꿈은 늘 악몽이었으니까.

바람이 그의 뺨을 스쳐 여자애에게로 닿았다. 그는 크게 침을 삼키고 조금 더, 그녀에게로 다가갔다.

잠시 후 그녀는 타월로 땀을 닦고는 입고 있던 바람막이마저 벗어 버렸다.

그때 알았다.

여자의 몸을 보고 '아름답다'라고 하는 건 이럴 때 쓰는 말이라는 걸.

학교에서 사내놈들끼리 돌려 보던 여자 연예인의 화보도, 금발 여자들의 사진도 야하다고만 여겼지 아름답다고 생각한 적은 없었다.

그녀가 움직일 때마다 탄탄하고 늘씬한 근육이 생동감 넘치게 움직였다. 굉장히 가볍고 부드러운 몸놀림. 하지만 어느 순간, 예리하고 빠르게 치고 들어갔다. 순수한 노력으로 만든 몸이었다. 저렇게 되기까지, 저 애는 수도 없이 움직이고 땀 흘렸을 거다.

감탄 때문인지 몸이 움직이지 않았다. 발목에서부터 미묘한 기운이 올라와 그의 걸음을 붙드는 느낌이었다. 분명한 것은, 악몽에 붙들려 있을 때와는 차원이 다르다는 것. 아찔한 설렘이 그를 감쌌다.

햇살 때문에 눈이 부신 탓일까. 무언가에 홀려 다른 세상에 떨어진 것만 같다.

땀방울이 여자애의 목덜미를 타고 내려와 등줄기로 사라졌다. 이유를 알 수 없는 조바심에 그는 침을 크게 삼켰다. 그러곤 한 발자국, 그녀에게로 다가갔다. 이 거리감을 좁히는 데에는 몇 걸음이면 될 텐데 쉽게 발걸음이 떨어지지 않았다. 저 아래에 잠들었던 그의 예민한 감각이, 고통에 익숙해져 잠들어 있던 모든 신경이 꿈틀거리며 깨어났다.

수채화가 어울릴 것 같은 풍경 속에서도 그녀는 유화처럼 선명하게 물감을 쌓아 가듯 자신의 존재감을 쌓아 갔다. 불투명하고 묵직한 존재감. 그녀는 빛의 굴절을 허용하지 않고 다 흡수해 자신의 것으로 만들어 버렸다.

그 모습이 시야에 나타났다가, 곧이어 사라졌다. 나무에 가린 탓에, 여자애가 계속 움직이는 탓에 잘 보이지 않았다. 당장이라도 그녀에게로 다가가고 싶지만 발걸음은 무겁고 손끝은 찌릿했다.

봐서는 안 되는 것을 본 것 같은 은밀하고 아찔한 느낌.

……내 눈이 렌즈라면 몇 번이고 셔터를 눌렀을 텐데.

짧은 아쉬움이 그의 가슴을 스쳐 지나갔다.

그때였다.

"너 그러다 감기 걸린다."

어디선가 말소리가 들려왔다.

그가 미처 보지 못한 남자애가 못마땅한 얼굴로 여자애 어깨에 두툼한 옷을 걸쳐 줬다.

"언제 왔어?"

"방금. 얼른 입어."

그와 비슷한 또래의 남자애. 둘은 꽤 친근해 보였다.

"이 정도는 괜찮아."

"얼른 입으라고 좀."

남자애 귀 끝이 조금 붉었다.

"입으라니까."

아, 이제 알겠다. 남자 쪽이 여자애 좋아하는구나.

"야, 답답하게 지퍼 다 올려 버리면 어떡해!"

아무리 트레이닝복이라곤 해도 몸이 적나라하게 보이니 신경 쓰였을 것이다.

왠지 재미있어 그는 키득거리며 주머니에 찔러 둔 휴대폰을 열었다.

[5분 안에 돌아오지 않으시면 한남동에 보고할 겁니다.]

망할. 완전히 까먹었다.

서둘러 하늘 정원을 벗어나려다 말고 그는 잠시 멈춰 그녀가 있는 곳을 바라봤다.

바람 한 점이 그의 뺨을 스쳐 지나갔다.

어쩐지 웃음이 났다.

그가 여자애를 다시 만나는 데에는 그리 오랜 시간이 걸리지 않았다.

"에이 씨."

자판기에 돈이 먹혔나 보다.

"왜 이래."

여자애가 투덜거리며 자판기 버튼을 여러 번 세게 눌러 댔다. 하지만 요지부동. 이번엔 반환 레버를 돌렸지만 역시나 반응이 없었다.

그는 흥미롭다는 듯 가만히 그녀를 바라봤다. 생김새가 오목조목해서 좀 귀여운 성격일 줄 알았는데 아닌가 보다.

반환 레버를 돌리던 여자애가 잠시 한숨을 길게 내쉬더니 몇 걸음 뒤로 물러나서 이번에는 길게 숨을 마셨다.

뭐지? 포기인가? 하는 찰나.

쾅!

요란한 소리가 외진 병원 휴게실을 울렸다.

놀란 그는 여자애를 보며 눈을 꿈뻑였다.

발로 깠다.

여자애가.

자판기를.

냅다 발로 차 버렸다.

시끄러운 소리와 함께 자판기에서 음료수 캔이 쏟아져 나왔다. 이게 아닌데 싶은지 여자애가 당황한 듯 황급히 양손에 캔을 집어 들며 두리번거리다가 그를 발견하고는 눈이 커졌다. 먼 곳에서 이게 무슨 소리냐며 수군거리는 말소리가 들려왔다.

여자애가 갑자기 그에게로 다가왔다. 그러고는 마치 계주 달리기 바통을 건네듯 그의 손에 음료수 캔을 쥐여 주고는 반대쪽 복도로 후다닥 뛰기 시작했다. 왜인지 모르겠다. 왜 그도 덩달아 뛰기 시작했는지. 여기 이대로 있다간 범인으로 오해받겠다는 생각보다는 역시 여자애에 대한 호기심이 더 컸다.

이제 좀 안전해졌다 싶은지 여자애가 멈춰서 헥헥 숨을 골랐다. 꽤 빠르고 엄청 잘 뛰었다. 역시, 운동하는 애인가?

"너 되게 잘 뛴다."

여자애가 제법이라는 듯 그를 보며 웃고는 들고 있던 음료수 캔을 따 벌컥벌컥 마시기 시작했다.

"으아, 좀 살 것 같네. 넌 안 마셔?"

단번에 다 마신 그녀는 이마에 흐르는 땀을 닦으며 환하게 웃었다. 그는 피식 웃으며 음료수 캔을 땄다.

살짝 열어 둔 창으로 봄바람이 불어왔다.

그 바람에, 은은한 샴푸 향이 실려 와 그의 코끝에 닿았다.

"왜?"

새까만 눈동자가 그에게 물었다.

"……아니야, 아무것도."

왼쪽 눈 아래의 눈물점이 묘한 분위기를 자아낸다. 무언가에 홀린 것 같다.

"아, 미안."

너무 뚫어지게 바라보고 있다는 것을 느낀 그가 먼저 사과를 했다.

당황하는 그를 보며 여자애가 까르르 웃었다. 보조개가 들어가며 얼굴이 무너져라 웃는 모습이 어제 옥상에서 봤을 때의 날카로운 느낌과는 상반됐다. 그녀는 한참을 그렇게 웃다가 그에게 손을 내밀며 말했다.

"난 최우현."

최우현.

"넌 이름이 뭐야?"

그는 여자애의 눈을 물끄러미 바라봤다. 새까만 눈동자엔 장난기가 가득하고 맞잡은 작은 손에선 굳은살이 느껴졌다. 끊임없는 연습의 흔적일 것이다.

그는 천천히 입을 열었다.

"내 이름은⋯⋯."

봄바람이 살랑거리며 두 사람의 머리카락을 흔들었다.

"김해준."

"김혜준?"

"바다 해."

"아아."

그녀가 천천히 그의 이름을 발음한다.

"김해준, 김해준, 김해준."

이름이 뭐라고, 세 번 반복하며 씨익 미소를 짓는다.

눈이 마주친다.

심장이 발아래로 수직 낙하한다.

그의 우주가 흔들린다.

예감한다.

난 널, 사랑하게 되겠구나.

눈이 마주친 순간

"야, 3권 내놔."

우현은 옆집 창문으로 만화책을 집어 던지며 말했다. 잠시 후, 그녀의 창문으로 만화책 한 권이 날아 들어왔다. 보고 던진 것도 아닐 텐데 만화책은 침대에 엎드려 있던 그녀의 손 근처에 정확히 떨어졌다.

"너 연습은 안 가?"

"오늘? 오늘 연습 없어."

건너편에서 들어오는 목소리에 우현은 건성으로 대꾸하며 만화책을 펼쳤다.

"약은?"

"아, 맞다."

우현은 잽싸게 1층 주방으로 가 냉장고에서 한약 팩 하나를 꺼내 렌지에 데워 왔다. 원래 허리와 오른쪽 고관절이 안 좋았는데 날씨가 추워지면 더 심해지곤 했다. 몸의 밸런스를 맞추기 위해 따로 필라테스도 했지만 결국 또 겨울이 되니 재발했고 엄마는 아프다고 우는 우현을 끌고 가 유명하다는 한방 병원에서 몇 백만 원 한다는 약을 지어 줬다.

"약 제대로 챙겨 먹으라고."

한약을 가져온 우현이 침대에 걸터앉자 건너편 창문에서 잔소리가 이어졌다.

"알았어, 알았어. 야, 이거 전갈이랑 지네 고아서 만든 거래. 도핑도 문제없다나. 근데 아직 효과는 별로 없……. 아, 뜨거!"

주절주절 떠들던 우현이 한 모금 삼키다가 어쩔 줄을 몰라 하자 옆집에서 남자애가 휙, 창을 넘어 그녀의 방으로 들어왔다. 그는 방방 뛰는 우현을 보며 혀를 끌끌 차고는 들고 온 빨대를 비닐 팩에 꽂아 다시 그녀의 손에 쥐여 주었다.

"땡큐."

"칠칠치 못하게."

그는 우현의 옷에 묻은 한약의 검은 얼룩을 보고는 그녀의 머리를 한 번 쥐어박았다. 우현이 다 먹고 비닐 팩을 아무렇게나 팽개치자 그는 익숙한 듯 그것을 주워 휴지통에 넣었다. 최우현은 손이 정말 많이 가는 애였다.

"정리 좀 하고 살지."

"내가 이 방에서 가장 큰 쓰레기야. 날 버리면 깨끗해져."

우현의 능청스러운 대꾸에 그의 미간이 살짝 일그러졌다.

잠시 그녀를 한심하다는 눈으로 내려다본 그는 이내 포기한 듯 고개를 저으며 말했다.

"안 추워? 혼자 여름이냐. 옷 좀 걸쳐."

"응? 집인데 뭘. 나 추위 안 타잖아."

그런데도 부득불 그는 옷걸이에 걸려 있던 카디건을 꺼내 우현에게 던졌다. 괜찮다는데, 답답한데 왜 혼자 난리람. 우현은 입을 삐죽 내밀고는 그가 내민 카디건을 걸치며 다시 침대에 누웠다.

그러다 갑자기 우현은 보던 만화책을 멀찍이 던져 버리고 침대 아래에 앉아 있는 그에게 어깨동무를 했다.

"오빠."

우현이 귓가에서 속삭이자 그가 그녀를 힐끔 바라봤다. 오빠. 우현은 뭐 부탁하고 싶을 때 꼭 저랬다.

"오빠, 나 하겐다즈 몇 개만큼 사랑해?"

사 오란 소리다.

그가 시선을 돌려 외면하자 우현이 아예 어깨에 매달려 안기다시피 했다.

"나 사랑 안 해?"

"비켜라."

"응? 으응? 으으으으응?"

그가 떼어 내려 했지만 우현은 눈을 동그랗게 뜨고 더 엉겨 왔다. 그럴 때마다 그의 목덜미와 귀 끝이 점점 붉어졌지만 당사자인 그녀는 모르는 눈치였다.

결국 항복한 그가 간신히 우현을 떼어 놓고는 자리에서 일어났다.

"야, 서도윤!"

우현은 만화책에서 시선을 돌리지 않은 상태로 방 밖으로 나가던 도윤을 잡아 세웠다.

"초코랑 바닐라."

우현은 삐죽 말하고는 다시 만화책에 열중했다. 도윤은 한숨을 쉬며 고개를 절레절레 저었다.

최우현, 서도윤.

태어나는 순간부터 늘 함께였다. 유치원, 초등학교, 중학교, 그리고 고등학교까지. 불장난 하다가 걸려서 벌 받는 것도, 야자 재졌다가 반성문 쓰는 것도 늘 함께였다.

수두도, 볼거리도 나란히 같이 앓았다. 유치원생 서도윤이 얻어맞고 오면 장난감 칼 주워 들고 나가 설치던 게 최우현이고, 중학생 최우현이 소지품 검사에서 담배를 걸렸을 때 대신 뒤집어쓴 게 서도윤이다. 모르는 사람들은 쌍둥이로 알기도 한다. 계속 가까이 있으면 닮아 간다고, 겉으로 보이는 성격은 완전 반대지만 행동은 묘하게 비슷하니까.

아마 그래서 그런 것 같다.

늘, 함께여서.

하겐다즈를 배달하고 자신의 방으로 돌아온 도윤은 읽던 책을 다시 펼쳤다. 요즘 베스트셀러라는 자기 계발서인데 영 재미가 없다. 노는 게 익숙하지 않아서 뭐라도 해야 할 것 같아 책을 샀는데 눈에 들어오지 않았다.

고3, 수능도 끝났고 결과는 최고였다. 당연하다. 만점이니까. 올해 이과에 수능 만점자가 둘이나 된다고 교장 입이 찢어졌다는 소문이 자자했다. 도윤이야 모의고사 볼 때마다 성적 좋기로 유명했는데 다른 만점자가 의외의 인물이라나. 얼굴도 모르는 애였다. 이름이…… 혜 뭐였는데.

그때 맞은편, 우현의 방 창문이 열렸다. 우현의 엄마 고함 소리로 짐작했을 때 방 청소하라는 잔소리라도 들은 모양이었다. 괜히 궁금해 도윤은 자신의 창문을 살짝 열었다.

작은 틈으로 부산스럽게 방 안을 오가는 우현이 보였다. 춥지도 않은지 반팔 티셔츠를 어깨까지 올리고 청소를 한다고 수선을 피우는데 영 서툴다. 아무리 어린 시절부터 알던 사이여도 맞은편이 남자 방인데 옷 좀 조심해서 입으면 안 되나. 홈웨어라지만, 핫팬츠가 거슬렸다. 정확히는……, 핫팬츠 아래로 매끈하게 뻗은 다리가.

"도와줘?"

도윤이 창문을 열고 물었다.

"응? 아, 괜찮아. 무거운 거 없어."

세상에서 최우현만 모른다. 서도윤이 자기 좋아하는 거.

가끔 저 무신경함이 화가 날 때도 있다. 다 아는데, 왜 너만 모를까 싶어서.

본격적으로 청소를 할 생각인지 우현이 머리를 손으로 정리하며 무언가를 찾았다. 머리끈 다 없어졌다고 며칠 전에 사더니 또 다 버렸나 보다. 도윤은 자신의 책상에 얌전히 놓여 있는 머리끈을 집어 들었다. 다섯 개. 전부 다 우현이 집에 왔다가 흘리고 간 것들이다.

"최우현."

도윤이 창문 너머로 머리끈을 내밀었다. 우현이 오, 하며 받아 들고는 양팔을 들어 머리를 매만졌다. 옷자락이 당겨지며 몸의 굴곡이 드러나자 도윤은 시선을 비스듬히 내려 다른 곳을 바라보았다. 그냥 묶으면 되는데 왜 저렇게 오래 걸리는 걸까.

"그거 별로야."

잠시 후, 도윤이 단호한 어조로 말했다. 수선 피우는 꼴이 반 묶음이 하고 싶었나 보다. 며칠 전, 국가 대표 팀 남자 선배가 자신의 반 묶음 머리를 예쁘다고 했다며 우현이 자랑한 게 떠올랐다. 기분이 안 좋아졌다.

"별로야?"

"전봉준 같아."

"다들 예쁘다고 했는데."

그래서 별로다.

도윤은 제법 진지한 어조로 다시 입을 열었다.

"머리 그러니까 완전 장군감이야. 너 덩치도 커서 그러면 진짜 이상하다고."

도윤의 말에 마음이 상했는지 우현이 입술을 삐죽거렸다. 이상하다. 보통 여자애들은 작아야 귀엽지 않나. 키 170센티미터가 넘는 애가 저러고 있는데 왜 귀엽고 난리지.

청소를 하겠다는 애초의 목적은 잊었는지 우현은 본격적으로 머리를 가지고 놀기 시작했다. 하나로 길게 묶은 포니테일부터 시작해서 동생 시현의 방에서 고데기를 종류별로 가져와 웨이브를 넣고 도윤에게 보여 주었다. 끝에만 넣는 거랑 전체 다 하는 거랑 뭐가 더 예뻐? 둘 다 별로야. ……왜냐면 둘 다 예쁘니까.

도윤은 창문에 기대 구경하다가 휴대폰 카메라 어플을 작동시켰다. 머리 양쪽에 다른 방식으로 웨이브를 넣어 꼴이 웃겼다. 사진 찍는 줄 알았는지 우현이 도윤의 휴대폰 카메라를 향해 브이를 했다. 동영상이라고 하자 그녀는 고데기로 열심히 웨이브를 주면서도 도윤 쪽으로 이상한 표정을 짓는 것을 잊지 않았다.

우현을 볼 때면 도윤의 마음은 두 갈래로 나뉜다. 조금 더 내 마음을 알아줬으면 하는 섭섭함과 아쉬움, 그리고 가끔 드는 짜증. 아니, 그래 봤자 최우현에게 가장 가까운 남자는 나니까 괜찮다는 체념 섞인 안심.

유치원부터 초중고까지, 이렇게 맨날 보다가 대학은 따로 간다니까 좀 섭섭했다. 아니, 아니다. 차라리 후련하다. 도윤은 동영상을 끄면서 물었다.

"넌 그럼 그 학교 가는 거야?"

"나? 응. 내가 공부로 그 학교를 어떻게 가냐. 합격 발표 났을 때 엄마가 뻥치지 말라고 안 믿었잖아. 네가 연대가 말이 되냐고. 너처럼 공부 못하는 애를 그 학교가 왜 받아 주냐."

그건 그렇지. 혜신고 모의고사 꼴찌 붙박이가 최우현인 건
유명했다.

"솔직히 이 실력에 굳이 공부까지 잘해야 되나? 내가 딴 메
달이 몇 갠데."

틀린 말은 아니다.

최우현은 열아홉 살에 펜싱 월드컵 사브르 종목에서 랭킹
1위 이탈리아 선수를 누르고 깜짝 금메달을 따 온, 전 세계가
주목하고 있는 유망주니까.

아침 연습을 마치고 출석 체크를 위해 교실에 온 우현은 제
일 뒤 자신의 자리에 엎드려 휴대폰을 만지작거리며 별자리 운
세를 찾아봤다. 그 이상한 꿈을 꾸기 시작한 후로 매일 이렇게
별자리 운세를 찾아보기 시작했다. 오늘도 별거 없었다. 전체
운, 때로는 모르는 게 약이다. 모르는 게 많으니까 상관없을 것
같다. 재물운, 풍족한 한 주. 해외 부임 중인 아빠가 용돈이라
도 보내 주시나 보다. 제일 중요한 연애운은…… 중하. 싱글은
그저 그런 한 주가 될 거라는 말이 가슴에 와 박혔다. 역시 타
로 점을 보러 가는 게 나을 것 같기도 하다.

혹시 타로 카드는 그 이유를 알까.

계속 그런 꿈을 꾸는 이유를.

연년생인 동생, 시현에게 털어놨더니 음흉하게 웃으며 물었
다. 정말 키스가 다야? 그럼 다지 거기서 뭘 더 해야 하나. 어

린 게 벌써부터 까져 가지고.

그때부터 주변의 남자애들을 유심히 살펴봤다. 물론 제1용의자는 서도윤. 아니다. 꿈이라 남자의 얼굴이 보이지는 않았지만 느낌이 달랐다. 펜싱부 동기나 후배, 국가 대표 팀 선배들도 유심히 관찰했지만 아니었다.

"별자리 운세?"

그때 애리가 앞자리에 앉으며 우현에게 물었다.

"아, 응."

"나도 볼래. ……난 연애운이 좋네."

애리가 휴대폰 액정을 바라보며 옅게 웃었다. 좋아하는 애라도 있나 보다.

이애리. '청순'이 사람으로 태어나면 얘가 아닐까. 여성스럽고 차분하고 다정한 성격. 여자인 우현이 봐도 예쁘게 생겼다. 저러니 옆 남학교에서도 얼굴 한번 보겠다고 구경을 오겠지. 고1 때 같은 반이었다가 전학 가면서 헤어졌는데 고3이 되어 다시 전학을 왔다. 군인 아버지가 해외 파견을 나갔다고 했었나. 그래서 다시 돌아왔다고 했다.

애리와 타로 카드 어플을 받아 해 보고 있는데 복도에 도윤이 보였다. 우현이 손짓을 하자 도윤이 그녀 쪽을 바라보더니 씨익 미소를 지었다. 그런데 어느 순간, 갑자기 표정이 굳어 버렸다.

……어라.

시선을 돌려 버린 도윤이 못 본 척 방향을 틀어 복도 끝을 향해 걸었다.

"야, 서도윤!"

우현이 이름을 불렀지만, 분명 들었을 텐데도 무시하고 그 냥 가 버렸다.

"뭐야. 왜 저래."

우현은 눈을 깜빡거리며 고개를 갸웃했다. 그러다 문득, 자 신과 같은 방향을 바라보고 있던 애리가 눈에 들어왔다. 애리 도 마찬가지로 표정이 좋지 않았다. 평소 같지 않게 이마가 살 짝 일그러져 있었다. 그렇다고 기분이 나쁘거나 화가 난 것 같 지는 않았다.

무언가, 굉장히 이상한 기색.

……그래, 속상해 보인다. 울 것 같은 표정이다.

"이애리."

"응?"

"어디 아파?"

우현의 물음에 애리가 황급히 표정 관리를 하며 옅게 웃어 보였다.

"아니야, 괜찮아."

서도윤 보고 표정 바뀐 거 같은데. 우현은 몰래 애리의 표정 을 살피다가 도윤이 사라진 방향으로 시선을 옮겼다. 아무리 무신경하기로 소문난 우현이지만 무언가 이상했다.

"나 잠깐 화장실 좀 다녀올게."

그때 애리가 갑자기 가방에서 파우치를 꺼내고는 후다닥 밖 으로 향했다.

우현은 열심히 눈을 굴렸다. 뭐지. 뭘까. 서도윤이 복도에 보이는 순간 순식간에 바뀌어 버린 이 이상한 공기의 흐름은 왜일까. 아침까지만 해도 도윤은 평소와 다를 바 없었다. 그렇다면 애리를 보고 표정이 이상해진 걸까? 이 둘이 아는 사이였나?

아니, 아니다. 고1 수학여행 때 같은 조였던 거 빼고는 우현이 알기로는 딱히 접점이 없었다.

"야! 대박!"

그때 같은 반, 재영이 후다닥 우현의 앞으로 와 앉았다.

"왜?"

"수능 이과 만점 둘이랬잖아. 나 누군지 알았어."

"하나는 서도윤이고, 다른 애는 누구야?"

"김해준."

……누구지?

"얼씨구. 야, 저기 좀 봐. 김해준 저기 있네."

재영이 우현의 팔을 툭툭 치며 창밖으로 보이는 애들을 가리켰다. 교복 차림의 남녀. 여자는 우현도 아는 얼굴이었다.

"김해준 또 고백 받네. 일진부터 병원장 딸까지 다 홀리고 다니는구만, 아주."

"쟤가 김해준이야?"

"어, 너 쟤 몰라?"

우현이 영문을 모르겠다는 듯 고개를 끄덕였다.

"저 소문 많은 애를 모르다니."

우현이 고개를 갸웃하자 재영이 고개를 숙이며 작게 말했다.

"호스트바 다닌다는 소문도 있고 어디 재벌 딸 애인이라는 소리도 있어. 아니면 무슨 여배우의 숨겨 둔 아들이라는 말도 있고."

"엥? 진짜야?"

"그 일진 양아치들이 떠들고 다닌 말이라 신빙성은 좀 낮아. 호빠 나가는 전교 1등이라니 말이 안 되긴 하겠지만, 쟤 태워 가는 차가 맨날 바뀌긴 하더라. 죄다 외제 차. 전학 온 날 쟤 데려온 사람도 엄청 예쁘고 막 명품 온몸에 휘감은 여자였대. 양아치들이 그 언니한테 찝쩍거리다가 한 방 먹어서 악의적으로 낸 소문이란 말도 있는데, 생긴 것도 좀…… 그런 분위기야."

오호? 우현이 흥미롭다는 얼굴로 창밖으로 고개를 뺐다. 나무에 가려 남자애 얼굴이 보이지 않았다.

그때 타이밍 좋게도 바람이 불었다. 나뭇가지 틈으로 살짝 옆얼굴이 보였다. 깔끔하게 다림질된 교복 깃과 목덜미가 언뜻 스쳤다 지나갔다. 조금만 비켜서면 보일 것도 같은데, 그 타이밍마다 그는 몸을 돌려 얼굴을 숨겼다. 어쩐지 조바심이 나 우현이 몸을 창밖으로 길게 빼려고 하자 재영이 위험하다며 그녀의 허리를 잡고, 엉덩이를 찰싹 때렸다.

"궁금하지? 야하게 생겼어. 남자 구미호. 간 빼 먹을 거 같아."

간 빼 먹게 생긴 게 어떤 건지 잘 그려지지 않았다. 많은 여자아이가 저 애를 두고 말이 많은 걸 보니 정말 잘생겼나 봐, 우현의 관심도는 딱 그 정도였다. 도윤 때문에 남자를 볼 때의 비주얼 장벽이 상향 평준화됐기 때문일지도 모르겠다. 태어나서 지금까지 쭉, 19년 동안 최우현 옆을 지킨 사람이 머리 좋고 잘생기기로 유명한 서도윤이어서.

마주 보고 대화를 하다가 남자 쪽이 먼저 뒤돌아서 자리를 벗어났다. 드디어 얼굴을 보나 했는데 뒷모습이었다. 꽤 키가 크고 자세가 곧았다. 언뜻 옆얼굴이 보이나 했더니 아예 사각 지대로 사라져 버렸다.

칫. 궁금한데.

우현은 입을 삐죽거리며 다시 휴대폰으로 시선을 옮겼다. 문득, 아까 애리가 보던 그녀의 별자리 운세가 눈에 들어왔다.

처녀자리의 연애운.

'적극적으로 대시하세요. 상대방도 흔들릴 거예요.'

왜인지 모르게 우현은 그게 신경 쓰였다.

오랜만에 슈트까지 다 챙겨 입고 피스트Piste(펜싱 경기대)에 서 자 팽팽한 긴장감이 몸을 감쌌다. 우현은 자신의 맞은편, 2학 년 남자 후배를 보며 호흡을 가다듬었다. 역시 피지컬 차이에 서 오는 위압감이 대단했다. 검을 들고 준비 동작을 취하는데 도 틈이 보이지 않았다.

그녀는 호흡을 가다듬으며 천천히 사브르 검을 앞으로 뻗 었다.

"앙 가르드En garde(준비)."

코치의 사인에 검을 쥐고 있는 그녀의 손에 힘이 들어갔다. 기분 좋은 긴장감. 떨리기보단 설렌다.

"알레Allez(시작)!"

그와 동시에 요란한 스텝 소리가 체육관에 울려 퍼졌다.

우현은 가볍게 심호흡을 하며 사브르 검을 쥔 손에 힘을 주었다. 그녀의 공격은 깔끔하고 군더더기 없었다. 스텝은 빠르게, 꼬이는 구석 없이 정확하게 배분됐다. 가장 중요한 순간, 우현 특유의 미묘한 엇박에 휘말려 상대는 압도적인 피지컬 차이에도 쉽게 주도권을 쥐지 못했다.

몸을 움직일수록 근육이 팽팽하게 당겨졌다. 숨이 턱 끝까지 차올랐다. 심장 박동이 빨라지다가 점점 터질 것만 같았다. 굉장히 익숙한, 반가운 감각.

"알트Halte(경기 정지)."

후배의 신발이 벗겨지자 코치가 정지 신호를 내렸다. 우현은 마스크를 벗고 머리끈을 다시 고쳐 묶으며 2층, 스탠드 쪽을 훑어봤다.

아까 왜 씹고 갔냐고 메시지를 보냈는데도 도윤은 묵묵부답이었다. 반에 가 봤지만 자리에도 없었다.

종례 후 펜싱부 훈련에서도 우현은 되도록 체육관을 비우지 않기 위해 노력했다. 한가운데 피스트를 차지하고 연습 경기를 했으며 혹시나 찾기 힘들까 봐 핫핑크색 머리끈으로 머리를 묶었다.

없다.

서도윤.

메시지도 없었다.

어쩐지 성질이 난 우현은 거칠게 마스크를 다시 썼다.

"우와, 우현 선배 꽁뜨르 아따끄Contre-attaque(역공) 쩐다."

"쟤 죽일 건가 봐."

펜싱부 후배들이 피스트 위에서 남자 후배를 상대하고 있는 우현을 보며 소곤거렸다. 허리 안 좋다더니, 자기보다 머리 두 개는 큰 남자 선수를 저렇게 몰아붙이는 걸 보면 한국 최초의 여자 펜싱 그랜드 슬램감이라는 소리가 과대평가는 아닌 모양이었다.

우현은 검을 고쳐 잡으며 어깨 관절을 가볍게 풀었다. 힐끗 보니 여전히 스탠드에 도윤이 보이지 않았다. 이런 식으로 문자 씹고 전화 씹는 거 제일 싫어하는 거 알면서.

가끔 도윤이 묘하게 자신을 피할 때마다 공부하느라 스트레스를 받아서 그런가 보다 했다. 우현이야 일찌감치 체육 특기생으로 대학이 확정됐지만 도윤은 그게 아니니까. 원래 공부 잘하는 애이긴 했지만 힘이 들 때도 있겠지 싶었다. 이렇게 이해심이 많은 친구가 어디 있다고. 그러나 도윤은 가끔 들쭉날쭉, 묘하게 거리를 둘 때가 있다.

"알트."

또다시 경기가 중지되었다. 우현의 흐름을 끊기 위해서인지 후배는 이번엔 장비 핑계를 대며 시간을 끌었다. 저 버릇 안 고치면 절대 국가 대표 못 달지. 우현은 마스크를 머리 위로 옮기고 다시 스탠드 쪽을 힐끗 바라보았다. 역시, 아무도 없었다.

"정욱이 너 또 시간 끄냐."

심판을 봐주던 코치가 혀를 차며 말했다.

"코치님, 우현 선배 메탈 슈트 이상한 거 같아요. 제가 분명 찔렀는데 동시타 사인도 안 들어오고."

또 저런다. 우현은 짜증스러운 얼굴로 인상을 쓰며 말했다.

"안 찔렀어."

"분명 제가 아까 아따끄Attaque(공격) 들어갔는데……."

"안 찔렀다고."

"아니에요. 분명!"

"네가 그러니까 안 되는 거야! 네 실력 탓을 해, 장비 탓 그만하고!"

순간 욱하는 마음에 우현이 신경질적으로 마스크와 검을 팽개치고 체육관 밖으로 나가 버렸다. 요란한 소리에 눈치를 보고 있던 후배들이 수군거리자 코치가 큰 소리로 말했다.

"얼른 연습들 해라. 쟤 저러는 거 하루 이틀이냐!"

"네!"

대답을 하면서도 다들 시선은 우현의 뒷모습으로 향했다.

체육관을 나온 우현은 곧장 신관 뒤편 잔디밭으로 걸었다. 아직 점심시간이라 1, 2학년 애들이 바글거리겠지만, 5분 후면 5교시 시작이었다. 아마 고3들은 죄다 집에 갔겠지. 서도윤도 가 버렸나 보다.

준비종이 울리자 산책을 하던 애들이 하나, 둘 학교 안으로 들어가기 시작했다. 터덜터덜, 우현은 발걸음을 옮기다가 고개를 젖혀 하늘을 봤다.

눈이 오려나. 굉장히 흐리다.

"왜 안 오지."

서도윤이 잘 찾으라고 일부러 어디 가지도 않았는데, 왜 안 오냐. 늘 먼저 왔으면서.

우현은 입술을 꽉 깨물고 그늘진 나무 뒤편 벤치에 자리를 잡고 앉았다. 꽤 울창한 소나무라 바깥쪽에선 보이지 않는 명당이었다.

차가운 겨울바람이 그녀의 목덜미를 스쳐 지나갔다. 땀이 식어서 그런 걸까. 갑자기 추위가 성큼 다가왔다. 펜싱 재킷을 뚫고 들어오는 차가운 기운에 우현의 어깨가 움츠러들었다. 그냥 들어갈까. 그렇게 깽판 치고 나왔는데 춥다고 다시 들어가면 체면이 안 서는데.

그때였다.

"그런다고 있었던 일이 없던 게 돼?"

누군가가 있었다.

여자 목소리. 바람도 잦아들어 굉장히 조용해 여자의 목소리가 더 또렷하게 들렸다.

"넌 아무 말 없이 전학 가 버렸었잖아."

이번엔 남자 목소리.

귀에 익었다.

"시간을 준 거야."

부드럽고 다소곳한, 우현이 늘 닮고 싶은 이상향의 여자 같은 목소리였다.

남의 연애 몰래 훔쳐 듣자니 괜히 양심에 찔리지만 들리는 걸 뭐 어쩌라고. 먼저 이 자리를 차지한 건 우현 자신이었다.

거기다 조금, 재미있기도 하고.

"도윤아."

어라?

"나 가 봐야 해."

남자가 냉랭한 어조로 말했다.

"우현이한테?"

반면 여자의 목소리는 부드럽고 나긋했다.

……그래, 이제야 알 것 같았다.

"가지 마. 너 걔한테 가는 거 싫어서 불러낸 거야."

이 목소리.

"그만하자."

서도윤이다.

깨닫는 순간, 우현은 살며시 나무를 짚고 소리가 들리는 곳으로 시선을 돌렸다. 나뭇잎에 가려 도윤과 여자애가 잘 보이지 않았다. 손을 뻗어 가지를 치웠다. 그러다 바스락거리는 소리에 놀라 잠시 몸을 움츠렸다. 다행히 눈치채지는 못한 듯했다. 갑자기 우현의 심장이 쿵쿵 요란하게 뛰었다. 왜 저런 대화를 하는 거지. 도윤과 가까웠던 여자애가 누가 있나 빠르게 머리를 굴려 봤지만 떠오르는 얼굴이 별로 없었다.

왜 대화 소리가 안 들리는 걸까.

우현은 숨을 죽이고 침을 크게 삼키며 나무 틈으로 손을 뻗어 가지를 밀어냈다. 초록의 틈으로 교복 무늬 두 개가 어른거렸다. 아웃 포커스 돼 있던 시야가 점점 또렷해졌다. 두 사람이었다. 긴 생머리에 단정한 흰색 머리띠를 한 그 아이와…… 서도윤.

둘이서 무언가를 하고 있었다.

지나치게 가까운 얼굴, 살짝 비틀린 고개, 도윤의 어깨를 감싼 가느다랗고 흰 손, 그리고 맞닿은 어깨와 입술.

……키스.

사실을 인지하자 갑자기 심장이 발아래로 툭, 떨어지는 느낌이 들었다. 놀란 우현이 소리를 지르려던 그때, 어디선가 나타난 손이 그녀의 입을 막았다.

"쉿."

남자가 뒤에서 우현의 입을 막고는 커다란 손으로 그녀의 어깨를 꾸욱 눌렀다. 움직이지 말라는 듯, 잠자코 있으라는 듯.

우현이 눈을 동그랗게 뜨고 뒤돌아 누구인지 확인했다.

처음 보는 남자였다. 넓은 어깨와 곧은 자세가 인상적이었다. 교복도 정장처럼 보이게 할 정도로 어른스러운 분위기와 여유 넘치는 특유의 표정이 똑바로 바라보면 안 될 것 같은 위험한 느낌을 주기도 했다. 이런 애는, 기둥 뒤에 숨어서 몰래 훔쳐봐야 할 것만 같았다.

속 쌍꺼풀이 살짝 진 눈은 가로로 긴 편이지만 작지는 않았다. 눈매 때문일까. 어딘지 모르게 차가운 느낌.

"가만히 있어."

남자가 검지를 입술 앞에 세우며 '쉿' 하고는 낮은 목소리로 말했다.

"이거 놔."

우현이 몸을 뒤척이자 그가 씨익 웃으며 앞쪽으로 손가락질을 했다. 저거나 보라는 듯.

우현의 시선이 남자의 손끝을 따라 움직였다.

망할, 저것들이 진짜!

서럽다.

왜인지는 모르겠으나 굉장히 서러웠다. 멍하니 앉아서 넋 놓고 있는데 의지와는 상관없이 우현의 눈에선 눈물이 뚝뚝 떨어졌다. 어디서 가져왔는지 아까 그 남자가 손수건을 우현에게 건넸다. 깔끔하게 다림질한 손수건에서 은은한 향이 났다.

우현은 그대로 무릎을 세워 앉아 머리를 숙였다. 뭐가 충격적인 건지는 정확히 모르겠지만, 충격적이었다. 굉장히, 엄청나게, 정말, 진짜 충격적이었다. 그래서 도윤이 요즘 그렇게 까칠하게 군건가 보다. 어쩐지 이상하다 했다. 묘하게 거리를 두려 했던 것이 전부 다 저 여자애 때문이었나 보다.

생각이 여기에 미치자 점점 더 감정이 북받쳤다. 허리 부상 때문에 대표 팀 탈락했을 때보다 더 서러웠다. 울음 때문에 점점 우현의 어깨가 격하게 흔들리자 잠자코 있던 남자가 그녀를 가볍게 다독였다. 그럴수록 점점 멈추기가 힘들어졌고 결국 통곡하는 수준까지 이르렀다.

남자는 잠시 난감하다는 표정을 짓다가 그녀의 어깨를 잡아당겼다. 그러곤 굉장히 자연스럽게 자신의 어깨에 기대게 했다. 우현이 밀어내려 했지만 그는 호락호락하지 않았다. 남자는 우현의 손목을 잡아 꼼짝도 못 하게 했다. 몇 번의 승강이. 결국 우현이 얌전해지자 그가 그녀의 머리를 손으로 감싸 안고는 가볍게 어깨를 토닥였다. 마치 어린아이를 달래는 것처럼. 재미있는 구경거리를 찾은 듯한 표정과 달리 손길은 꽤 조심스러웠다.

"창피해."

한참을 그러고 있던 우현이 갈라지는 목소리로 중얼거렸다.

"부끄러운 건 아나 봐."

"나 쪽팔리니까 너 가."

"할 거 다 해 놓고 이제서?"

"가라고!"

우현은 자신의 어깨를 다독이고 있는 그의 손을 쳐내며 노려봤다.

"성질은."

눈이 마주치자 그가 어깨를 으쓱했다.

우현은 그를 흘겨보고는 무릎을 세워 얼굴을 묻었다. 이상하다. 왜 눈물이 안 멈추는지 모르겠다.

이 허전함의 정체는 무얼까. 우현은 가장 중요한 무언가가 생각지도 못한 사이에 몸에서 떨어져 나간 것 같은 상실감을 느꼈다. 서도윤이 최우현에게 비밀이 있다는 것도 놀랍고 서도윤이 저런 야시시한 짓을 하고 있다는 것도 놀랍다.

"최우현 울보였네."

"그래, 나 원래 잘 울어. 그게 뭐!"

왜 처음 보는 그가 자신의 이름을 알고 있는지, 우현은 거기까지 생각할 겨를이 없었다.

울어서 퉁퉁 부은 우현의 얼굴을 보며 그가 피식 웃었다. 그러더니 양손으로 그녀의 뺨을 잡아 완전히 감쌌다. 남자의 스킨십은 물 흐르듯 굉장히 자연스러웠다. 우현이 이상하다는 것을 느낄 새도 없었다.

남자는 관찰하듯 천천히 우현의 얼굴을 살펴봤다. 눈물 때문에, 역광 때문에 우현은 그의 얼굴이 또렷하게 보이지 않았다. 가벼운 현기증이 일어 그녀는 눈을 질끈 감아 버렸다.

시선에도 무게가 있던가. 그의 시선이 지나간 자리로 은근한 촉감이 느껴지는 듯했다.

분명, 착각이겠지만.

"나 눈물이 안 멈춰."

"너 서도윤 좋아해?"

"몰라. 걔 얘기 하지 마."

우현이 눈을 질끈 감았다 떴다. 아직 시야가 흐릿했다. 다시, 몇 번쯤 더 하자 점점 뿌옇던 것들이 걷혀지고 또렷해졌다.

가장 먼저 보인 것은 생각보다 가까이에서 자신을 바라보는 한 남자의 얼굴.

놀란 우현이 본능적으로 뒤로 물러섰다. 하지만 그만큼 연갈색의 눈동자가 성큼 다가왔다. 투명한 유리구슬 같은 눈동자 안으로 눈물범벅이 된 우현, 자신의 얼굴이 보였다. 그만큼 가까워 도망갈 곳이 없었다.

'야하게 생겼어.'

문득 뇌리를 스쳐 지나가는 목소리.

"그만 울어."

그가 낮고 짙은 음성으로 그녀의 귓가에 속삭였다.

이상하게도 우현의 얼굴이 붉어졌다.

그가 우현의 손목을 잡아 자신의 품 쪽으로 당겼다.

"울지 마, 우현아."

말꼬리를 길게 늘이며 남자가 우현의 손을 잡아끌었다. 두 사람의 손가락이 얽히고 손바닥이 스쳤다. 처음 본 애가 부르는 이름이, 너무나 다정해서 기분이 이상해졌다.

우현이 피하려 하자 그의 커다란 손이 손바닥을 틈 없이 밀착했다. 남자가 힘을 주자 반동에 그녀의 손가락이 달싹거렸다. 기다란 손가락이 깍지를 낀 채 그녀의 손등을 더듬어갔다. 애태우는 그의 움직임에 점점 약이 올랐다. 고작 손만 잡았을 뿐인데도 어질했다. 기분이 이상하고, 이상하고, 이상했다. 이상하다는 말로밖에는 표현할 방법이 없었다.

남자의 손은 아름다웠다. 길고 큰 손. 그 손에 감싸여 있는 자신의 손이 어색했다. 그제야 손의 굳은살이 괜히 신경 쓰였다.

우현이 훌쩍이며 그를 바라봤다.

남자의 눈이 부드럽게 휘었다. 묘한 미소. 심장 박동이 빨라지기 시작했다.

"더 울면."

발끝이 오그라들었다. 머리는 아직 이 상황을 받아들이지 못했는데 몸이 먼저 예감한 것처럼 반응했다.

"키스할 거야."

쿵.

심장이 바닥으로 떨어졌다.

이상한 나라의 앨리스

예지몽이었나.

우현은 손등으로 입술을 세차게 문질렀다. 그의 말처럼 눈물은 쏙 들어갔지만 심장이 미친 듯이 쿵쿵거렸다. 체육관으로 뛰어 들어오자 후배가 괜찮냐고 물어왔다. 대충 얼버무렸더니 다들 붉어진 그녀의 눈을 보고 수군거렸다. 운동 힘들어서 울었다고 생각했는지, 코치가 그녀에게 안쪽 라커룸에서 쉬고 있으라고 손짓을 했다.

요란한 소리를 내며 라커룸 문을 걸어 잠근 우현은 그대로 털썩 주저앉았다.

손으로 입술을 짚으며 멍하니 허공을 바라봤다.

그 순간을 떠올리자 갑자기 얼굴이 붉어졌다. 남자의 숨결이 입술에 닿았던 순간.

'역시, 나 기억 못 하네.'

속삭이던 낮은 목소리.

목소리에도 색이 있다면 그의 컬러는 블랙이다. 가장 진하고 순수한 블랙.

'김해준이야, 내 이름.'

그 와중에 자기소개를 하는 여유까지.

우현은 얼굴을 붉히며 입술을 마구 문질렀다. 키스했냐고? 안 했다. 아니, 이건 한 것이나 다름없을 정도로 매우, 매우 가까웠다.

그래, 이건 한 것도 안 한 것도 아니야.

도윤은 책을 덮어 버리고 길게 한숨을 내쉬었다. 하필 거기서 애리를 마주쳤다. 애써 미뤄 둔 생각들이 동시에 머릿속에서 펑펑 터졌다. 감당이 안 된다.

도윤은 맞은편 우현의 방을 바라봤다. 아직 어두웠다. 오후 5시, 훈련은 벌써 끝났을 텐데 또 어디로 샌 건가 싶었다. 우현은 겨울만 되면 꼭 집에 들어올 때 요란하게 현관문을 닫고 엄청난 속도로 뛰어오곤 했다. 도윤은 안다. 어릴 적 정원에서 귀신을 본 후로 무서워서 저러는 거라는 걸. 아직 조용한 걸 보니 귀가 전이다.

도윤은 휴대폰에 우현의 번호를 찍고 잠시 액정을 내려다봤다. 통화 버튼을 누르려다가, 갑자기 뇌리를 스쳐 가는 얼굴 때문에 가벼운 한숨을 내쉬었다.

한동안 우현을 볼 때면, 아니, 정확히는 우현의 입술을 볼 때면 애리를 떠올려야 했다.

열일곱 살 여름, 그때 그 일 때문에.

고1, 열일곱 살의 수학여행.

시작은 평범했다.

"어차피 올라가면 내려올 거 뭐하러 등산을 해? 그냥 대충 불국사나 갔다 오지, 이게 뭐야."

"인증 도장 안 찍으면 졸업할 때까지 화장실 청소 시킨다잖아. 2년 동안 화장실 청소할 거 아니면 그냥 올라와."

열린 교육이 문제다. 망했으면 좋겠다.

처음엔 제주도나 해외로 가는 줄 알고 좋아했는데 옆 학교에서 풍기문란 사건이 발생했다나. 그래서 가게 된 곳이 경주. 산통 다 깼다. 그럼 대충 버스 타고 다니면서 불국사, 석굴암 사진만 찍으면 될 것을 교감과 학년 부장은 조 짜서 남산 유적지 탐방하고 그 앞에서 교사들에게 도장을 받아 오게 했다.

"우현이는 신났네."

숨차게 산을 오르던 같은 반 여자애가 몇 걸음 앞서가는 우현을 보고는 혀를 찼다.

"그냥 우리 넷이 같은 조였으면 편하게 다녔을 텐데. 쟤 때문에 불편해."

그러고는 바위 위에 올라가 산 아래를 보고 있는 애리를 보며 도윤에게 작게 귓속말을 했다. 도윤은 대답 없이 웃으며 애리 쪽을 바라봤다. 혼자 산책하듯 산을 오르는 모습에 여유가 넘쳐흘렀다.

"이애리가 예뻐서 불편한 건 아니고?"

다른 남자애가 시비를 걸자 그녀가 도끼눈을 뜨며 그를 흘겨봤다.

"쟤 재수 없단 말이야."

"왜?"

"그냥 생긴 게."

"예뻐서 그런 거 맞네. 우현인 말도 걸고 그러잖아. 넌 질투하는 거야."

앞서가던 우현이 애리에게 다가가 무어라 말을 건네는 모습에 남자애가 키득거리며 그녀를 놀렸다.

"그냥 쟤는 별 생각이 없는 거지."

잠자코 듣고만 있던 도윤이 조용히 끼어들자 남자애는 그제 야 깨달았다는 듯 고개를 끄덕였다.

도윤은 앞장서 산을 오르는 우현을 바라봤다. 체육 특기생 이 이 정도 산을 버거워 할 거라곤 생각 안 했지만 정말 잘 올라간다. 까탈스럽게 굴 거라고 생각했던 애리도 마찬가지였다. 도윤은 가방에 넣어 둔 물병을 꺼내며 애리에게 다가갔다.

"물 마실래?"

"응, 고마워."

도윤의 말에 애리는 흔쾌히 고개를 끄덕이며 그에게서 물병 을 넘겨받았다.

"최우현."

"응?"

"아."

"아─."

우현이 입을 열자 도윤은 초코바를 하나 까 그녀의 입에 물렸다.

"배고팠는데 잘됐다."

"그럴 거 같아서. ……너도 줘?"

도윤이 초콜릿을 내밀자 애리는 옅게 미소를 지으며 고개를 가로저었다.

도윤의 예상과는 다르게 애리는 딱히 모난 구석도 없고 뒤로 빼는 것도 없이 늘 여유가 있어 보였다. 그런데 무언가 미묘했다. 어쩐지…… 사람을 긴장하게 만드는 느낌?

"제주도나 갔으면 좋았을 텐데. 경주 지겨워."

도윤이 지도를 펴 위치를 확인하며 투덜거리자 우현이 고개를 갸웃했다.

"작년에 남산은 안 왔잖아. 두 번째 아니야?"

중3 졸업 여행도 경주였다.

"4학년 때 여기로 여름휴가 왔었어. 너희 집이랑."

도윤의 말에 우현이 눈을 크게 뜨고 껌벅거렸다.

"이상하다. 난 왜 기억이 안 나지."

"너 경주 빵 스무 개 먹고 체해서 열 손가락 다 땄었잖아."

"사경을 헤매서 기억이 안 나나? 아, 나 갑자기 경주 빵 먹고 싶어."

"이따 내려가서 사 줄게."

"······픕."

그때, 도윤과 우현의 대화를 잠자코 지켜보던 애리가 갑자기 웃음을 터트렸다. 영문을 모르는 두 사람이 빤히 바라보자 애리는 별것 아니라는 듯 손짓을 했지만 터져 나오는 웃음을 참지는 못했다.

"아니, 아무것도 아니야."

아무것도 아닌 게 아닌 거 같다.

"그냥 보기 좋아서."

도윤이 의아한 얼굴로 바라보자 애리는 헛기침을 하며 표정 관리를 했다. 그때 애리를 물끄러미 바라보던 우현이 그녀에게 다가가 손목을 덥석 잡았다. 놀란 애리가 움찔하며 뒤로 물러섰지만 우현은 아랑곳하지 않았다.

"와······. 속눈썹 진짜 길다. 붙인 거 아니지?"

"어? 아, 응."

"입술 뭐 바른 거야? 예뻐."

우현이 갑자기 얼굴을 들이대고 뜯어보자 애리가 당황한 얼굴로 도윤을 힐끔 바라봤다. 실례고 뭐고 그런 거 신경 안 쓰는 우현은 이제 대놓고 애리를 아래, 위로 훑어보고는 자신의 몸을 내려다보더니 입을 삐죽 내밀며 다른 애들이 있는 쪽으로 내려가 버렸다.

"부러워하는 거야."

영문도 모르고 전신 스캔을 당한 애리가 당황해하자 도윤이 조용히 입을 열었다.

"나쁜 뜻 없어. 기분 나빴다면 내가 대신 사과할게."

그러고는 도윤은 우현의 뒤를 따라가려는 듯 걸음을 옮겼다.

그때였다.

"네가 왜 사과를 해?"

애리의 목소리가 도윤의 발목을 잡았다. 그는 걸음을 멈추고 뒤를 돌아 그녀가 있는 곳을 바라봤다.

햇빛 때문에 눈이 부셔 애리의 하얀 실루엣만 보였다. 미간을 찌푸리고 손을 말아 눈썹에 댔지만 별 효과가 없었다.

가을 하늘이, 지나치게 새파랗다.

"사과하지 마."

단정하고 부드러운, 하지만 단호한 목소리.

시야가 흐릿해 당장이라도 눈을 감고 싶었지만 이상한 자존심 때문에 도윤은 끝까지 그녀를 뚫어져라 바라봤다. 눈이 빛에 익숙해진 덕분인지 점점 애리가 선명하게 보이기 시작했다. 무표정하거나 화난 얼굴일 줄 알았던 그의 예상과는 다르게 그녀는 미소를 띠고 있었다.

"쟤 때문에 너한테 사과받고 싶지 않아."

어디선가 불어온 바람이 두 사람 사이를 지나갔다.

그 후 수학여행 내내 도윤은 의식적으로 애리를 피했다. 같은 조였지만 최대한 시선을 마주치려 하지 않았고 식당에서 밥을 먹을 때도 최대한 먼 자리를 택했다. 눈치가 빠른 편인지 애리는 그럴 때마다 도윤을 복잡한 시선으로 물끄러미 바라보곤 했었고.

하지만 마지막 날 결국 쌓아 두었던 감정이 터져 버렸다.

"도윤아, 애들 아직 안 와?"

마지막 일정, 마지막 산행.

"응."

"잘됐다. 그럼 좀 자야지."

그늘진 곳, 평평한 바위에 앉아 있던 우현이 도윤의 대답에 그대로 뒤로 누워 버렸다. 다른 애들은 보이지도 않을 정도로 멀리 뒤쳐진 모양이었다.

도윤은 자신의 배낭을 우현에게 베개로 내주고 그 곁에 앉아 하늘을 바라봤다. 울창한 나뭇가지가 바람에 흔들릴 때마다 그림자도 함께 춤을 췄다. 도윤은 그 광경을 바라보다가 눈을 감고 깊게 심호흡을 했다. 서늘한 공기에 실려 온 풀 내음이 코끝을 스쳤다. 풋풋하고 싱그러운 느낌. 자신의 곁에 있는 그녀와 닮았다. 그는 천천히 눈을 뜨고 잠들어 있는 우현을 내려다봤다.

눈이 부신지 그녀의 미간이 살짝 찌푸려져 있었다. 도윤이 손을 들어 햇빛을 가리자 우현의 표정이 다시 편안하게 가라앉는다. 그는 우현의 옆에 팔을 베고 누워 빤히 그녀의 얼굴을 바라봤다.

가장 먼저, 동그란 이마가 눈에 들어왔다. 커다란 눈과 그 아래 펜으로 찍은 것 같은 눈물점도. 안 그럴 거 같은데 울보인 것은 아마도 이 눈물점 때문인가 보다.

뺨에 있는 흉터가 언제 생긴 거더라. 유치원 때로 기억한다. 놀이터에서 넘어져 돌부리에 다쳤는데 피가 철철 나는 우현을 업고 죽어라 뛰었다. 그땐 흉이 크게 남을 줄 알았는데 많이 옅어졌다. 여전히 피부는 하얗고 입술은 붉다.

갑자기 도윤의 심장이 요란하게 두근거리기 시작했다.

도윤은 침을 크게 삼키며 우현의 코끝에 검지를 가져다 댔다. 호흡 소리가 일정했다. 곤히 잠이 든 모양이었다.

바람에 나무가 흔들리는 소리를 제외하곤 사방은 조용했다.

깊은 산속.

너와 나, 단둘.

갑자기 미묘한 감정이 그의 가슴 한쪽에서 일렁였다. 낯선 장소에 둘뿐이라는 것 때문에 들뜬 걸까. 도윤은 벌떡 일어나 앉아 주먹을 꽉 움켜쥐고 몇 번 심호흡을 했다. 우현에게 시선을 주지 않기 위해 다른 곳을 바라보다가 다시 천천히 그녀를 향해 앉아 뚫어져라 내려다봤다. 모로 누운 우현은 새근새근 숨소릴 내며 자고 있었다. 그는 무언가에 홀린 듯 손을 뻗어 조심스럽게 그녀의 뺨을 감쌌다. 상상했던 것 이상으로 부드럽다.

그렇다면.

그는 몸을 굽혀 그녀의 이마에 조심스럽게 입을 맞췄다. 쿵쿵, 심장이 거세게 뛴다. 혹시 깨진 않을까. 자는 척하는 것은 아닐까.

그때, 낙엽 밟히는 소리가 들렸다. 도윤은 황급히 고개를 들어 소리가 난 곳을 바라봤다.

애리였다.

"……너."

몸을 일으킨 도윤은 애리에게 다가가 그녀의 어깨를 잡았다.

"떠들고 다니기만 해 봐."

잡힌 어깨가 아픈지 애리가 살짝 인상을 찌푸렸다.

"가만 안 둬."

하지만 도윤의 예상과는 다르게 애리는 큰 동요 없이 그를 올려다봤다.

그녀는 자신의 어깨를 붙들고 있는 도윤의 손에 자신의 손을 가져갔다. 뜻밖의 반응에 당황한 그는 멍하니 애리의 손을 내려다봤다.

곧게 뻗은 긴 손가락과 가느다란 손목.

진짜 여자다.

"좋아해?"

애리의 말에 도윤은 멍한 얼굴로 그녀를 빤히 바라봤다. 예상했던 질문이 아니다.

도윤이 대답이 없자 애리는 미소를 지으며 그의 손등을 가볍게 쓸었다. 부드러운 감촉에 그의 손등이, 아니, 뒤꿈치가 간질거린다.

그녀의 미소는…… 흥미롭다는 미소다. 흥미롭다, 혹은 재미있다.

"바보."

애리가 도윤의 손을 잡아 자신의 허리에 가져다 댔다. 그러고는 천천히 그의 얼굴을 올려다봤다. 당황했지만 도윤은 애써 자신의 표정을 감췄다.

"입술에 할 용기도 없으면서."

그 말을 끝으로, 그녀가 그에게 입을 맞췄다.

훈련이 끝난 후 학교를 나서는 길이었다. 교문 앞에 서 있는 검정색 차를 보며 앞장서 가던 남자애들이 우와, 외제 차다 탄성을 내질렀다. 묵직한 장비 가방을 고쳐 메던 우현 역시 날렵하게 빠진 차를 보며 감탄했다. 비싸 보이긴 하네. 누구 픽업이라도 나왔나 보다.

그때 갑자기 차가 우현의 무리 쪽으로 라이트를 켰다. 너무 밝은 빛에 우현은 고개를 돌리며 인상을 썼다. 곧이어 라이트가 꺼지고 키가 꽤 큰 남자가 차에서 내렸다. 모두의 시선이 그 남자에게로 향했다. 어떤 양아치인가 싶어 우현 역시 남자를 바라봤다. 네이비 코트에 블랙 진 차림의 남자.

김해준.

운전석에서 내려 빠르게 걸어온 그가 다른 사람들은 없는 양 우현의 손목을 잡고는 그녀의 어깨에 있던 묵직한 장비 가방을 채 갔다. 저항할 새도 없이 가방을 뒷자리에 넣고는 조수석 문을 열어 우현을 차에 태웠다. 발걸음은 거침없었지만 그녀가 머리를 부딪치지 않도록 잡아 주는 손길은 꽤 조심스러웠다. 이 광경을 지켜보던 펜싱부 팀원들이 다 어버버 하고 있는 사이 해준이 몸을 기울여 우현에게 안전벨트를 채웠다.

곧이어 차가 출발했다.

차 안에서 우현은 귀신에 홀린 사람처럼 눈을 깜빡였다.

지금 여긴 알게 된 지 며칠 안 된, 치한의 차 안이다. 초면에 울면 키스하겠다고 하더니 이제 납치까지 자행한 파렴치한 치한. 그런데 왜 최우현은 얌전히 앉아 있는 걸까.

사실 기다렸다. 아니, 기다리기만 한 것은 아니다. 찾아다녔다. 교실에 가도 해준이 보이지 않아 부끄러움을 무릅쓰고 그 반 반장에게 그의 연락처를 묻기도 했다. 자기도 모른다며, 결국 김해준이 너까지? 라는 답만 들었지만.

"너 되게 당당하다."

우현이 해준을 향해 어이가 없다는 듯 헛웃음을 지었다.

"내가? 뭐가?"

해준은 아무것도 모르겠다는 얼굴로 어깨를 으쓱했다.

"너 나한테 이상한 짓 했잖아."

"미수지 한 건 아니잖아. 엄밀히 따지면 폭행당한 건 내 쪽인데."

해준의 말에 그녀의 얼굴이 붉어졌다. 맞……는 것 같다. 이런 느낌은 처음인데 기분이 나쁘지 않아서, 몸이 이상해지는 것 같아서 아무런 생각을 하지 못했다. 그를 때린 건 순전히 부끄러워서, 그래서.

그녀는 그의 눈치를 보며 주먹을 꽉 움켜쥐었다.

"너 무면허 아냐?"

우현의 물음에 해준이 지갑을 꺼내 그녀의 눈앞에 흔들었다.

"1년 꿇었어. 오빠라고 불러."

오빠 같은 소리 하고 있네.

우현이 입을 삐죽 내밀었다.

"사고 쳤지?"

"응, 양아치라."

"운전 똑바로 해. 나 올림픽은 나가 보고 죽어야 된단 말이야."

그나저나 큰일이다. 분명 다들 오해할 텐데.

아니나 다를까 우현의 휴대폰이 요란하게 울리기 시작했다. 펜싱부 단체 톡방이다. 대화 넘어가는 속도가 얼마나 빠른지 누가 보면 전화라도 온 줄 알 것 같았다. 야, 아까 봤어? 김해준이 최우현 끌고 갔잖아! 둘이 언제부터 그런 사이야? 와, 김해준 몰고 온 차 포르쉐더라. 분위기 장난 아니었어!

우현이 휴대폰을 꼭 쥐고만 있자 해준이 힐끔 보고는 낄낄거렸다.

"지금 어디 가는 거야?"

우현이 묻자 그가 그녀의 손을 잡아끌었다. 뭐가 이렇게 자연스러운 거지. 1년 꿇었어도 고딩은 고딩인데.

"나 혼자 살아."

좀 멋있다 생각하는 순간.

"우리 집에서 라면 먹을래?"

수능 꼴찌여도 그 안에 내포된 의미를 알아듣지 못할 정도로 우현이 바보는 아니었다.

그녀는 해준에게 잡힌 손을 빼내고 황급히 뒷자리로 몸을 돌려 장비 가방에서 사브르 검을 꺼내 손에 쥐었다.

"내가 무력은 좀 되거든? 내 몸에 손대기만 해 봐."

우현의 행동을 두고 보던 해준이 키득거리며 차선을 바꿨다. 큰 도로를 벗어난 차가 점점 어두운 곳으로 향했다. 그럴수록 검을 쥐고 있는 우현의 손에 힘이 들어갔다. 사실 호신용은 아니다. 뭐라도 쥐고 있지 않으면 심장이 터질 것 같아서 그랬다.

문득 우현의 시선이 그의 옆얼굴로 향했다. 긴 눈매와 서늘한 눈빛, 깎아 놓은 듯한 턱과 잡티 없는 깨끗한 피부, 긴 목과 깔끔하게 자리 잡은 근육. 그리고…… 붉은 입술. 그의 입술이 자신의 것에 닿을 뻔했던 순간의 느낌이 떠오르자 갑자기 심장 박동이 더 빨라졌다.

정말 욕구 불만인가. 이게 다 그 망할 이상한 꿈 때문이다.

잠시 후 차가 멈췄다. 해준이 사이드 브레이크를 걸며 낮은 어조로 말했다.

"내가 누군지는 이제 알 테고."

어딜까.

멀리 보이는 야경이…… 한강이다.

그가 매우 자연스럽게 우현의 손에서 검을 빼앗아 갔다. 뒷좌석에 얌전히 놓아두고는 운전석에서 내린 해준이 조수석 문을 열어 주었다. 우현이 멍하니 올려다보자 그가 손을 잡으라는 듯 내밀었다.

"라면 먹자."

"응?"

우현은 대답하면서 괜히 앞섶을 꼭 여몄다.

"그 라면 말고, 저거."

그가 손짓한 곳에는 환하게 불을 밝힌 편의점이 있었다.

편의점 테라스, 천막이 쳐진 공간. 라면을 해치운 우현에게 해준이 아이스크림을 내밀었다.

"나 녹차 안 좋아하는데."

"이 와중에 가려?"

"써서 싫어."

해준이 어이가 없다는 얼굴로 고개를 절레절레 젓고는 다른 아이스크림을 사 와 내밀었다.

처음 보는 얘랑 왜 여기에 와서 이러고 있는지는 알 수 없지만 어쨌건 최우현은 다 저녁때에 찬바람 부는 한강에 오도카니 앉아 하릴없이 아이스크림이나 퍼먹고 있었다.

"역시, 먹이니까 좀 얌전해지네. 너, 지킬 앤 하이드 보는 줄 알았어."

"……지킬 앤 하이드가 뭐야?"

우현이 눈을 크게 뜨고 깜빡거리며 해준에게 물었다. 그의 눈이 부드럽게 휘었다. 최우현 바보인 게 웃긴가. 이상한 애였다.

"이중인격. 지킬이 착한 쪽 하이드가 나쁜 쪽. 소설 주인공 이야."

"아아. 나 책 잘 안 읽어서."

우현이 고개를 끄덕거리자 해준은 뭐가 웃긴지 아까부터 피식피식거렸다.

김해준은 미스터리하다.

학교에서 해준과 마주친 후 우현은 후배들을 잡아 호구 조사를 했다. 전학 온 것은 한 달 전. 고3이 뜬금없는 시기에 전학을 와 소문이 무성했다고 한다. 사고 치고 강제전학 당한 거라는 추측이 지배적이었다. 그런데도 희한하게 성적은 좋다고. 하긴, 서도윤에 대적할 성적이면 공부 진짜 잘하는 건데.

하겐다즈를 퍼먹으며, 우현은 해준의 입술을 몰래 바라봤다.

"마음이 바뀌었어?"

갑작스러운 해준의 말에 우현이 퍼뜩 정신을 차렸다.

"내 입술만 보길래."

어떻게 알았지.

"얼굴에 다 보여."

독심술을 하나?

"네가 표정을 못 숨긴다고는 생각 안 해?"

역시, 무서운 애다.

"난 너랑 서도윤 사귀는 줄 알았는데."

다들 처음에는 그렇게 오해하곤 했다.

"바람?"

도윤의 말에 우현이 고개를 도리도리 저었다.

"아니야, 그건."

바람도 아닌데 왜 그렇게 눈물이 펑펑 났는지, 그게 가장 이상했다. 그 둘이 사귀는 사이였다는 게 충격이다. 그걸 숨긴 도윤도. 그래서 그때 복도에서 애리를 보고 표정이 변했나 싶었다.

"네가 봤을 때도 이애리 예뻐? 그때 그 여자애."

우현의 질문에 해준이 어깨를 으쓱했다.

"객관적으로 예쁜 축 아니야?"

"그래. 성질 머리 지랄 같고 맨날 들들 볶는 나보단 얼굴 예쁘고 얌전한 이애리가 좋겠지."

"뭘 자기 비하까지 해."

"나 그만 먹을래."

우현은 결연한 표정으로 스푼을 내려놨다.

"너 다 먹었거든?"

해준이 덧붙였지만 우현에겐 들리지 않았다. 그녀는 잠시 고개를 숙이고 전투 게이지를 채우는 게임 캐릭터처럼 깊게 심호흡을 했다. 몇 초쯤 그러고 있던 우현은 고개를 들고 자리에서 일어났다.

"나 아무래도 이대로는 안 되겠어."

우현의 말에 해준이 고개를 갸웃했다.

"어디 가게?"

"서도윤 죽이러."

"야."

해준이 벌떡 일어나 우현의 앞을 가로막았다.

"핫바 사 줄게, 앉아."

"싫어, 갈 거야."

우현이 밖으로 나가려고 하자 해준이 그녀를 거의 들쳐 메다시피 하며 질질 끌고 편의점으로 들어갔다. 지금 이 기분이면 서도윤을 죽이고도 남을 것 같은데, 그래서 얼른 집에 가야 되는데!

그런데.

"잘 먹네."

해준이 핫바를 먹고 있는 우현을 보며 만족스럽다는 듯 고개를 끄덕였다. 최우현의 식욕은 모든 것을 이기고 말았다.

"널 봐서 참는 거야."

우현의 말에 커피를 마시던 해준이 헛웃음을 지었다. 그래, 너도 내가 어이없겠지. 우현은 괜히 삐죽거리다가 고개를 젖혀 천장을 바라봤다. 모르겠다. 그동안 다른 여자애들이 도윤에게 좋아한다고 고백하고, 사귀자고 매달리는 거 숱하게 봤는데 지금처럼 기분이 이상하지는 않았다. 심지어 우현이 편지를 배달한 적도 있었다. 물론 선물로 받은 먹을 것들은 우현의 입으로 들어갔지만 도윤은 딱히 신경 쓰이지는 않았던 것 같다.

남자라면 다 그렇겠지. 이애리는 예쁘고, 여성스럽고, 다정하니까. 당연히 좋겠지.

……남자라면.

문득, 우현의 시선이 해준에게로 갔다. 해준이 담배를 물고 라이터를 켜려다 눈을 동그랗게 뜨고 있는 우현을 보고는 아, 하며 다시 내려놓았다. 눈을 내리깔고 라이터를 켜려던 순간 보인 긴 눈꼬리가, 그의 손안에서 일그러지는 흰 담뱃대가 그녀의 시선을 붙들고 놔주질 않았다. 우현의 눈길을 느꼈는지 그도 그녀를 물끄러미 바라봤다.

 허공에서, 시선이 얽혔다.

 그가 웃었다.

 찰칵.

 그 순간, 우현은 어딘가에서 셔터 소리가 들리는 듯한 착각이 들었다.

 꿈에서 들었던 그 소리.

 '언니, 꿈속에서 사진을 찍히면 그 사람에게 영혼을 빼앗긴다는 속설이 있대.'

 왜 하필, 이 순간 생각난 걸까.

너와 나의 밤

기억 못 할 줄 알았다.

그럴 줄 알았어.

기대 안 했다.

아니, 거짓말이다. 기대 안 했다는 건 거짓이다.

마음 한편으로는 어디서 봤던 것 같다는 말이라도 할 줄 알았다. 정확하게 언제인지는 기억 못 해도 낯익다는 반응 정도는 보일 줄 알았는데.

"난 최우현."

그 애를 처음 본 것은 늦겨울, 혹은 초봄.

"넌 이름이 뭐야?"

햇볕은 따뜻했고.

"아아, 김해준."

바람은 포근했다.

처음엔 이따금 생각나는 정도. 그때 마주쳤던 그 독특한 여자아이, 운동은 잘하고 있을까 떠올리다 마는, 딱 그 정도였다.

그 앳된 얼굴이 가물가물해질 무렵이었다. 늦은 밤, 잠이 오지 않아 TV 채널을 돌리다 우연히 우현을 봤다. 세계 선수권 생중계. 화면 하단에 이름이 나오지 않았다면 알아보지 못했을 정도로 TV 속 그녀는 병원에서 마주쳤던 그때와는 다른 분위기를 풍기고 있었다.

하나로 단단히 묶은 머리, 그때보다 몸에 근육이 더 붙은 듯했다. 경기용 메탈 슈트를 입고 있긴 했지만 그의 눈썰미를 피해 가진 못했다. 그래……, 처음 봤을 때도 몸이 예쁘다고 생각했다. 프로포션은 물론 목과 어깨, 팔까지 이어지는 라인이 특히 시선을 사로잡았다.

해준은 도윤 때문에 울던 순간의 우현을 떠올렸다. 정확히는 아무렇게나 묶은 머리카락과 펜싱 재킷 사이로 보이던 흰 목덜미를.

이건 다 최우현 때문이다. 우는 걸 달래 주면서 어깨에 기대게 했더니 쉽게 안긴 것도, 뒷목을 토닥여도 아무런 저항이 없었던 그녀 때문이다. 그냥 장난치려고 한 건데, 대충 뺨 한 대 올리겠거니 한 게 주먹질이라는 게 좀 당황스럽긴 했지만 그마저도 우현다웠다.

분명 사인을 줬다. 하지만 몸이 스쳐도 무반응, 자기 가슴이 어디에 닿았는지도 몰랐던 그녀가 그의 '사인'을 눈치챘을 리 없었다. 경험치가 부족하니까 몰랐던 거겠지. 예측하지 못해서. 서도윤과 그 정도 관계는 아니라는 결론에 도달하자 갑자기 기분이 좋아졌다.

해준이 관찰한 우현은 단순했다. 감정 표현에 서슴없으며 딱히 숨기려고 들지도 않는 타입이다. 관심사 외엔 무심한 편이며 사람도 잘 기억하지 못하는 것 같다.

그렇지 않고서야 날 까먹는 게 말이 되나.

해준은 우현이 들어간 길 끝의 주택으로 시선을 옮겼다. 유리창에는 방 안을 오가는 우현의 그림자가 어른거렸다. 눈이 올 것 같다고 생각하는 순간, 뺨에 차가운 것이 닿았다. 흐린 하늘에 흰 눈발이 날리기 시작했다. 해준은 우현의 방 창문을 물끄러미 보다가 주차해 둔 차 쪽으로 다시 뒤돌아 걸었다.

그는 자신을 향해 눈을 질끈 감고 마주 보고 있던 그녀를 생각했다. 새까만 눈동자가 닫히자 그동안은 몰랐던 섬세한 소녀가 그의 눈앞에 나타났다. 어떻게 이렇게 느낌이 다를 수 있을지 경이로웠던 순간. 비스듬히 내려오는 빛이 그녀의 얼굴에 음영을 만들어 냈다. 오른쪽, 그리고 왼쪽. 아래, 그리고 위. 자세히 보지 못했던 수많은 얼굴이 그의 뇌리에 와 박혔다. 책에서 본 황금비율 따위 아무 쓸모가 없었다. 비율이라니, 감히 숫자 따위로 표현할 수 없는 것도 분명 있는데.

그녀가 자신을 밀쳐 내며 눈을 치켜뜨던 순간이 뇌리를 스쳐 지나갔다. 한없이 맑고 투명한 블랙. 그리고 그 안의 나. 얼굴을 강타하던 주먹질까지.

이따금 학교에서 마주칠 때면 우현은 서도윤을 보며 장난치고, 웃고, 떠들었다. 그 모습을 보며 인정하기 싫었지만 한편으론 격렬하게 질투했다. 그래서 그녀가 우는 게 좋았다. 서도윤 때문에 상처받는 게 좋았다. 유치하고 졸렬한 심보겠지만, 더 화를 내고 울었으면 싶었다.

그러면 위로해 주는 척 꼬여 내야지.

결국 나 때문에 얼굴을 붉히고 부끄러워하도록. 화나게도 하고, 울려도 보고. 화내면서 우는 거 꽤 귀여웠다.

해준은 뒹구는 나뭇가지를 마치 사브르 검을 쥐듯 손에 쥐고 움직였다. 우현의 독특한 박자를 떠올리며 펜싱을 하듯 허공을 나뭇가지로 찔러 본다. 변칙 공격이 특기라고 했던가. 그 미묘한 엇박에 휘말리면 피지컬의 우위에 있어도 최우현을 당해 내기 어렵다는 기사를 봤다.

처음으로 직접 관전한 우현의 경기가…… 벨기에 브뤼셀에서 열렸던 펜싱 월드컵 4강이었다.

긴 머리카락을 하나로 올려 단단하게 망으로 고정한 우현은 펜싱 선수라기보단 발레리나 같았다. 반면 상대 선수는 엄청난 체구의 서양인. 피지컬에서부터 완패다. 앳된 마드모아젤은 괴물의 한입거리도 안 되어 보였다. 그대로 꿀꺽 잡아먹힐 것만 같았다.

누가 봐도 우현의 열세였지만 그럼에도 불구하고 평정을 잃지 않았던 고집스러운 눈매가 인상적이었다. 굳게 다문 붉은 입술과 차분한 입매. 하는 행동을 보면 다혈질일 것 같았는데 생각보다 차분해 의외였다.

짧은 한숨, 경기장 천장을 바라보는 시선, 그리고 살짝 깨무는 입술. 우현에게만 슬로 모션을 건 것도 아닌데 그녀의 모든 행동이 해준의 눈엔 잔상을 남기며 지나갔다. 엄숙하고 경건한 종교 의식 같았다. 소란스러운 경기장 한가운데에서 그녀는 결계를 치고 또 다른 세상을 만들고 있었다. 저런 사이비 종교가 있으면 아마 내가 먼저 전 재산을 갖다 바쳤겠지. 그의 중얼거림에 일행이 그 정도면 첫사랑이 아니라 정신병이라고 혀를 찼다.

경기를 준비하라는 심판의 사인에 감독과 가볍게 주먹을 부딪히며 피스트에 오른 그녀는 마스크를 쓰기 전 씨익, 미소를 지어 보였다. 장난스럽고 가벼웠다. 어쩐지 상대 선수가 약이 오른 느낌이었다.

'오라에서 성깔이 보인다. 쟤가 이길 거야.'

동행의 말에 소리 없이 웃었던 기억이 있다.

우현은 그의 생각 이상으로 강했다. 결승 진출, 접전 끝에 우승. 새로운 여왕의 등장이라며 외신들도 흥분해 동양 소녀에게 관심을 보였다. 간혹 초등학생 아니냐고, 열아홉 살이 맞냐고 시비를 걸며 도발하는 기자들도 있었지만 불행인지 다행인지 우현은 불어를 완전히 알아듣지 못한 듯했다.

그날 이후 그 잔상이 거짓말처럼 또렷해져 해준의 눈앞에 어른거렸다. 한 번 보면 잊을 수 있을 줄 알았다. 시간이 지나면 분명 잊을 줄 알았는데 아니었다. 레코딩한 영상처럼, 연사로 찍은 사진처럼 너무나도 선명해져 당혹스러울 정도였다.

그러고 나니 펜싱 슈트가 아니라 교복을 입고 있는 모습이 궁금해졌다. 평소처럼 생각이 나면 그대로 두고, 그러면 늘 그랬듯 잊힐 줄 알았는데.

난 늘 무언가에 쉽게 질리는 사람이었으니까.

교복을 입은 우현은 단정한 것보단 불량스럽게 대충 걸친 쪽이 더 잘 어울린다. 머리는 묶는 쪽, 목과 어깨 라인이 어마어마하게 예쁘니까. 입술을 물어뜯는 버릇이 있고 집중하면 눈을 깜빡이지 않는다. 그래서 동체 시력이 좋은 걸지도 모르겠다. 특기는 꽁뜨르 아따끄. 수비보다는 공격을, 신중하기보다는 자기 페이스대로 경기를 끌고 나가는 편. 성격은 매우매우 급하다.

아쉽게도 이 모든 것을 관찰하고 알아내는 동안에도 김해준은 최우현에게 질리지 않았다.

그래서 굳이 전학을 갔고, 보지 않아도 되는 수능을 봤고, 굳이 고등학교 졸업장을 따겠다고 이러고 있다.

어차피 이제 그에게 남은 것은 한국에서의 추방뿐인데도.

차 안에서 잠들지 않으려고 애를 쓰다 결국 졸고 있는 우현의 모습이 떠오른다. 말을 시키면 깨어 있던 척, 횡설수설 알아듣지 못할 소릴 하다가 다시 감기는 눈. 어린애 잠투정을 보는 듯했다. 그렇게 감겨 열리지 않던 눈과 긴 속눈썹을 넋을 잃고 바라본 기억이 있다. 흐트러져 말려 올라간 교복 치마와 매끈한 허벅지에서 시선이 멈춰 버렸던 것도. 노골적으로 훑어보다 어느 순간 쓰레기가 되고 싶었던 충동도.

하지만 울리는 휴대폰 속 '엄마'라는 두 글자가 신경 쓰여 결국 깨워 들여보냈다. 머리로는 어마어마한 일을 저질렀는데 현실은 손목 붙들고 이마에 키스하는 게 고작이었다.

해준은 운전석에 앉아 하릴없이 우현의 방을 바라봤다. 샤워를 하고 나왔는지 타월로 젖은 머리카락을 털고 꼼꼼하게 빗질을 하는 모습이 창가에 어른거렸다. 커튼이라도 치고 지내지. 그러고 보니 서도윤이 맞은편 집이라고 하지 않았나. 최우현 저러고 있는 걸 다 본다는 거잖아. 부러움 섞인 질투가 스멀스멀 올라온다.

졸업까진 이제 두 달 남짓.

시간이 없었다.

"어떻게 아는 사이야?"

시현의 물음에 우현은 어색하게 시선을 돌렸다.

"······누구?"

"소문 다 났거든? 김해준이 언니 채 갔다며!"

아무튼 이 여우 같은 계집애는 어디서 이렇게 빨리 주워듣고 오는지 모르겠다.

우현은 시현의 물음에 건성으로 대답하며 과자를 집어 먹었다. 그러자 시현이 부아가 치민 얼굴로 침대에 엎드려 있던 우현의 등 위로 올라탔다.

"김해준이 언니를 포르쉐에 태워 갈 정도로 가까운 사이였냐고!"

아, 그 비싸 보이는 외제 차가 포르쉐였나.

"너도 과자 먹을래?"

우현은 못 들은 척 과자를 집어 시현에게 내밀었다.

"싫어, 살쪄."

"이거 하나 먹는다고 뭐 3키로가 당장 빠지냐. 그냥 먹어."

"안 먹어! 둘이 여태 뭐 했어? 무슨 사이냐니까! 말 안 하면 엄마한테 다 이를 거야!"

시현이 버럭 소리를 지르며 우현을 노려봤다.

"어쩌다 친해졌어."

"야, 나더러 그 말을 믿으라고? 최우현 너 거울이라도 보고 구라를 까라."

"이게 얻다 대고 야래! 죽을래?"

우현이 방 한쪽에 있는 사브르 검을 들고 휘두를 기세를 보이자 시현은 그제야 슬금슬금 뒷걸음질을 치기 시작했다. 그러면서도 시현은 쉽게 포기하지 않았다.

"언니 솔직히 말해."

"······뭘."

시현이 갑자기 목소리를 낮추며 우현에게 가까이 다가와 속삭였다.

"어디까지 했어? 키스했어? 아님······ 김해준 까졌다던데 설마 벌써 잤어?"

이걸 진짜!

"야, 너 나가."

우현이 시현의 뒷덜미를 잡아채 질질 끌고 나갔다. 운동선수인 우현에게 보통 체구의 시현을 제압하는 것쯤이야 껌이었다.

"왜 말 안 해? 언니 너 진짜 했구나? 엄마한테 다 이를 거야!"

그 와중에도 시현은 고래고래 소리를 질렀다. 하도 시끄러워 맞은편 도윤에게까지 들리지 않았을까 싶을 정도였다.

시현을 자신의 방에 던져 놓고 온 우현은 철퍼덕 누워 베개에 얼굴을 묻었다.

"자냐?"

그때, 창밖에서 도윤의 목소리가 들려왔다. 퍼뜩 정신을 차린 우현은 잠자는 척이라도 하려고 이불을 머리끝까지 뒤집어썼다. 하지만 3초 후, 생각이 바뀌었다. 방금 전까지 고래고래 고함을 질러 댔는데 이제 와서 이런다고 무슨 소용이냐 싶었다.

우현은 아무 만화책이나 집어 들고는 창문을 열었다.

"아니. 왜?"

만화책 보는 시늉은 하는데 당연히 내용이며 그림이 눈에 하나도 들어오지 않았다.

"어디 갔다 왔어?"

"그냥, 아는 애랑 놀러."

도윤의 시선이 느껴져 뺨이 따끔따끔했다. 오랜만에 나누는 대화가 이런 내용이라니.

"아는 애 누구."

"있어."

"김해준?"

들었으면서 모르는 척하긴.

"너한테 나 모르는 아는 애도 있었어?"

도윤의 말에 우현은 입술을 한 번 꽉 깨물고 만화책을 덮었다. 저 말 그대로 되돌려 주고 싶었다. 너는 나 모르게 몰래 만나는 여자가 있었냐고.

"그래서 하고 싶은 말이 뭔데?"

우현은 창가 쪽으로 몸을 틀고 도윤을 바라보며 말했다.

"김해준이랑 무슨 사이야?"

도윤의 물음에 우현은 인상을 찌푸렸다.

며칠 전, 함께 서도윤과 이애리의 키스를 목격한 사이다. 그리고 오늘 한강에서 라면 먹은 사이. 서도윤에 비하면 참으로 건전한 만남이었다.

망할.

서도윤 이 새끼 정말 발랑 까졌다.

"걔랑 사귀어?"

도윤의 질문에 우현은 그를 빤히 바라봤다. 이애리나 신경 쓰지 이제 와서 무슨 참견인가 싶었다.

먼저 비밀을 만든 건 내가 아니라 너인데.

"내가 김해준이랑 사귀건 말건 너야말로 무슨 상관인데. 너 내 일에 상관 마. 나도 네가 뭘 하고 다니건 상관 안 할 테니까."

퉁명스럽게 말한 우현은 창문을 닫고 그대로 침대에 누워 버렸다.

"야, 최우현."

창밖에선 도윤의 목소리가 계속 들려왔다.

"우현아."

도윤의 말에 우현은 방 형광등을 꺼 버렸다. 그제야 잠잠해지더니 잠시 후, 창문 닫는 소리가 들렸다.

늘 머리 대고 30초면 잠이 드는 우현이었지만 이날만큼은 꽤 오래 뒤척였다.

"인생 그렇게 살지 마. 도윤 오빠가 너한테 어떻게 했는데."

시현의 말에 아침밥을 먹던 우현은 도끼눈을 뜨며 동생을 바라봤다. 어쩜 이렇게 지치지도 않는지. 입을 움직이는 체력만큼은 시현이 우현을 한참 앞섰다.

"시끄러워."

"싫어. 오늘부터 내가 언니 감시할 거야."

평소의 시현 성격으로 미루어 봤을 때 그냥 엄포 놓는 것에 불과하지만 우현은 괜히 신경이 쓰였다. 한 짓이 있어서겠지. 이런 짓, 저런 짓 다 해 버려서.

"최시현, 이거 미역국이랑 사골국 끓여 놓은 거니까 언니 잘 챙겨 주고 반찬은 통에 있으니까 덜어 먹고."

주방에서 엄마의 잔소리가 들려오자 시현의 표정이 일그러졌다. 왜 맨날 저런 건 자기한테 시키냐는 듯한 기색이 역력했다.

"설거지 쌓아 두지 말고 바로 하고 음식물 쓰레기 빨리 버리고."

"왜 그런 걸 나한테만 말해? 언니는?"

"언니는 연습하느라 맨날 10시 넘어서 오는데 그럼 이걸 누가 해."

주방에서 시현과 엄마가 투닥거리는 소리가 들려왔지만 우현은 듣는 둥 마는 둥 시선을 아침 뉴스가 흘러나오는 TV에 고정시켰다. 그래 봐야 눈에 하나도 안 들어왔다. 서도윤, 그리고 김준. 두 얼굴만 달걀귀신처럼 눈앞에서 동동 떠다녔다.

"넌 고작 2주인데 언니 챙겨 주지도 못해?"

"아니 그러니까 왜 맨날 내가 그래야 되냐고! 언니가 날 챙겨야지! 내가 동생이잖아!"

엄마는 2주 일정으로 아빠가 있는 두바이에 다녀올 예정이었다. 지난여름부터 한번 다녀온다는 게 우현이 고3이라는 핑계로 수능 이후로 미루던 차였다. 가족 모두가 다녀오면 좋겠지만 이제 고3 바통은 연년생인 시현에게 넘어갔다.

"엄마가 도윤이네도 이야기해 둘 테니까……."

'도윤'이라는 말에 우현이 반사적으로 벌떡 몸을 일으켰다.

"하지 마!"

우현이 버럭 소리를 지르자 엄마가 저게 왜 저러냐는 듯 의아한 눈으로 딸을 바라봤다.

"니들 또 싸웠니? 어릴 적엔 사이좋게 잘 지내더니 다 커서 왜 그래?"

다 컸으니까 이런 거라는 걸 어른들은 모르나 보다.

"어쨌든 하지 마."

우현은 툭 말을 던지고 서둘러 자신의 방으로 올라갔다. 갑자기 서도윤을 떠올리니 자연스럽게 김해준이 떠올랐고 순식간에 기분이 이상해졌다.

우현은 침대에 풀썩 엎어져 몸을 배배 꼬다 다시 벌떡 일어나 방 안을 쉴 새 없이 오갔다. 뜬금없이 눈앞에 해준의 얼굴이 어른거렸다. 닿을 듯 말 듯, 가까웠던 입술의 거리가 생각나 목덜미에서 열이 올라왔다. 우현은 해준이 라면을 먹자며 편의점으로 끌고 갈 때 잡았던 손목을 내려다보다가 나직한 한숨을 내쉬었고 또 그런 자신에게 놀랐다.

이게 아닌데, 이러려고 그런 게 아니었는데.

미치겠다. 계속 입술이 떠오른다.

신이시여, 제가 정말 음란 마귀에 씐 걸까요.

두통이 일 정도로 차가운 밤이다. 그 때문에 달은 더 투명하고 선명하게 보이는 깊은 밤.

해준은 겨울의 밤하늘을 바라보며 길게 한숨을 내쉬었다. 뿌연 입김이 허공에 흩어지다 이내 사라졌다. 한기에 점점 감각이 마비되는 느낌. 얼어 버린 코트 자락이 바람에 날려 서걱거렸다. 그래, 이대로 동사하는 것도 나쁘진 않을 것 같다.

담배를 꺼내 물었다. 라이터로 불을 붙이려는데 눈을 동그랗게 뜨던 우현이 생각났다. 교복 자락을 움켜쥐고 눈을 치켜

뜨며 경계했지. 양아치냐고 투덜거리던 목소리가 귀에 선명하다. 허스키할 것 같았는데 생각보다 부드러웠던 음성도, 긴장할 때마다 내뱉던 옅은 숨소리도.

문득 시계를 보니 약속 시간보다 20분이나 지나 있었다. 반포대교의 조명도 꺼져 버린 새벽 1시 20분. 해준은 차에 기대 맞은편 강변북로를 바라봤다. 주홍빛 점 몇 개가 움직이다 이내 빠른 속도로 사라졌다. 세상에 혼자 남은 것 같은 적막. 정말 여기서 이대로 혼자 죽으면 아무도 모를 것 같았다.

정확히 1시 30분이 되자 먼 곳에서 자동차 엔진 소리가 들려왔다. 소음이 점점 가까워지자 해준은 입에 물고 있던 담배를 눌러 껐다. 악취미다. 꼭 사람을 30분 기다리게 만드는 이상한 취미.

세단이 해준의 앞에서 멈췄다. 이윽고 운전석에서 기사가 내려 해준에게 뒷좌석 문을 열어 줬다. 그가 올라타자 한기 때문에 놀랐는지 차 뒷좌석에 앉아 있던 중년의 남자가 미간을 찌푸렸다.

"미련하긴."

짧은 시간에 해준을 빠르게 훑어본 남자가 혀를 차며 용건을 꺼냈다.

"다음 주에 나가라. 다 준비해 놨고 김 보좌관이 알아서 해줄 거다."

남자가 해준에게 봉투를 내밀며 말했다. 그것을 받아 열어 보자 여러 가지 서류가 눈에 들어왔다. 하지만 제일 눈에 띄는 것은, 비즈니스 클래스의 인천발 뉴욕행 오픈티켓.

"저 아직 졸업 못 했는데요."

해준의 반발에도 남자는 태블릿 PC 속 포털 뉴스 기사에서 시선을 떼지 않은 채 대꾸했다.

"출석 일수 며칠 빠지는 게 뭐 대수라고."

"한국에 있고 싶어요."

"그럼 네 외삼촌 사업이 힘들어지겠지. 내가 그렇게 만들 거니까."

이제 익숙한 협박.

"3선 국회의원치곤 그릇이 작으시네요."

해준의 빈정거림에도 남자의 시선은 흔들림 없이 포털 뉴스 페이지에 꽂혀 있었다. 메인 사진 속에는 해준의 눈앞에 있는 남자가 꽃다발을 품에 안고 손을 번쩍 들고 있는 모습이 담겼다.

'3선 중진 이재선 의원, 자유당 당 대표 선출'

해준의 입가가 조소로 비틀렸다.

"급하신가 봅니다."

"다 죽어 가던 너 살리느라 고생한 외삼촌한테 은혜는 갚아야 하지 않겠니. 꽤 잘 키운 기업인데 네 치기와 고집 때문에 날려 버리기엔 꽤 아깝거든. ……아, 그 집 맏딸이 결혼 앞두고 있던가?"

서류상 남매인 사촌의 이야기까지 나오자 해준의 미간이 살짝 일그러졌다. 그의 동요를 눈치챘는지 남자가 태블릿을 꺼버리곤 다시 한 번 힘주어 말했다.

"조용히 나가."

처음부터 협상의 여지가 없었던 부자의 대화는 그렇게 끝났다.

"양아치."

차에 기대 담배를 피우고 있는 해준을 보며 우현이 입술을 삐죽였다.

"꼬우면 너도 얼른 성인되든가."

해준이 이죽거리자 우현이 괜히 그의 어깨를 퍽 치며 밀쳐버렸다. 해준의 몸이 완전히 뒤로 밀릴 정도로 강한 힘이었다. 그냥 보기엔 늘씬하고 날렵한 체형인데 이럴 때 보면 운동선수가 맞다.

"난 담배 한 번도 안 피워 봤어. 사자마자 가방 검사해서 학주한테 털렸거든!"

"의외네. 보통 운동하는 애들은 술 담배 빨리 하던데."

"응, 그래서 한번 피워 보려고 샀다가 나 대신 서도윤이 누명을 뒤집어썼지."

우현이 어깨를 으쓱했다. 그러자 해준이 눈을 가늘게 떴다.

"해 볼래?"

해준이 담뱃갑을 꺼내 내밀자 우현의 눈이 빛났다. 주홍빛 가로등은 어두웠지만 우현의 눈에 스친 호기심은 분명히 느껴졌다.

"다음 달이면 성인이니까 괜찮겠지?"

해준에게 묻는 게 아니었다. 스스로에게 하는 질문 같은 것. 저런 걸 보면 열아홉 살 맞다니까.

우현이 양손으로 담뱃갑을 쥐고 있는 해준의 손을 감쌌다. 길고 곧고 따뜻한 손. 해준은 가만히 그녀의 손을 내려다보았다.

"아, 손 거칠지?"

시선을 느꼈는지 우현이 화들짝 놀라며 손을 뗐다. 부끄러워하는 기색이 역력하다.

"······괜찮은데."

"핸드크림 바르는 걸 맨날 깜빡해서, 오늘은 연습하다 손톱 부러졌어."

해준의 손을 감쌌던 온기가 아쉽게 사라지고 겨울밤의 찬 공기가 그 자리를 채운다. 그는 아무런 말없이 그녀를 바라보았다. 쑥스러울 땐 저런 얼굴이구나. 새롭다.

해준은 얼마 남지 않은 담배를 꺼내 그녀의 입에 물려 주었다. 잠시 머뭇거리던 도톰한 입술이 살짝 벌어졌다. 짧은 찰나 우현의 입술이 그의 손가락을 스쳤다. 작은 접촉으로 시작된 불길이 그의 손가락을 타고 온몸으로 퍼진다. 해준은 흰 필터를 어색하게 물고 있는, 살짝 벌어진 입술을 보며 키스를 하고 싶은 충동을 간신히 억누른다.

라이터를 꺼내 불을 붙여 주려는데 쉽지가 않았다. 해준은 손을 동그랗게 말아 담배 끝을 감싸며 다시 불을 붙였다. 또 실패. 바람이 강한 것은 아닌데 왜 이럴까 생각하는데, 문득 잔뜩 긴장한 우현에게로 시선이 갔다. 하는 걸 보면 거침없는, 엄청난 사고뭉치 같은데 이럴 때 보면 묘하게 순진하다.

"빨아들여야지."

"아……. 그냥 붙는 게 아니야?"

우현이 눈을 크게 뜨며 물었다. 해준은 고개를 끄덕이며 다시 라이터를 켰다.

"캑, 맛없어."

이상한 소리를 내며 우현이 쿨럭거렸다. 바로 던져 버릴 줄 알았는데 우현은 다시 길게 빨아들이고는 한참을 사래 들린 사람처럼 기침을 했다.

"넌 이게 맛있어?"

"아니. 그냥 피우는 거야."

어디서 본 건 있는지 우현이 손가락 사이에 담배를 끼우고 제대로 피워 보기 위해 노력했다. 해준은 그걸 보고 웃으며 저도 모르게 그녀의 머리에 손을 얹었다. 이제 적응이 됐는지 우현이 옅게 연기를 내뱉으며 그를 올려다보았다. 그녀의 입술 사이로 흘러나오는 흰 연기가 천천히, 동그란 궤적을 그리며 허공에 퍼졌다.

공기가 더욱 농밀해진다.

"별로야?"

"응. 안 피울래. 스트레스 풀린다더니 더 쌓이는 거 같아."

그래, 그래. 잘 생각했어.

해준은 우현의 머리에 올린 손으로 토닥였다. 우현이 고개를 마구 움직여 손을 떼어 내려 했지만 해준은 끈질기게 그녀를 붙들었다.

"너 키 크다고 뻐기냐."

우현이 괜히 해준의 어깨를 밀쳤다. 하지만 해준은 굴하지 않고 그녀의 머리에서 손을 떼지 않았다. 그러자 우현이 온몸으로 그를 밀어 버린다. 몸이 완전히 뒤로 쏠렸지만 그는 이번만큼은 쉽사리 물러서지 않았다. 거의 안다시피 하자 우현이 바둥거리며 이마로 그의 어깨를 툭툭 쳤다. 해준은 가만히 그녀의 어깨를 감싸 토닥였다.

"워워. 진정해."

우현이 씩씩거리며 숨을 몰아쉬었다. 따뜻한 숨결이 코트 깃을 지나 해준의 목덜미에 닿았다.

이제 우현은 담배를 볼 때면 이따금 자신을 떠올릴 것이다. 시린 겨울 달 아래, 두 사람을 감싸던 매캐한 담배 연기라든가, 쌓인 눈이 달빛에 반사될 때의 눈부심이라든가.

귀를 기울여야 간신히 들리는 이 심장 소리까지 기억해 달라는 것은, 욕심일까.

우현은 해준이 찾은 도피처이다.

인간은 누구나 외롭다. 다만 해준의 경우엔 외롭지 않은 인간은 없다는 걸 타의에 의해서 지나치게 어린 나이에, 지나치게 빨리 깨달았다. 출생의 비밀을 알게 된 순간 세상을 떠난 친모, 끔찍한 사고, 그 후의 지독한 불면증, 악몽과 그로 인한 신경 쇠약. 그 모든 것이 감당할 수 없이 몰아치는 바람에 이 감정을 덜어 낼 대안을 찾는 데에도 무뎠다.

사고 후 몇 년이 지나도 괜찮냐고 물어보는 사람이 많았다. 해준은 괜찮다고 대답할수록 괜찮지 않다는 것을 깨달았다. 그것을 인정하는 데 많은 노력을 했고 긴 시간이 들었다. 계속 방법을 찾았지만 어지럽기만 했고 온갖 물음이 피곤하기만 해 차라리 외면하기로 했다. 그리고 모든 것들로부터 도망쳤다. 자신은 물론, 사람, 세상, 그 모든 것들로부터.

거짓말처럼 우현이 나타나기 전까지는 그랬다. 흑 아니면 백. 짙음과 옅음의 차이일 뿐 해준의 세상은 온통 무채색이었다. 그날 그곳에서 우현과 눈이 마주친 순간 어떤 스위치가 켜진 것 같다. 색은 흘러 넘쳐 뚜렷해졌고 잠들어 죽어 버렸다고 생각했던 감각이 다시 예민해진 걸 느꼈다.

아직 내가 살아 있다는 것을 절감한 후 고민을 내려 두기로 했다. 여전히 해답을 찾지는 못했지만 답보다 중요한 것은 지금 이 길 위에 서 있는 나 자신.

"야, 너 어디 아파?"

이상한 기색을 느꼈는지 우현이 그의 어깨를 안아 토닥거리며 물었다. 발목까지 내려온 긴 패딩을 입고 나온 탓에 지금 우현은 솜 인형 같았다. 부드럽고 폭신하고 따뜻했다.

"김해준."

해준은 아무 말 없이 우현의 허리를 당겨 안았다. 우현의 체향이 코끝을 스쳤다. 차갑고 시린 밤의 냄새와 뒤섞여 산뜻하지만 가볍지 않은 무게가 느껴졌다.

"해준아."

우현이 작게 속삭인다. 색으로 치면 우현의 목소리는 오렌지이다. 레드와 옐로를 절묘하게 섞은, 어른과 아이의 경계를 밟고 끝없이 그를 유혹하는.

"가기 싫어."

해준이 한숨 쉬듯 말했다.

"집? 나야 엄마 두바이 갔다 치지만 너희 부모님은 이 시간에 돌아다니는 거 뭐라고 안 하셔?"

오렌지색 목소리가 해준의 귀 아래 목덜미를 간질였다.

"안 갈래."

여기 있고 싶다.

너의 모든 계절을 함께하고 너의 모든 계절을 사랑하고 싶다.

우현과 이렇게 오래 말 한마디 안 하고 지낸 적은 처음이었다.

기껏 해 봐야 하루. 우현이 장난치다가 도윤의 건담 프라 모델을 부쉈을 때도, 도윤이 옷을 갈아입는 우현의 방문을 벌컥 열었을 때도, 서로 대화를 나누지 않는 그 상태가 어색해서 차라리 화해를 하곤 했다. 중학생 때는 밤이면 두 개의 창문을 사이에 두고 침대에 누워 만화책 이야기를 하다가 잠이 들었다. 고등학생이 된 후로는 우현은 연습하느라, 도윤은 본격적인 입시 준비를 하느라 바빴지만 서로 틈이 날 때마다 휴대폰 메시지를 보냈다. 우현의 오후 연습이 끝나는 밤 10시, 독서실에서 수학 문제와 씨름을 하다가도 휴대폰이 반짝일 때면 마음이 설렜다. 도윤은 그 미미한 심장의 파동이 기분이 좋아 메시지를 확인하고, 답장하고, 몇 번씩 더 확인하다가, 액정 불빛이 사라져 가는 휴대폰을 가만히 바라보곤 했었다.

보통은 여자가 더 빨리 철이 들고 섬세해진다던데 우현을 보면 그렇지도 않은 것 같다. 단순하고 감정적이며 즉흥적이다.

우현의 어머니는 여자애가 저렇게 드세서 되겠냐며 별나다고 혀를 찼지만 도윤은 그 남다름이 좋았다. 저렇게 일반적이지 않은 최우현을 가장 잘 아는 건 서도윤, 자신밖에 없다는 것이.

다만 도윤은 저런 얼굴의 우현은 알지 못한다.

잠이 오지 않아 편의점에 다녀오는 길이었다.

"왜 그래? 너 진짜 어디 아픈 거 아냐?"

우현은 누군가의 품에 안겨 있었다. 도윤도 아는 얼굴의 남자다.

"야, 김해준. 해준아."

해준이 우현에게로 완전히 몸을 기대며 그녀의 뒷머리를 감싸 안았다. 아무렇게나 풀어 내린 우현의 머리카락을 매만지며 장난을 쳤다. 도윤은 들고 있던 편의점 비닐 봉투를 소리 없이 꽉 움켜쥐었다.

차가운 바람에 머리카락이 날리자 우현이 이상한 소리를 내며 해준의 어깨에 이마를 기댔다. 바람이 제법 거셌다. 해준이 우현을 안은 채로 몸을 움직였다. 바람을 등져 막아 주려는 듯.

그러다 도윤과 눈이 마주쳤다.

우현이 고개를 들려 하자 해준이 그녀의 뒷머리를 잡아 꾸욱, 눌러 이마를 자신의 어깨에 기대게 했다. 몸을 틀어 그녀가 도윤을 보지 못하도록 교묘하게 시선을 가려 버렸다.

다시 한 번, 바람이 불었다. 도윤과 우현이 입고 있는 패딩 점퍼와 바람이 부딪히는 마찰음, 해준의 코트 자락이 서걱거리는 소리가 공간을 울렸다. 도윤은 가만히 해준을, 그리고 이제 정수리만 보이는 우현을 바라보며 깊은 숨을 들이마셨다. 옅은 겨울 냄새가 비강을 맴돌았다.

바람이 멈추고, 세상이 멈춰 버린 듯한 고요가 찾아왔다.

"잠깐만."

우현이 버둥거리자 도윤을 바라보던 해준이 시선을 거두고 그녀에게 속삭였다. 도윤은 여전히 미동도 하지 않고 그 광경을 바라보았다. 어떤 말이나 행동을 해야 할 것 같은데 머릿속이 하얗게 되어 버려 아무것도 떠오르지 않았다.

해준이 다시 도윤을 바라보았다. 그러면서도 그는 우현을 안고 놓아줄 생각이 없어 보였다.

계속 거기 그러고 있을 거냐는 듯, 싸늘한 일별.

도윤의 발끝에서부터 모욕감이 기어 올라왔다.

스텝 연습을 하던 우현은 잠시 멈춰 체육관 끝에 걸린 커다란 시계를 바라봤다. 꽤 오래된 것 같은데 아직도 오전 훈련이 한 시간이나 남았다.

"너 진짜야?"

옆에서 스트레칭을 하던 에페 팀 효진이 우현에게 조심스럽게 물었다. 우현이 말귀를 못 알아듣고 눈을 크게 뜨자 효진이 그녀에게로 다가왔다.

"너 서도윤이랑 김해준 양다리라며?"

"뭐어?"

"서도윤한테 그러는 거 아니다. 인간적으로 걔가 너한테 어떻게 했냐? 훈련 때마다 맨날 기다려 줘, 전지훈련 가면 찾아와서 간식 사 줘. 너 김해준이랑 바람나서 서도윤 찼다며. 그러는 거 아니야."

아주 지들끼리 소설 쓰고 난리 났다.

"아니라고."

우현은 못 들은 척 스텝 박스를 툭 치며 자세를 잡았다.

"사람이 지조가 있어야지. 아니긴 뭐가 아니야. 고시 뒷바라지한 남친 차는 거랑 뭐가 달라?"

"그런 거 아니라니까!"

알지도 못하면서.

우현의 입이 삐죽 나왔다.

우현은 계속 슬금슬금 약을 올리는 효진에게 도끼눈을 뜨며 째려보고는 매트에 누워 길게 스트레칭을 했다. 효진이 우현을 달래듯 토닥이고는 그녀를 눕혀 스포츠 마사지를 해 주었다. 우현은 멍하니 천장을 바라보았다. 꾹꾹 근육의 긴장을 풀어 주는 효진의 손길 때문인지 몸이 노곤해진다.

"너도 해 줄까?"

우현이 묻자 효진이 고개를 저었다.

"됐어. 네 마사지는 너무 세기만 해."

효진은 우현의 어깨를 툭툭 건드리고는 옆 매트로 가서 웜다운 스트레칭을 했다. 우현은 그대로 누워 나른한 그 감각을 즐겼다. 천천히, 심장 박동이 가라앉고 뜨겁게 달아올랐던 피가 미지근하게 식어 가는 게 느껴졌다.

아무래도 다음에 해준을 만나면 우리 사귀는 거냐고 물어봐야겠다. 몇 번 단둘이 만나고, 자주 메시지를 보내고, 뽀뽀 비슷한 것을 했고 포옹도 했다. 이게 남들이 말하는 '썸' 같은데 아직 확신을 못 하겠다. 사귀는 거라면 왠지 오늘부터 1일, 이런 거라도 해야 할 것 같은데.

김해준, 그리고 서도윤. 체육관 천장으로 둘의 얼굴이 두둥실 떠오른다. 둘 다 잘생기긴 했지. 다만 그 둘은 장르가 다르다.

키는…… 해준이 조금 클 것 같다. 그래 봤자 2,3센티미터 차이라 미세하긴 하지만 어쨌든 둘 다 크다. 해준은 운동 좀 한 것 같은 넓은 어깨와 곧은 자세가 인상적이다. 속 쌍꺼풀이 살짝 진 눈은 가로로 길고 가느다란 편이지만 작지는 않다. 눈매 때문일까. 해준이 눈을 내리깔고 무언가를 골똘히 생각할 때면 어딘지 모르게 차가운 느낌을 주기도 했다. 하지만 시선이 스칠 때면 곧게 뻗은 눈매가 부드럽게 휘는 그 느낌이 좋았다. 눈이 마주칠 때의 그 느낌, 나른하면서도 긴장되는, 느슨하지만 조바심이 나는 그 느낌이.

해준이 직선이라면 도윤은 곡선의 느낌이었다. 커다란 눈과 갸름한 얼굴선 덕분에 무표정하게 있어도 단정하고 따뜻한 분위기가 묻어났다. 웃을 때면 눈가에 주름이 잡히는데 유치원 때 도윤이 그렇게 웃기만 하면 선생님들도 다들 예쁘다며 자지러지곤 했었다.

도윤은 우현이 놀이터에 가려고 할 때면 신발장에서 그녀의 신발을 꺼내 앞에 놓아주었다. 그네를 밀어 주었고, 장난감 칼두 자루를 가져와 같이 칼싸움을 했다. 도윤은 콩밥의 콩을 대신 먹어 주었고 학습지를 대신 풀어 주었으며 구구단을 같이 외웠다. 그럴 때면 어른들은 안 되겠다고, 우현이 도윤이랑 결혼해야겠다며 놀렸다. 우현은 부끄러워 아니라고 버럭 소리를 질렀고 도윤은…… 귀 끝이 붉어졌던가.

그랬었지. 그랬었다.

서로에게 비밀이 없는 사이라고 생각했는데, 서로가 모르는 비밀이 생겨 버렸다.

우현은 높이 달린 창문으로 들어오는 햇빛을 바라보았다. 잎사귀가 다 떨어진 나뭇가지의 그림자가 천장에 비쳐 어른거린다. 분명 저 나무가 붉게 물들었던 가을에는 당장 대학에 붙는 것이 우선이었고, 대회에서 꾸준히 메달권에 드는 게 목표였다. 빠라드 리뽀스트Parade-Riposte(막고 찌르기) 할 때 몸이 위로 뜨는 게 고민이었고 그래서 무게 중심을 아래로 두려고 계속 마인드 컨트롤을 했었다. 그러다 보니 늘 거리 조절에 실패해 연습 경기를 할 때면 매번 디스땅스Distance(상대 선수와의 거리)에 예민해지자고 주문을 외웠고.

무엇이 더 어려울까. 이애리와 함께 있는 도윤을 본 후 드는 이 이상한 허전함과 갑자기 성큼 다가오는 김해준에 대한 이 야릇한 감정의 답을 구하는 것, 그리고 상대방의 사브르 검 끝을 예측하는 것, 두 가지 중에 뭐가 더 어려울까.

우현은 눈을 깜빡이다가 결론 내렸다.

차라리 검을 보는 게 쉬울 것 같았다.

펜싱을 잘 모르는 사람들은 선수들이 검을 보고 움직인다고 생각한다. 하지만 정작 피스트에 서면 손은 눈보다 빨라 보고 움직이면 늦다. 그래서 펜싱을 몸으로 하는 체스라고 한다나. 우현의 재능을 알아본 감독은 어려운 운동이라는데 우리 애는 공부 못해서 안 된다는 엄마에게 '공부를 안 해서 그렇지 머리가 나쁜 것은 아니다'라며 '집중력과 순간적인 판단력이 타고났다. 심지어 과감하고 뒤로 안 빼는 성질 머리까지 애는 펜싱으로 먹고살 수 있는 애'라고 설득했다고 한다.

피스트에서 빛을 발하는 그 판단력, 그 과감함, 그 집중력이 이럴 때는 하등 쓸모가 없는 것 같다.

계속 그 애의 목소리가 귓가에 맴돈다.

'밤에 잠 안 오면 전화해.'

떠올리기만 해도 얼굴이 붉어진다. 김해준 걔는 왜 목소리도 좋은 거야.

'오늘 밤도 괜찮아. 목소리 듣고 싶어.'

너무 능숙하고 적극적이다. 혹시 바람둥이 아닐까 의심이 된다.

그러면서도 자정이면 우현은 먼저 해준에게 문자를 보낸다. 자? 한 글자. 그럼 해준은 곧장 전화를 한다. 처음에는 덥석, 진동이 한 번 울리기도 전에 받아 버렸는데 지금은 세 번까지 기다린다. 내숭 떠느라 그러는 거다.

전화를 받으면 우현은 숨 쉬는 것을 멈추고 떨리는 호흡을 숨긴다. 그 찰나, 시간이 멈춰 버린다. 어제까지 벌써 세 번째 인데 전화를 받을 때마다 설레서 발끝이 오그라든다. 괜히 이불 끝을 돌돌 말아 움켜쥔다. 여보세요, 해준의 목소리가 낮게 울리면 우현은 그제야 숨을 쉰다. 그 옅은 호흡을 신호로 다시 시간이 흐른다.

평소엔 10시면 침대에 눕는데, 해준 때문에 두 시간을 멍하니 보내 버린다. 그럼 빨리 전화하면 될 텐데 왜 자정이냐면…… 그냥, 뭔가 은밀한 느낌이 들잖아.

우현은 볼에 바람을 넣었다.

조만간 해준과 키스도 하게 될 것 같다. 이따금 그가 자신의 입술을 내려다볼 때면 저도 모르게 긴장해 입술을 깨물고 만다. 그럼 해준은 엄지손가락으로 우현의 입술을 꾸욱, 누른다. 따뜻하고 커다란 손이 입술을 스치고 뺨을 감쌀 때면 괜히 실실 웃음이 난다. 그렇게 키스를 하게 되겠지. 그리고 음…… 더 한 것도 같이할지도 모르고.

아, 정말 연애는 어려워.

"대회?"

해준은 우현에게 대꾸하며 책상 한쪽에 놓여 있는 달력을 확인했다. 이재선이 통보한 해준의 출국일, 우현은 제주도에서 열리는 대회에 나간다고 한다. 가볍게 몸 풀러 가는 거라 부담은 없다고 조잘거리는 목소리가 이어진다.

"응, 응."

해준은 가만히 대꾸하며 책상 한쪽에 놓여 있는 여권과 서류 봉투를 바라보았다. 이제 겨우 5일이 남았다.

"응, 잘 자."

전화를 끊고 주먹을 꽉, 움켜쥔다.

외삼촌과 숙모에게는 말하지 않았다. 일주일에 한 번 찾아오는 사촌, 해령에게도 차마 말하지 못했다.

어떻게 해야 이곳에 있을 수 있나 생각해 보았다. 찾아가서 무릎 꿇고 빌어 볼까. 그런다면 과연 내 부탁을 들어줄까. 내가 당신 아들로 태어나고 싶어서 그런 것도 아닌데 왜 그 말을 들어야 하냐고 반항을 해 볼까. 도망을 치면 어떨까. 나 하나 없어진다고 딱히 표도 안 날 것 같은데, 그냥 없어져 버린다면.

이렇게 흘러가는 시간이 안타깝고 부족하고 모자라고 그래서 더 아깝기만 하다. 몇 번의 해가 다시 떠야 난 모자람이 없는 상태로 세상을, 너를 바라볼 수 있을까.

해준은 얇은 티셔츠 한 장만 입은 채 발코니에 나가 차가운 겨울바람을 맞았다. 새벽 2시를 넘은 시간. 하늘 끝에 걸린 달이 시리다.

시선을 멀리 보이는 한강에 두었다. 강물은 그 수면에 손을 대기만 해도 무엇이든 집어삼켜 버릴 것처럼 어둡고 깊어 보였다. 바람이 불 때마다 잔물결이 일며 검은 수면이 일렁였다. 그 광경을 보고 있자니 가슴 한구석에 묻어 둔 충동이 비집고 튀어나오려 해 해준은 덜컥, 겁이 났다.

차 한 대 보이지 않는 텅 빈 도로를 하염없이 바라보다가 갑자기 밀려오는 적막함이 쓸쓸해 다시 우현에게 전화를 하고 싶은 충동이 들었다. 하지만 방금 전에도 반수면 상태였던 우현을 떠올리며 그만둔다.

저 아래를 내려다본다. 여기가 몇 층이더라, 몇 미터가 될까 가늠하다가 역시 관둔다.

그냥, 다 부숴 버리고 싶을 뿐.

달

비행기가 두 시간 가까이 연착했다. 안개 때문이라나.

우현은 좁디좁은 비행기 좌석에 앉자마자 금방 잠이 들었다. 연습이 끝나면 해준이 체육관으로 데리러 오곤 했다. 아빠가 집 전화로 귀가 시간을 확인하는 바람에 오래 얼굴 보고 같이 있지는 못했지만, 그 짧은 시간마저 좋았다. 꽤 무거운 장비 가방을 받아 가뿐하게 뒷자리에 실어 주는 것도, 조수석 문을 열어 타라고 손짓을 해 주는 것도, 안전벨트를 채워 주는 것도.

불어로 된 펜싱 용어를 섞어 가며 수다를 떨면 잘 알아듣고 대꾸해 주는 것도 좋았다. 보통은 아따끄, 데팡시브Defensive(상대의 공격을 실패로 이끌기 위하여 행해지는 모든 동작) 이런 말은 잘 모르니까. 우현의 경기 영상을 봤는지 벨기에에서, 하면 준결승 기권승 했었지? 하는 것도, 사브르와 에페, 플러레의 차이를 잘 알고 있는 것도 그게 다 자신에 대한 관심 같아서.

효진이 잠이 든 우현을 보며 혀를 찼다.

"난기류가 이렇게 심한데 되게 잘 잔다."

"심지어 웃으면서 자."

비행기가 출렁거리며 요동을 쳤다. 어린아이가 겁이 났는지 숨이 넘어갈 만큼 울어 댔다. 그런데도 우현은 한 시간 남짓을 너무나 푹, 자 버렸다.

점심을 조금 지날 무렵부터 눈이 오기 시작했다.

아무리 의대라도 이 성적이면 안 붙는 게 이상하다는데 어쩐지 도윤은 싱숭생숭했다. 떨어질까 봐 걱정이 되어서라기보다는, 그냥, 기분이. 아무래도 유치원부터 고등학교까지 쭈욱 같이 다닌 우현과 드디어 헤어진다는 허전함 때문인 듯했다. 처음에는 시원할 줄 알았는데……. 왜일까, 지금은 섭섭함이 더 크다.

아무래도 전과 같지 않은, 소원해진 관계 때문이겠지.

저 바보는 창문을 열었다 닫았다 하며 밤새 통화하면 도윤의 방까지 들린다는 것, 그 정도로 가깝다는 것도 모른다.

10시, 늦어도 11시면 자는 애가 꼭 12시에 통화를 하고 잔다. 틱틱거리는 말투는 여전한데 가끔 콧소리를 낸다. 펜싱 기술을 이야기한다.

첫날 우연히 대화를 엿들을 때까지만 해도 도윤은 그래 봤자 김해준이 알아듣겠냐며 비웃었는데 대화가 꽤 매끄럽게 진행된다. 김해준도 아마 도윤처럼 책 사 놓고 펜싱 공부라도 한 모양이었다. 그래 최우현 꼬여 내려면 그 정도 정성은 들여야지. 고개를 끄덕이다가도 그 둘의 대화가 이어져 나가는 게, 연습 때 에피소드를 듣는 사람이 이제 도윤이 아니라 김해준이라는 게 괜히 부아가 치밀었다. 영어 아닌 외국어겠거니 하던 초등학생 최우현에게 그게 불어라는 것을 알려 준 것도, 어려운 용어 때문에 헷갈려 하는 우현을 위해 한글로 발음을 써 준 것도 김해준이 아닌 서도윤인데, 나인데.

할 일도 없어 빗자루를 들고 나와 쌓인 눈을 치웠다. 눈이 내리기 때문인지 그다지 춥진 않았다. 그러고 보니 작년 겨울 이 무렵에 우현과 싸웠다. 눈이 오는데 따뜻하다기에 기체가 고체로 바뀔 때 승화열을 방출해서 그렇다고 했다가 어쩌다 보니 나 공부 못한다고 무시하는 거냐, 이런 말싸움이 됐는데 사실 주제만 생각이 나고 어떻게 대화가 그렇게 흘렀는지는 기억나지 않았다.

못 이기는 척, 전화를 해 볼까. 이 시간이면 연습하고 쉴 테니까 잠깐 통화 정도는 할 수 있을 것 같았다. 그러다 간식 사 갈 테니 뭐 먹고 싶냐고 하면……

휴대폰을 들고 고민하는데 거짓말처럼 진동이 울렸다. 메시지다. 도윤은 그대로 빗자루를 놔 버리고 서둘러 휴대폰을 확인했다.

[오후에 뭐 해? 같이 서점 가지 않을래?]

최우현이 서점 가자는 말을 할 리가 없다.

애리였다.

도윤은 휴대폰을 가만히 내려다보다가 패딩 점퍼 주머니에
쑤셔 넣었다.

애리와는 애매한 이 관계 그대로다. 그 후로 더 가까워지지
도 멀어지지도 않는, 딱 이 정도의 관계.

이건 친구일까 아니면 연인인 걸까.

……잘 모르겠다.

만약 우현과 이렇게 소원해지지 않았다면 아무런 망설임 없
이 애리와 서점을 갈 수 있었을까. 그것도 잘 모르겠다. 다만
우현이 이렇게 갑자기 도윤에게서 멀어지고 난 후 도통 뭔가
갈피를 잡지 못하겠다는 것만은 분명하다. 분명 우현을 좋아한
다고 생각했는데, 그래서 섭섭했던 적도 한두 번이 아닌데 애
리와의 입맞춤은, 그 아찔하고 찌릿했던 감각은 이따금 도윤의
생각을 비집고 들어와 밤잠을 설치게 만들었다.

……그래도 일단은 우현이 먼저다.

도윤은 결심을 한 듯 숨을 크게 들이마시고 휴대폰을 꺼내
우현에게 전화를 걸었다. 세 번쯤 신호가 울리고 받았나 싶었
는데……. 아, 휴대폰 꺼 뒀나 보다.

생전 휴대폰 끌 일이 없는 우현인데 이상했다.

"어? 오빠, 우리 집 앞도 쓸어 줘."

그때, 시현이 도윤에게 다가오며 말했다.

"최우현한테 쓸라 그래."

"언니 없어. 제주도 대회 갔잖아. 나 혼자 자기 무서워서 친

구네 갈 건데."

"뭐?"

도윤이 미간을 찌푸리며 말하자 시현이 눈을 크게 떴다.

"오빠 몰랐어? 언니가 말 안 한 거야?"

도윤의 표정을 보고 시현이 어이가 없다는 듯 헛웃음을 지었다.

"와, 언니 진짜 너무한다. 남친 사귀는 건 사귀는 거고 오빠한테 그러면 안 되지. ……아니, 근데 오빠는 괜찮아? 언니 김해준이랑 장난 아닌 거 같던데 그냥 눈 뜨고 어물쩍 뺏길 거야?"

도윤은 시현이 떠들거나 말거나 휴대폰이 우현인 양 가만히 내려다보았다.

"오빠!"

"시끄러워."

도윤은 냉랭한 어조로 말하곤 집으로 홱, 들어왔다. 쾅쾅거리며 요란한 소리가 나자 거실에 앉아 책을 보던 엄마가 무슨 일이냐고 물었지만 못 들은 척 2층으로 뛰어 올라왔다. 포털에 무슨 대회인지 검색을 하자 '성한 중·고교 펜싱 대회'라는 이름이 뜬다. 제주 종합 체육관, 내일부터 이틀. 무슨 대기업이 후원하는 대회인 듯했다.

어차피 시간 있으니까 제주에 가 볼까. 이 기회를 놓치면 우현과 이대로 영영 멀어질 것 같단 생각이 들자 조바심이 났다. 함께한 세월이 15년이 넘는다. 일단 가서 대화를 해야 할 필요가 있었다. 도대체 왜 심통이 난 건지, 그게 분명……. 애리와 그 일이 있었던 그날부터였는데.

그러다 불쑥 그 변덕에 휘둘리는 것도 지겹다는 생각이 들자 화가 났다. 또 갑자기 우현이, 해준의 품에 안겨 있던 그녀가 떠오르자 화가 났다.

아, 뭐가 이렇게 복잡해.

도윤은 가만히 허공을 보며 이것저것 생각하다 휴대폰을 침대에 던져 버렸다.

이른 새벽, 창밖은 아직 어두웠다. 우현이 알려 준 대회 이름을 검색해 보고, 그녀의 숙소 위치도 확인했다. 포털에서 찾은 기사 한 줄. '성한그룹이 후원하는 성한 중·고교 펜싱 대회'라는 부분에서 잠시 해준의 미간이 찌푸려졌다.

후드를 쓰고 검정색 패딩을 입었다. 잠시 휴대폰 가져갈까 말까 생각하다 설마 이것까지 계속 감청을 했을까 생각하며 쓴웃음을 지었다. 그렇다면 정말 대단한 인력 낭비다.

평소에는 하루, 길면 일주일에 한 번 정도 보이던 남자들이 생부가 일방적으로 통보한 출국 3일 전부터는 노골적으로 해준의 뒤를 밟고 감시했다. 무언의 압박일까. 요즘 들어 해준의 동선이 복잡해지긴 했다. 순전히 우현 때문에.

어차피 한국 땅에 있는 한 금방 잡힐 거라는 건 잘 알고 있다. 3선 국회의원, 이제는 한 정당의 대표, 그 아내는 여성 재벌 랭킹 1위. 해준이 상대가 될 리 없다.

남자의 최종 목표를 안다. 거기까지 올라가기 위해선 해준의 존재는 하등 도움이 되지 않을 테니, 차라리 죽으라 하면 모를까 죽은 듯이 사는 것만으로는 성에 안 찰 것이다.

그래도 순순히 따라 주는 건, 그러기 싫잖아.

지금 당장 우현이 보고 싶기도 하고.

비행기 시간을 확인했다. 제주행 첫 비행기는 아직까진 연착이나 결항 이야긴 없었다. 눈이 좀 왔는데 괜찮겠지.

조용히 집을 나섰다. 원래대로라면 내일 뉴욕행 비행기에 실릴 거라고 생각하니 은밀한 사랑의 도피라도 하는 기분이었다. 설마 이 새벽에도 집 앞을 지키는 사람이 있을까 싶었지만 조심해서 나쁠 건 없으니 차는 얌전히 주차장에, 좀 걸어 나가 대로에서 공항까지 택시를 탈 생각이었다.

패딩 후드까지 뒤집어써서 얼굴을 가렸다. 밖으로 나오자 대각선으로 보이는 지하 주차장 쪽에 익숙한 검정색 승합차 한 대가 서 있는 게 보였다. 대단하네. 내가 이렇게 귀한 몸인 줄 몰랐어. 해준은 조소하며 택시를 잡아탔다.

공항에 도착해 비행기 티켓을 예매한 뒤 그 비행기에 타고, 아직 어두운 서울 시내가 뒤로 사라지는 것을 바라보았다. 아마 지금쯤이면 제주행 비행기를 예매한 것을 남자가 알았을지도 모른다.

그래, 개길 때까지 개겨 봐야지.

바다가 가까워서 그런 것인지 바람이 불 때마다 소금기가 느껴졌다.

우현은 깊게 호흡하며 청량한 공기를 들이마셨다. 시원하고 상쾌하다. 어차피 부담 있는 경기도 아니다. 단체전은 곧 졸업이니 나가지 않기로 했고, 오늘 있을 개인전이나 빨리 해치우고 구경 다니고 싶었다. 미국, 독일, 이탈리아, 벨기에……. 한국에서 먼 나라는 대회 때문에 몇 번 다녀올 기회가 있었는데 제주도는 처음이었다. 매번 아빠 한국 오면 다 같이 가족 여행 가자고 했는데 그럴 때마다 우현의 대회 일정과 겹쳐 번번이 무산됐다. 내년이면 시현이 고3이니 무리일 거고, 그다음 해는 올림픽 대표 팀 선발전 때문에 정신없을 거고.

경기장 라커룸에 들어선 우현은 스포츠 백에서 검을 꺼내 점검하고 슈트를 확인했다. 엄마가 손질해 주고 두바이에 가긴 했지만 오늘따라 좀 꼬질꼬질해 보이는 느낌이었다. 아빠가 대학 가면 새 슈트로 바꿔 주겠다고 했는데 언제 사 달라고 할까. 엄마가 가져가 버린 주니어 대회 우승 상금이면 슈트 바꾸고도 남을 테니까 옷도 사 달라고 해야겠다. 패딩이나 트레이닝복 말고 하늘거리는 원피스랑 코트, 핸드백 같은 것도. 앞이 뾰족한 구두도 신고 싶은데 발목 부상 후유증 때문에 그건 절대 안 된다고 할 테니까 리본 달린 단화 같은 것도 괜찮을 것 같다. 대학생 되면 화장도 할 거니까 화장품도 사 달래야지. 크리스마스에 분명 해준을 만날 테니 새로 산 것들 다 걸치고 가는 거야.

"뭘 그렇게 실실 쪼개? 이제 긴장도 안 하냐."

우현이 혼자 키득거리며 웜업룸으로 이동하는데, 다른 학교 라이벌인 지연이 그녀를 툭 치면서 말을 걸어왔다.

"어? 아, 아니 아무것도 아니야."

우현이 황급히 표정 관리를 하자 지연이 피식 웃으며 말했다.

"너 연애한다며?"

어떻게 알았지!

우현의 눈이 커졌다.

"소문 다 났어. 연습 끝나면 모시러 온다고. 맨날 좋아 죽는다더니…… 최우현 연애하느라 빠져서 연습도 안 하고 성적 죽이나 쒔으면 좋겠네."

지연이 얄밉게 말하자 우현이 웜업룸 매트에 자리를 잡고 스트레칭을 하며 인상을 썼다.

"넌 그래도 나한테 안 돼."

고교 대회 여자 사브르는 최우현과 정지연이 만나는 경기가 곧 결승전이었다. 국내 대회에서는 엎치락뒤치락했는데 국제 대회 성적은 우현이 월등히 좋았다. 실력 차이가 아니라 멘탈 차이일 것이다. 압도적인 피지컬에 심판이 안 볼 때는 눈 쪽 찢어지는 시늉을 하는 매너 없는 유럽 선수들에게도 기죽지 않고 일단 달려들고 보는 우현의 성격 때문에. 우현의 성적이 워낙 독보적이라 상대적으로 묻혀서 그렇지 지연 역시 손에 꼽히는 사브르 유망주였다.

"넌 남자 친구 없어?"

우현이 묻자 지연이 무심한 어조로 말했다.

"나? 있는데."

"뭐어?"

"나 현우 오빠 따라 대학 가는 거잖아."

"난 네가 나 피해서 그 학교 가는 줄 알았는데! ……근데 너 현우 선배랑 사귀어?"

"응."

아, 정말 나 빼고 다 연애하고 있었구나.

우현은 무언가 깨달음을 얻은 표정으로 햄스트링을 길게 늘이며 몸을 풀었다. 그래, 지연처럼 같은 학교 다니면 좋을 것 같다. 같이 교양 수업 듣고 학식 먹고, 비는 시간에 놀고, 우현이 연습하러 가면 해준은 도서관에서 공부를 하고.

다만 우현이 붙은 대학도 좋긴 하지만 수능 만점자인 해준에게 같이 가자 그러는 건 무리 같다. 그러고 보니 해준에게 어떤 과에 가고 싶은지도 물어보질 않았다. 역시 이과면 의대일까. 우현은 자세를 바꿔 웜업을 하며 흰 가운을 입은 해준을 상상해 보았다. 어울릴 것 같다. 그 얼굴에 그 피지컬에 뭔들 안 어울리겠냐만. 음, 기계를 잘 다루고 차에 관심이 많아 보이기도 했다. 그럼 기계공학이나 그런 쪽일지도 모른다.

스트레칭을 마친 우현은 슈트를 갈아입으며 깨달았다.

정말 자신은 해준에 대해 아는 게 전혀 없었다.

협회 비표 목걸이를 하고 있던 무리가 우현의 경기를 보며 대화를 나누는 소리가 들려왔다. 역시 물건이라는 둥, 이 기세면 다음 올림픽은 따 놓은 당상이라는 둥. 가만히 그 대화를 들으며 해준은 가운데 피스트에서 한참 경기 중인 우현을 바라보았다. 누가 보면 연습 경기 하는 줄 알 정도로 그녀는 여유가 넘쳐 보였다.

우현은 경기 시간을 길게 끌고 가지도 않았다. 심지어 예선은 5분 만에 끝내 버렸다.

펜싱 개인전은 1바우트당 3분씩 총 3바우트가 한 경기이다. 한 바우트에서 특정 선수가 8점을 득점하면 시간이 남아도 바우트가 종료되고 15점을 먼저 따면 남은 시간과 상관없이 경기가 끝난다.

준결승까지 우현은 전 경기를 다 15점으로 종료시켜 버렸다.

"아마 향후 10년 동안 여자 사브르는 최우현이 다 해 먹을 겁니다. 황 사장님이 추구하는 성한의 기업 이미지에도 잘 어울리지 않습니까?"

귀에 익은, 하지만 결코 달갑지 않은 이름이 들려오자 해준의 시선이 그쪽으로 향했다.

"잘하긴 하네요."

퍼 장식이 인상적인 코트를 입고 있는 여자가 시선을 피스트에 고정시키고 고개를 끄덕였다. 누군지 모르고 봐도 시선을 끄는 여자였다. 흐트러짐 없이 하나로 묶은 헤어와 짙은 메이크업, 여자가 온몸에 휘감고 있는 명품은 태어날 때부터 자기 것인 듯 기가 막히게 잘 어울렸다. 해준은 30대 초반이라고 해도 믿을 정도로 빼어난 미모의 여자를 보며 조소했다.

그는 여자를 너무나도 잘 안다.

"네, 사장님. 기대하셔도 좋을 겁니다."

황수영. 생부의 아내.

백화점과 면세점 부문 총괄 사장이 됐다는 뉴스를 들었다. 차근차근 자기 지분을 늘려 가며 이복형제의 숨통을 조이고 있다는 것도. 친부와 저 여자는 여러모로 닮았다. 끝없는 야망도, 원하는 것을 얻기 위해 철저하게 이해관계에 따라 움직이는 습성도.

잠시 후 여자가 수행원과 함께 체육관을 빠져나갔다. 예전보다는 많이 나아졌지만 여자는 눈썰미가 좋은 사람이라면 금방 눈치챌 정도로 미세하게 다리를 절고 있었다. 그 사고 이후 10년, 평생 휠체어를 타고 다녀야 한다고 진단받을 정도로 다리가 많이 망가졌다고 들었는데 생각보다 살 만해 보였다. 만약 친모가 그때 해준을 감싸지 않았더라면 그 역시 다리를 절거나 팔을 쓰지 못했을지도 모른다.

해준은 간신히 살았고, 그 대가로 친모가 죽었으며, 그 트라우마로 영혼을 잃었다.

초저녁이지만 벌써 해가 져 버려 사방이 어두웠다. 어두운 바다, 들리는 것은 거센 파도 소리뿐. 바닷바람에 우현의 긴 머리카락이 날려 산발이 됐지만 이마를 훑고 지나가는 찬 기운이 시원하고 기분 좋았다.

경기는 평소처럼 잘 끝냈고 코치의 눈을 피해 숙소에서 탈출도 했다. 어쩐지 들뜨고 신이 났다. 우현은 딱딱하게 얼어붙은 모래사장을 뛰어다니며 꺅꺅 소리도 질렀다. 가슴이 뻥 뚫리는 기분. 괜히 웃음이 났다. 역시 이건 갑자기 예고도 없이 나타난 해준 때문인 것 같다.

"해준아, 해준아! 여기 되게 좋아!"

우현이 해준에게 후다닥 뛰어와 자연스럽게 그의 팔에 매달렸다. 뛰어서 숨이 찬지 우현이 헐떡이자 해준이 뒤에서 그녀의 허리를 안고 진정시키듯 토닥였다. 오늘 경기 뛰고 온 애 맞나 싶을 정도로 우현은 기운이 넘쳤다.

"추운데 안에 들어가자. 아까 난방 올려 뒀어."

"우리 내일 동백꽃 보러 가자. 인터넷에서 봤는데 제주도 동백꽃 앞에서 셀카 찍으면 인생 샷 나온대."

"응, 내일 가자."

해준이 손을 잡아끌자 우현이 고개를 끄덕이고는 잠자코 그의 뒤를 따랐다.

꽤 오래 비워 뒀던 집은 의외로 깨끗하고 깔끔했다. 관리인이 드나든다더니 그 덕 같았다.

우현이 배고프다며 주방으로 향하자 해준은 안쪽, 친모가 대부분의 시간을 보내던 작업실 쪽으로 천천히 발걸음을 옮겼다. 복도를 따라 걸을 때마다 나무 바닥이 끼익, 하는 소음을 냈다. 세월의 영향인지 해준이 처음 왔을 땐 틈 하나 없던 나무가 조금씩 벌어졌다. 그 길을 따라 걷자 커다란 통유리창이 인상적인 널따란 공간이 눈에 들어왔다. 지금이 낮이었다면 저 창으로 바다가 한눈에 보였을 것이다.

작업실 안으로 들어오자 물감은 마구 뒹굴었고 붓은 통에 아무렇게나 꽂혀 있었다. 흰 천으로 덮여 있는 캔버스와 이젤. 다른 공간과는 다르게 이 작업실만큼은 친모, 유진이 죽은 후로 지금까지 시간이 멈춰 있는 느낌이었다.

유진은 해준을 이곳에 데려와 함께 그림을 그렸다. 본격적으로 미술을 시킨 것은 아니었지만 색을 고르게 하거나 물을 떠오라고 시키는 등 잔심부름을 하게 했다. 그럼 그냥 놀게 하다 심부름할 때 불렀어도 될 텐데, 그녀는 해준을 꼭 자신의 옆에 붙어 있게 했다.

그림을 다 그리고 가장 마지막에, 유진은 꼭 그의 손가락에 물감을 묻혀 아래에 자국을 남겼다.

"해준아!"

먼 곳에서 우현이 그를 부르는 소리가 들렸다. 해준은 가라앉은 눈빛으로 작업실을 훑어보고 다시 우현이 있는 거실 쪽으로 발걸음을 옮겼다.

우현이 그에게 머그잔을 건넸다.

"핫초코야. 숙소에서 훔쳐 왔어."

단것을 좋아하지 않지만 그는 그녀가 내미는 것을 잠자코 건네받았다.

우현은 바다를 향해 난 창 쪽 러그에 털썩 앉아 해준에게 손짓을 했다. 그가 옆에 앉자 눈을 맞추고는 핫초코를 한 모금 마시며 헤헤, 웃는다. 추운 곳에 있다 집에 들어와서인지 그녀의 볼이 붉었다.

해준은 조용히 그녀를 바라보았다. 조명은 어두웠지만 우현은 더할 나위 없이 선명했다. 그의 눈에 그녀는 다른 사물보다 채도와 명도가 더 높다. 온 세상의 빛이 다 그녀에게로 향한 것처럼 환하고 또렷하다.

해준은 손을 뻗어 바다를 보고 있는 그녀의 뺨을 감싸 자신 쪽으로 향하게 했다. 허공에서 눈이 마주치자 우현의 검은 눈동자가 미세하게 흔들렸다. 그 짧은 순간 해준은 우현의 시선에서 수많은 것을 읽어 간다.

언뜻, 두려움이 스쳤다. 도시에서 멀리 떨어진 곳, 남자와 한집에 단둘뿐이라는 것이 무엇을 의미하는지 그녀도 잘 알고 있을 것이다.

호기심도 보였다. 우현의 시선이 미묘한 궤적을 그리며 그의 입술에 머물다 황급히 미끄러지고 이내 다시 눈을 맞추었을 때, 해준은 그녀에게서 호기심을 읽었다.

그는 천천히 우현의 입술에 자신의 것을 가져갔다. 점점 우현이 가까워진다. 그녀의 새까만 눈동자에 깊은 바다가 담겨 있는 듯하다.

이 바다는, 빠져도 숨 쉴 수 있을 것 같다.

입술이 닿고 호흡이 섞였다. 단지 그뿐이었는데도 우현은 난생처음 느껴 보는 감각에 몸을 떨었다. 이내 해준의 혀가 우현의 아랫입술을 핥으며 점점 그녀의 안으로 진입했다. 까슬한 혀의 감촉에 놀라 우현은 해준의 팔을 잡고 있던 손에 힘을 주었다. 그가 그녀의 허리를 당겨 몸을 더욱 밀착했다. 단단하고 뜨거운 남자의 몸을 느낄 새도 없이 해준은 그녀의 입안으로 더욱 깊게 호흡을 밀어 넣었다.

그의 혀가 입 안쪽 살을 꼼꼼하게 더듬었다. 무엇 하나 놓치지 않겠다는 듯, 감질나게 느릿한 움직임이 오히려 우현을 더욱 안달 나게 한다. 모조리 맛본 남자는 기습적으로 우현의 혀를 옭아매며 깊게 끌어당겼다. 갑작스러운 움직임에 그녀는 숨 쉬는 법을 잊고 그저 손에 힘을 주었다.

아득한 느낌에 고개가 뒤로 젖혀지고 온몸이 축축하게 젖어 들었다. 따뜻한 물에 몸이 완전히 잠긴 것 같았다. 눈을 뜨자 해준의 어깨 너머 커다란 창으로 달빛을 담은 밤바다가 보였다. 눈을 감자 바다만큼 어두운 암흑이 펼쳐졌다. 입술을 깨물릴 때마다 암흑 속에서 불꽃이 터지는 느낌이 들었다.

우현이 호흡을 잊고 헐떡이자 해준이 살짝 입술을 떼고 러그에 그녀를 눕혔다. 그는 잠시 그녀의 목덜미에 얼굴을 묻고 깊게 숨을 들이마셨다. 더운 숨결이 예민한 목에 닿자 우현의 잇새로 낮은 신음이 흘러나왔다. 저도 모르게 흘러나온 소리에 우현이 화들짝 놀라며 애써 숨기려 하자 해준은 그녀의 목덜미를 길게 핥으며 아찔하게 자극했다. 그의 혀가 지나간 자리가 불에 덴 것처럼 화끈거린다.

이번엔 그녀의 귓불에 입을 맞추고 귓바퀴를 핥으며 올라가 한입에 깨물었다. 아프지 않게, 하지만 흥분하도록 자극하며 우현의 감각을 깨웠다. 해준의 움직임이 짙어질수록 등줄기를 타고 생경한 감각이 올라와 그녀의 온몸으로 퍼져 갔다. 이

미묘하고 야릇한 느낌이 낯설지만 나쁘진 않다. 우현은 해준의 어깨를 쥐고 있던 손을 움직여 그의 목에 가져갔다. 손바닥으로 느껴지는 남자의 체온이 평소보다 뜨겁다. 그녀의 손길이 닿자 해준의 근육이 긴장하며 단단해졌다. 부드럽게 어루만지며 더듬자 그가 고개를 들어 그녀를 바라보았다.

해준의 눈에 짙붉은 욕망이 일렁였다. 평소와는 다르게 여유라고는 찾을 수 없는 눈빛. 용기를 얻은 우현은 고개를 들어 그의 이마에 입을 맞추었다. 이마에서 시작된 그녀의 키스가 코를 따라 내려와 입술에 닿았다. 방금 전, 그가 한 것처럼 우현은 살며시 해준의 아랫입술을 입안에 머금고 선을 따라 더듬었다. 그녀가 입술을 깨물자 그가 야릇한 신음 소리를 내며 몸을 떨었다. 해준의 더운 숨결이 우현의 입안으로 쏟아졌다.

도저히 못 참겠다는 듯, 해준이 우현을 바싹 당겨 안자 서로의 가슴이 맞닿았다. 해준의 몸은 우현이 상상했던 것 이상으로 단단하고 뜨거웠다. 자신의 몸을 지그시 내리누르는 무게감을 느끼며 우현은 그의 목에 자신의 팔을 감았다. 잠시 그렇게 두 사람은 아무런 말없이 서로를 끌어안고 서로의 체온을 느꼈다.

손을 뻗으면 뚝뚝 묻어날 것처럼 선명한 금색의 달빛이 두 사람을 감쌌다. 우현은 그의 어깨 너머로 어른거리는 달을 바라보았다. 세상의 빛이란 빛은 모두 빨아올린 듯 밝았다. 아득하고 멀었으며 차갑지만 매혹적이었다.

순간, 우현의 허리에서 맴돌던 해준의 손이 그녀의 상의 안으로 들어왔다. 허리를 매만지며 주저하다가 슬금슬금 올라오더니 그녀의 가슴 아래에서 감질나게 망설였다. 보이지 않았지만 우현은 분명히 느꼈다. 해준의 손이 미세하게 떨리고 있었다. 고민하고 방황하던 그의 손이 결심한 듯, 그녀의 브래지어 안으로 들어가 맨가슴을 움켜쥐었다. 난생처음 느껴보는 타인의 손길. 우현의 몸이 작게 들썩였다.

해준은 섬세하고 다정했다. 가만히 감싸고 조심스럽게 매만지는 손길이 따스하고 부드러워 우현은 어쩐지 가슴이 벅차올랐다. 그녀의 몸을 어루만지는 해준은 경건한 종교 의식을 집행하는 사제처럼 엄숙하면서도 긴장된 얼굴을 하고 있었다. 우현이 아는 그는 늘 여유가 넘치고 자신만만하며 뭐든 능숙했던 사람인데 저런 표정을 짓는다는 게 이상하고도 신기했다.

그래……. 날 좋아해서 그러는구나.

그렇게 결론을 내리자 우현은 괜히 웃음이 나왔다.

처음 해 보는 이 어른의 행위는 야릇하고 아찔하고 새로웠지만 한편으론 두렵기도 했다.

아니, 이제 무섭지 않다.

"왜? 불편해?"

해준이 히죽 웃는 우현을 내려다보며 물었다.

"바보야, 불편하면 웃겠냐."

"……아."

해준이 잠시 얼빠진 얼굴을 하고 있다가 쑥스럽다는 듯 미소를 지었다. 그러고는 우현의 후드 티를 단번에 벗겨 냈다.

갑자기 찬 공기가 닿자 우현의 가슴에 소름이 돋았다. 해준은 흐트러진 브래지어도 벗겨 버리고 우현의 위에 올라타 새겨 넣듯 천천히 그녀의 몸을 바라보았다. 시선이 무게가 되어 느껴졌다. 해준의 눈길이 지나간 자리가 마치 그가 더듬는 것처럼 화끈거린다.

"예뻐."

그가 중얼거렸다. 그러자 우현이 입을 삐죽 내밀고 팔로 가슴을 가리며 투덜거렸다.

"너도 벗어. 나만 벗은 건 불공평해."

해준이 그녀의 입술에 살짝 입 맞추며 말했다.

"벗겨 줘."

그러자 우현이 잠시 머뭇거리더니 몸을 일으켜 그와 마주 앉았다.

"만세."

우현이 가슴을 가리고 있던 팔을 내리며 그의 옷깃을 잡았다. 해준은 들리지 않는지 멍한 얼굴로 우현의 희고 탐스러운 가슴을 응시했다. 어깨 아래로 흘러내린 검은 머리카락 틈으로 흰 피부가 스친다.

그는 잠시 숨을 쉬는 것을 잊는다.

곧게 뻗은 직선의 쇄골, 그리고 쇄골이 끝나는 지점의 동그란 어깨. 해준은 그녀의 어깨를 감싸 안았을 때의 감촉을 떠올렸다. 둥글고 부드러웠지만 약하진 않았다. 긴장했는지 우현이 숨을 쉴 때마다 가슴이 미약하게 들썩였다. 불과 몇 초 전, 그 가슴을 손에 쥔 것만으로도 뇌가 녹아 버리는 것 같았다. 분명 입술보다 몇 배는 더 부드러웠다.

시선을 느꼈는지 우현이 황급히 해준에게서 몸을 돌렸다.

"창피하게 왜 뚫어져라 봐."

밤새 만지고 키스하고 싶다.

"야, 그렇게 보지 말라니까."

……아니, 그림을 그리고 싶기도 했다.

"우리 그럼 이제 자는 거야?"

우현이 애써 평온한 척 물었다.

"하고 싶어?"

"하고 싶기도 하고……."

우현이 말꼬리를 길게 끌며 꼼지락거렸다. 해준은 아무런 말 없이 그녀의 머리카락을 쓸어 넘겼다. 그녀가 다시 웅얼거린다.

"음, 하고 싶은 마음도 있긴 있는데."

두렵기도 하겠지.

해준은 손을 뻗어 그녀의 자신 쪽으로 끌어당겼다. 가벼운 저항이 이어졌지만 우현은 온 힘을 다하진 않았다. 해준은 우현을 러그에 눕히고 두툼한 담요를 덮어 주었다. 그는 우현의 뒤에 누워 그녀의 허리를 안았다. 맨살에 해준의 손이 닿자 우현이 잠시 움찔했다. 하지만 해준이 안고 있기만 하자 금세 그의 체온에 적응했는지 안도하는 듯했다.

해준은 옅게 웃으며 그녀를 가볍게 토닥거렸다.

"자, 얼른. 경기하느라 피곤할 텐데."

해준의 말에 우현이 힐끔 그를 바라보았다.

"오늘은 말고. 다음에."

그는 그녀의 맨 어깨에 가볍게 입을 맞추며 말했다. 우현이 옅게 안도의 한숨을 내쉬었다.

키스만으로 이렇게 황홀한 것을 보면, 바라보는 것만으로도 심장이 날뛰는 것을 보면 분명 그녀와 몸을 섞는 행위는 농밀하고 아름답고 아찔할 것이다.

우현이 해준을 향해 몸을 돌려 누웠다. 그녀가 그의 시야 가득 찼다. 우현은 아주 잠시 해준을 빤히 보다가 그의 입술에 키스했다. 입술이 살며시 닿고, 그 짧은 순간 그의 입안에 그녀의 호흡이 섞여든다.

그녀는 모를 것이다.

넌 이미 날 가졌다는 걸.

잠에서 깬 해준은 곁에서 곤히 자고 있는 우현을 바라보며 잠시 멍한 얼굴로 눈을 깜빡였다. 혹시 이것도 꿈은 아닐까, 하다가 그제야 이곳이 어딘지 정신이 들었다.

사고 후 처음으로 약을 먹지 않고 세 시간을 꼬박 잠들었다. 꿈을 꾸긴 했지만 예전처럼 어딘가에 굴러떨어지거나 갇히고 쫓기고 살해당하는 무시무시한 내용은 아니었다. 너무나 평온했던 어린 시절로 잠시 돌아갔다. 아마도 너무 오랜만에 이곳을 찾은 탓일 것이다.

외삼촌은 방학이면 해준을 유진이 머무는 제주로 보내곤 했다. 유진은 아름답지만 예민했고 성격이 괴팍했지만 그림을 정말 잘 그렸다. 붓을 들고 캔버스 앞에 앉아 있을 때는 다른 사람 같았다. 손끝으로 마법을 부리는 것처럼 그 모습이 신비로워 어린 해준은 그녀의 옆에서 그것을 몇 시간이고 관찰했다.

꿈속에서 유진은 해준을 데리고 함께 산책을 나섰다. 하늘은 온화했고 초록의 녹음은 갖가지 농담濃淡이 뒤섞여 커다란 예술 작품을 만들어 냈다. 걸을수록 햇빛과 바람에 깨끗이 씻긴 녹음이 짙푸르게 그를 감싸 안았다. 능선을 따라 올라가자 세상은 아득하게 열어지고 어느덧 멀찍한 곳에서 따라 걷던 유진은 더 이상 보이지 않았다.

해준은 조금 더 걸음을 옮겼다. 그럴 때마다 시간은 이상하게 빨리 흘렀지만 그는 개의치 않았다. 그리고 마침내 멈춰 섰을 때 하늘에서 쏟아지는 빛무리가 그를 다정하게 감쌌다.

그 온기를 느끼며 잠에서 깼고……. 그의 곁에 우현이 잠들어 있었다.

지난밤 우현과 많은 이야기를 나누었다. 차마 다 말하진 못했지만 그녀가 털어놓은 평범한 바람을 함께하고 싶다는 욕심이 생겼다. 기회가 된다면 우현의 그림을 그리고 싶단 생각도 했다. 주말엔 데이트를 하고 우현의 대회를 보러 가고, 그런 사소한 것들을 하나둘 떠올리다 해준은 쓴웃음을 지으며 꺼 둔 휴대폰을 바라보았다.

제주에 온 것이 친부에게 알려졌을 것이다. 어쩌면 이 집 앞에 검정색 승합차가 서 있을지도 모른다. 가지 않겠다고 한다면 과연 그는 어떻게 나올까. 쉽게 물러설 사람은 분명 아닌데,

난 어떻게 해야 할까.

갑자기 불안감이 엄습하자 해준은 우현을 당겨 끌어안았다. 자신의 몸 위에 우현을 올리고 그녀의 심박 소리에 집중했다. 천천히 호흡을 고르고 그 소리에 귀를 기울이자 조금은 안심이 되었지만…… 그래도.

해준은 휴대폰을 들고 조심스럽게 침대에서 빠져나와 거실로 향했다. 어두운 밤바다가 내려다보이는 소파에 앉아 휴대폰의 전원 버튼을 켰다. 마치 전화가 온 것처럼 연달아 울리는 진동. 전부 해령의 메시지였다.

30분 전에도 메시지가 와 있었다. 해준은 잠시 망설이다가 해령에게 전화를 걸었다.

— 너 어디야.

신호가 채 한 번 울리기도 전에 해령이 전화를 받았다.

— 이재선이 미국으로 나가라고 했었다며.

"응."

— 그 사람 보좌관이 집에 찾아왔어.

평소답지 않게 해령의 목소리가 가늘고 작았다. ……울고 있구나. 해준은 입술을 깨물며 휴대폰을 고쳐 잡았다.

이번 주 안에 해준이 한국 땅에 있을 시 벌어질 일들에 대해 줄줄이 늘어놨다고 했다. 은행, 어음, 대출, 자금 회수, 부도. 더 버티면 맏딸의 시댁이 운영하는 중소기업에도 똑같은 압력이 가해질 것이라는 예고까지. 실제로 무슨 일이 일어났는지 분위기가 심상치 않다는 말도.

해준은 마치 시간의 흐름에서 튕겨져 나와 버린 듯한 느낌을 받았다. 그는 몸을 돌려 침실 쪽을 바라보았다. 나른하게 잠든 우현이 보인다. 꿈과 현실이 이렇게 공간으로 나뉠 수도 있다는 것을 처음 배운다.

천천히 꿈에서 깬다.

차갑고 잔혹한 현실 속으로 다시 떨어져 버렸다.

끝없는 밤

해가 지자 남자의 어둠이 발끝에서부터 들이차기 시작했다. 밤은 바닥부터 빼곡하게 쌓여 어느새 남자의 복사뼈를, 무릎을, 가슴팍을 덮고 턱 끝에서 그의 호흡을 위협하며 찰랑거렸다.

마치 그의 아들 같았다. 자신을 에워싸고 위협하는 이 사나운 어둠처럼 아들은 태어난 순간부터 언제고 그의 발목을 잡을 거대한 쇠고랑 같은 존재였다.

섬세한 생김새는 제 친모를 닮았다. 그림에 재능이 있다는 점도, 기민하고 예민해 자주 붙여 둔 경호원들을 따돌려 골탕을 먹인다는 점도, 아들은 철저하게 제 친모를 빼닮았다. 그 때문에 남자는 아들을 볼 때면 속이 뒤틀렸다. 보기만 해도 그 여자를 떠올리게 하는 점이 지독히도 불편하고 불쾌했다.

이재선 일생 단 한 번의 실수.

그 어린 여자애의 교복 블라우스에 손을 댄 것이다.

여자가 죽고 남자는 3일을 틀어박혀 술을 마셨다. 술에 취해 울었던 것 같기도 하다. 여자가 죽을 때까지 당신 괴롭히면서 발목 잡겠다고 퍼부을 때면 차라리 세상에서 없어졌으면 하고 바랐던 때도 있었지만 막상 그것이 현실이 되니 가슴에 구멍 난 것처럼 괴로웠다. 그것은 슬픔이라기보단…… 공허함에 가까웠다. 인생에 커다란 부분을 차지하고 있던 것이 사라졌을 때 느끼는 지독한 피로감 같은 것.

여자를 향한 애증은 그녀의 죽음으로 다 끝난 일이라고 생각했다.

살아남은 아들은 있는 듯 없는 듯, 죽은 것처럼 살게 하면 되는 일이라고. 이제 호시탐탐 자신을 노리는 정적들만 손봐주면 되는 일이라고.

짜악!

재선이 뺨을 때리자 날카로운 소리와 함께 해준의 고개가 돌아갔다. 해준은 무표정한 얼굴로 아무런 미동도 하지 않았다. 남자는 아들이 울며 매달리거나 바짓가랑이를 붙드는 상상을 했었다. 역시, 그럴 일은 없었다. 아들은 지나치게 제 친모를 빼다 박았으니까.

남자가 혀를 차며 조소했다. 아주 짧은 찰나, 해준의 시선이 재선에게로 향하다가 이내 비스듬히 미끄러진다.

해준이 무어라 말을 하려 입술을 달싹이자 남자는 서슬 퍼런 어조로 말했다.

"한국 뜨겠다는 거 아니면 무슨 말을 해도 소용없다는 것쯤은 너도 알고 있겠지. 포기해. 들어줄 생각 없으니까."

과거, 남자는 여자에게 무릎 꿇고 빌며 아이를 지우자고 설득했었다. 잠시 미쳤노라고, 제발 다시 생각해 달라고.

명석하고 그림 실력도 좋았던 여자는 출산 후 다시 입시를 치를 거라는 예상과는 다르게 임신한 채 남자가 다니고 있는 대학에 들어왔다. 빼어난 미모와 실력으로 미대에 소문이 자자한 한편으론 조금도 남과 어울리려고 들지 않아 오히려 신비롭다며 세간의 관심을 받았다. 그렇게 캠퍼스에서 그녀가 눈에 띌 때면 남자는 정말이지 미칠 것만 같았다. 배만 조금 나와 아무도 눈치채지 못한 여자의 임신을 세상이 알게 될까 봐, 여자와 배 속 아이의 존재를 남자에게 관심을 보이던 재벌가 상속녀가 알게 될까 봐. 하지만 아무리 빌어도 여자는 요지부동이었다.

"한국에 있게만 해 주세요."

한참 후에야 해준이 조용히 입을 뗐다.

"그럼 너희 외삼촌과 그 가족은 모든 걸 다 잃게 될 거다. 널 아들로 키워 준 은혜는 갚아야 하지 않겠니."

"의원님."

꾹, 무언가를 누르듯 말하는 해준을 보며 남자는 묘한 희열을 느꼈다.

"죽은 듯 살 테니까……."

"정신과 치료를 받는다고?"

남자가 해준의 말을 끊었다.

"온전치 못한 정신 붙들고 그래도 생각보다 제법 오래 버텼더구나."

남자의 말에 담긴 의미를 정확히 읽었는지 해준의 눈빛이 차게 식었다.

생각보다, 제법, 오래.

죽으라고 등 떠미는 말들.

남자는 해준을 똑바로 바라보았다. 어떤 결심을 한 듯 해준은 천천히 호흡을 가다듬으며 생각을 정리하고 있는 기색이 역력했다. 서서히 침잠하는 눈빛. 영혼이 죽어 가는 모습을 보고 있는 듯하다.

남자의 턱 끝에서 그를 노리던 어둠은 순식간에 방향을 틀어 그의 아들을 집어삼키고 있었다.

차에 기대서 있는 해준을 보며 우현은 몰래 히죽거렸다.

이런 게 어른의 연애일까. 뭔가 되게 있어 보인다.

부모님은 두바이에, 시현은 한번 잠들면 절대 깨지 않는다. 내일은 일요일, 훈련도 없다.

딱, 이런 나쁜 짓 하기 좋은 여건이라는 뜻이다.

"뭐야, 이 시간에."

우현이 삐죽거리며 해준에게 다가갔다. 그가 그녀를 힐끔 보고는 다가오라는 듯 손짓을 했다. 몇 걸음 더 걷자 그가 손목을 잡아 그대로 당겨 끌어안았다. 그와 동시에 얼음장 같은 한기가 그녀의 뺨에 스몄다. 밖에 오래 서 있었나 보다. 몸이 차가웠다.

우현은 양손을 크게 벌려 장난스럽게 해준을 안았다. 그의 차가운 코트 자락에서 맑고 시린 냄새가 났다. 우현은 그의 가슴팍에 안겨 깊게 숨을 들이 마시다가 고개를 들어 이번엔 어깨 쪽으로 옮겨갔다. 목덜미, 코트 깃에 코를 박고 깊게 숨을 들이마셔 본다.

그래, 이 냄새…….

겨울 냄새다.

"너 진짜 키 크다."

까치발을 들고 있던 우현이 해준을 올려다보며 중얼거렸다. 도윤보다 시선이 조금 더 높았다. 걔도 작은 키는 아닌데…….
중얼거리는데 해준이 몸을 살짝 굽혀 자신의 뺨을 그녀의 것에 들이댔다. 차가울 것이라는 예상과는 달리 따뜻했다. 아니, 뜨겁다.

놀란 우현이 고개를 들어 바라보자 해준이 옅게 웃으며 말했다.

"나 아파."

우현은 발걸음을 죽이고 주방을 오가며 수선을 떨었다. 물을 끓이고 사과청을 꺼내 커다란 머그잔에 덜기 시작했다. 단걸 싫어하면 어쩌나 잠깐 생각했지만 기침도 하는 걸 보니 분명 목이 아플 거야, 고개를 끄덕거리며 자기 취향대로 듬뿍 담아냈다. 상비약을 두는 찬장을 뒤지자 상자에 약이 꼼꼼하게 라벨링 되어 있었다. 집안일은 귀찮아하면서도 엄마는 도핑을 조심해야 하는 우현 때문에 이것만큼은 답지 않게 세심했다.

종합 감기약, 이거다.

빈속일 수도 있으니까 푸딩도 챙겼다. 우현의 몫은 이미 낮에 먹어 치웠고 이건 시현의 몫이다. 왜 먹었냐고 따지면 너 다이어트 도와주려고 먹었다고 해야지. 히죽 웃으며 우현은 푸딩과 작은 티스푼을 쟁반에 가지런히 담아 뒀다.

물이 끓자 우현은 사과청을 덜어 둔 머그잔에 조심스럽게 부었다. 달콤한 향이 기분 좋다. 지난여름, 시현이 남자 친구 준다며 담근 것이다. 그때는 뭘 저렇게까지 하나 했는데 최시현 하는 짓이 도움이 될 때도 있다.

우현은 보일러 온도를 확인하고 조심스럽게 쟁반을 챙겨 발소리를 죽이고 자신의 방으로 향했다.

스탠드 조명만 켜 두어 방 안은 어두웠다. 혹시나 싶어 우현은 방문을 잠갔다. 이불을 두른 해준이 바닥에 앉아 침대에 기대 머리를 묻고 있었다. 잠든 걸까. 누워 있으라니까. 쟁반을 옆에 두고 이마를 짚는데 어쩐지 아까보다 더 뜨거워진 느낌이었다.

"서도윤도……."

해준이 자신의 이마를 만지던 우현의 손을 잡아 끌어내렸다. 깨어 있었나 보다.

"이 방 들락거려?"

아프니까 투정도 부리네.

"너 만난 후로 한 번도 안 왔어."

우현이 대꾸하며 떠먹으라고 푸딩 스푼을 내밀자 그가 고개를 가로저으며 아, 입을 벌린다. 측은지심을 발휘했더니 이게 진짜. 우현이 입을 삐죽거리는데도 그는 손 하나 까딱하지 않고 먹여 달라는 듯 입술만 달싹였다. 어른인 척은 혼자 다 하더니 열나니까 애 같아졌네. 우현은 식은땀을 흘리는 해준을 물끄러미 바라봤다. 이마에 맺힌 땀과 살짝 초점이 흐려진 눈을 보니 정말 아프긴 한 것 같았다.

다만……

작게 헛기침을 하고 어색하게 시선을 미끄러트리며 푸딩을 그에게 내밀었다. 네모난 모양의 작은 티스푼이 그의 입안으로 사라진다.

매우, 매우 느리게.

"더 줘."

해준이 속삭였다. 우현이 스푼을 내밀자 그가 입을 살짝 벌렸다. 붉은 혀와 가지런한 치아, 건조해 보이는 입술이 차례대로 눈에 들어왔다. 불현듯 우현은 그의 입술이 자신의 것에 닿았던 순간을 떠올리고 만다.

"왜?"

해준이 물었다.

"……아니. 더 먹을래?"

다행이다. 방 안이 어두워서. 분명 얼굴이 새빨개졌을 거다.

휴대폰 문자가 왔는지 해준이 메시지를 확인하고는 잠시 아무런 말이 없었다. 안 좋은 소식인 걸까. 기분이 가라앉아 보였다.

해준은 휴대폰을 툭, 아무렇게나 벗어 둔 코트 쪽으로 던지며 말했다.

"그만 먹을래."

그러면서, 그대로 스르륵 그녀의 무릎을 베고 누웠다. 뭐가 이렇게 자연스러운 걸까. 우현은 놀랐지만 당황하지 않은 척 수건으로 그의 이마를 닦아 주었다.

"너 시현이 깨기 전에 가야 돼."

"동생?"

해준이 그녀의 허벅지에 팔을 두르며 물었다. 우현이 고개를 끄덕이자 그가 나른하게 웃었다.

"방에 숨어 있으면 모를 거 같은데."

"이러다 시현이 깨서 걸리면 엄마한테 다 이를 거라니까."

해준이 열에 들떠 안기자 우현이 몸을 뒤틀고는 손을 뻗어 그의 이마를 짚었다. 시원한 느낌이 기분 좋은지 해준이 그녀의 손에 얼굴을 비볐다. 한참을 그러고 있던 해준이 갑자기 몸을 웅크리며 가늘게 떨었다.

"나 추워."

해준이 몸을 일으키더니 우현의 손을 잡아 그대로 자신 쪽으로 당겼다. 그러곤 온 힘을 다해 끌어안은 뒤 그녀의 목덜미에 얼굴을 묻었다. 건조한 입술로 그녀의 어깨에 입을 맞추며 무어라 알아들을 수 없는 말을 웅얼거렸다. 그러다 그녀의 가슴골에 얼굴을 묻으며 깊이 파고들었다.

얇은 반팔 티셔츠 하나만 걸치고 있는 탓에 그의 얼굴에서 나는 열이 가슴으로 고스란히 느껴졌다. 그가 움직일 때마다 속옷 끈이 점점 어깨 아래로 흘러내린다. 만질 때와는 또 다른 감각. 우현은 괜히 건넛방에서 자고 있는 시현이 의식되었다.

역시 아프다는 말에 마음이 약해질 게 아니었다. 그럼 얼른 집에 가라는 우현의 말에 해준은 이 상태로 운전하다가는 사고가 날 것 같다며 엄살을 부렸다. 우현이 망설이자 차에서 자고 가겠다고 했다. 히터 켜 놓고 자면 괜찮을 거라고, 잘못하다 질식사 할 수도 있겠지만 운전 잘못해서 교통사고로 저세상 가나 너희 집 앞에서 객사하나 비슷하지 않겠냐며.

"계속 잠을 못 잤어."

해준이 눈을 감고 낮은 목소리로 입을 열었다.

"네가 눈에 어른거려서."

서로의 손가락이 얽혔다. 해준이 그녀의 손을 잡고 매만지다가 눈을 뜨고 똑바로 우현을 바라보았다. 이번엔 시선이 깊이 얽히고 우현은 숨 쉬는 것을 잊고 말았다. 해준에게 잡힌 손끝에서부터 전율이 흐르고 그의 시선이 몸 안을 파고 들어오는 느낌이다.

심장이 떨렸다. 처음 대회에 나갔을 때보다, 국가 대표가 되었을 때보다, 메달을 땄을 때보다 더 긴장한 심장이 미친 듯이 벌렁거렸다.

입안이 마르는지 그가 우현이 타 온 사과차를 마셨다. 그러곤 우현을 끌어안았다. 해준의 몸이 뜨거워 우현은 마치 불덩이를 안은 것만 같았다.

해준이 우현의 머리카락을 쓸어 넘겼다. 그녀는 아무런 말 없이 그의 눈을 바라봤다. 깊은 심연으로 빠져드는 느낌. 어쩐지 울 것 같은 얼굴을 하고 있는 해준을 보자 아슬아슬한 불안감이 엄습했다. 이대로 그가 사라질 것만 같았다.

그녀와 눈이 마주치자 해준이 희미하게 미소를 지었다. 그의 엄지손가락이 우현의 입술을 쓸었다.

이제 우현은 안다. 이것은 키스의 징조.

깨달음과 동시에 그가 입을 맞춰 왔다. 입술이 건조하고 뜨겁다. 감기 조심하라던 코치의 목소리가 뇌리를 스쳤지만 무시한다. 지금이 아니면 안 될 것 같다.

그의 입술에서 사과 맛이 난다. 부모님이 안 계신 집, 옆방엔 동생이 자고 있다. 선악과를 베어 문 이브가 이런 기분이었을까.

뭐 어때. 안 들키면 된다.

한입 아삭 베어 문다.

달다.

……문 잠그길 잘했어.

강한 바람이 세상을 찢을 것처럼 불어와 창문을 흔들었다.

그 소리에 곤히 자고 있던 우현이 작게 뒤척였다. 침대 헤드에 기대앉은 해준은 하염없이 잠든 그녀를 내려다본다. 의외로 잠 버릇이 얌전하다.

해준은 우현의 턱 끝까지 이불을 덮어 주고 휴대폰의 시계를 확인했다. 새벽 5시 반. 당초 계획은 4시 반에 집을 나서는 것이었다. 30분씩 두 번을 미뤘다.

그는 그녀의 이마를 부드럽게 쓰다듬고 짧게 입을 맞췄다.

그리고 조용히 집을 나선다.

차마 바로 떠나지를 못해 차 안에서 시동을 걸었다 끄기를 다섯 번쯤 반복했다. 멍하니 앉아 우현의 방 창문을 바라보는 데 휴대폰 진동이 울렸다. 머무르던 집은 알아서 정리할 것이 고 필요한 물건들은 이미 뉴욕에 마련해 놨으니 지금 바로 공항으로 오라는 이재선 의원실의 메시지였다.

이번에도 도망갈까 봐 사람을 붙여 놨을 것이다. 내내 뒤를 밟던 검정색 세단이겠지.

해준은 쓴웃음을 지으며 시동을 걸고 라이트를 켰다. 어두 웠던 주택가의 골목이 밝은 빛으로 들이찼다. 괜히 짜증이 치 밀어 요란스럽게 액셀을 밟자 어느 집 개가 놀랐는지 매섭게 짖어 댔다.

한강을 지날 무렵, 가로등이 꺼지고 하늘 한쪽이 밝아 오기 시작했다.

아침. 떠나야 할 시간.

운전석 쪽 창문을 열자 냉기를 머금은 차가운 바람이 그를 덮쳤다. 눈을 똑바로 뜨기 힘들 정도로 바람이 매서웠다. 운전대를 놔 버리고 싶은 순간적인 충동이 일었지만 그만두었다. 자신의 표정이 변화할 때마다 기묘하게 미소 짓던 남자를 떠올리자 가슴 한구석에서 불덩이가 일어났다.

살아야지. 죽으면 누구 좋으라고.

속도를 높일수록 서울이 멀어진다.

첫사랑.

끝.

이상하다.

휴대폰을 내려다보며 우현은 고개를 갸웃했다. 메시지 보내면 씹었던 적은 없었던 것 같은데 이상했다. 해준에게 보낸 자신의 메시지 옆 1이라는 숫자가 사라지질 않았다.

이런 게 밀당이라는 걸까.

칫.

겨우 하루니까 아직은 참아 보기로 결심한다.

우현은 입술을 삐죽 내밀고 학교를 향해 터덜터덜 걷기 시작했다. 평범한 고3 수험생이었으면 지금쯤 퍼질러 늦잠 쿨쿨 자고 속 편할 텐데 오늘도 아침 일찍 연습한다고 학교엘 간다.

오늘은 유독 침대에서 일어나는 게 힘이 들었다. 몸이 나른하고 노곤해서 시현이 차려 준 아침밥도 먹는 둥 마는 둥이었다. 그나마 수능 본 후로 편해진 것이 있다면 트레이닝복 차림으로 가도 된다는 것 정도? 운동한다고 불량스럽게 하고 다니거나 교복 안 입는 것을 싫어하는 교장이 진학률이 좋다며 이번 주부터는 편한 옷차림을 허락했다고 한다.

그런데도 굳이 우현은 겨울 원피스에 코트를 챙겨 입었다. 혹시나 갑자기 해준이 나타날까 봐 그랬다.

문득, 저 멀리서 익숙한 뒷모습이 보였다. 꽤 거리가 멀지만 그래도 우현은 알 수 있었다. 걸음걸이만 봐도 도윤이다.

말을 시킬까 말까 잠시 고민했다. 이제 학교도 따로 다니게 될 것이고 자주 얼굴을 보지도 못할 거다. 그리고…… 다른 여자의 남자 친구가 되면 전처럼 지내지도 못할 거고. 이대로 멀어지는 것은 싫은데 그렇다고 먼저 손 내미는 것은 왠지 자존심이 상했다. 해준에 대해 대답을 하지 않은 그날 후로 도윤은 우현에게 더 쌀쌀맞아졌다. 자기도 이애리에 대해서 말 한마디 안 했으면서 괜히 저러는 게 얄밉고 속상했다.

툴툴거리면서도 우현은 빠르게 걷기 시작했다. 이 정도 페이스라면 학교 앞 횡단보도 즈음에서 자연스럽게 도윤을 따라잡을 수 있을 것 같았다.

우현의 계산은 정확했다. 횡단보도. 신호를 기다리고 있는 도윤의 곁에 어색하게 섰다. 맞은편을 보고 있던 도윤이 우현이 다가온 것을 눈치챘는지 힐끔 그녀 쪽을 바라봤다. 우현을 빤히 보다가 마음에 들지 않는다는 듯 그의 미간이 확 구겨졌다.

"너."

도윤이 짜증스럽게 자신의 목에 두르고 있던 머플러를 빼며 다가왔다.

"너 열나지."

커다란 손이 그녀의 이마를 짚었다. 차가운 손이 시원했다.

"눈 충혈됐잖아."

도윤은 우현의 목에 자신의 머플러를 어설프게 칭칭 감았
다. 도윤이 말하는 걸 들으니 갑자기 감기 기운이 자각되었다.
목 안은 따끔, 몸은 나른, 이마는 뜨거웠다.

"⋯⋯고마워."

머플러에서 머스크 향이 났다. 도윤의 생일에 우현이 선물
로 준 그 로션 향이었다.

"감기도 잘 걸리면서 패딩 입지 그게 뭐냐."

도윤이 우현을 위아래로 훑어보더니 혀를 찼다.

"김해준한테 잘 보이려고?"

아, 들켰다.

"하나도 안 예뻐."

도윤의 빈정거림에 우현이 눈을 치켜뜨며 그를 흘겨봤다.

"못난이."

그 순간 신호등의 파란불이 들어왔다. 도윤이 성큼성큼 횡
단보도를 건너고 우현은 그 뒤를 따랐다.

앞장서 걷는 뒷모습을 보자 자연스럽게 해준이 떠올랐다.
우현과 10센티미터 정도 차이 났으니까 도윤의 키는 183센티
미터일 거고⋯⋯. 해준은 그거보다 시선이 조금 더 높았다.
185센티미터 좀 넘을 것 같다.

"훑어보지 마."

서도윤 등 뒤에도 눈이 달렸나. 우현이 흠칫하자 도윤이 뒤돌아 그녀를 바라봤다. 이애리랑 잘 안 되나. 왜 나한테 히스테리야. 우현이 입을 삐죽거리자 도윤이 검지로 그녀의 이마를 툭 치고 다시 앞장서서 걷기 시작했다.

우현은 괜히 성질이 나 그대로 뛰어가 도윤의 뒤통수를 후려치고 냅다 뛰었다. 등 뒤로 도윤이 무어라 소리 지르는 게 들려왔지만 신경 쓰지 않았다.

역시 서도윤은 오늘도 별로다.

우현은 아무것도 모른다.

여름이면 남자애들이 펜싱부 훈련 중인 체육관에 몰려가는 것이 자기 몸을 훔쳐보기 위해서라는 걸 모른다. 도윤이 어떤 심정으로 옷 좀 챙겨 입으라고 잔소리하는지도 모른다. 하긴, 아예 벗고 있는 것은 아니니 우현으로서는 도윤의 잔소리가 이해가 되지 않을 것이다. 민소매 트레이닝복과 다리에 달라붙는 긴 레깅스 차림이 다 '벗은' 것은 아니니까. 그럼에도 불구하고 꽤 글래머러스해서 구경 가는 놈들에게, 가슴 한번 만져 보고 싶다 음담패설을 하는 놈들에게 욕을 하고 싶어도 못 할 때가 많았다. 도윤 자신조차 넋 놓고 바라볼 때가 있어서. 그런 마음이 드는 스스로가 너무나 싫어서.

교실로 가기 위해 계단을 올라가는데 위에서 누군가가 도윤을 바라보고 있었다. 애리였다.

"얘기 좀 해."

애리가 조용히 말했다. 그 역시 주말 내내 어떤 말을 해야
할까 머리 깨지게 고민했고 결론을 내렸다.

"끝나고 내가 너희 반으로 갈게."

도윤은 작은 목소리로 애리에게 말을 하곤 다시 발걸음을
옮겼다.

그때 누군가가 도윤의 어깨를 툭툭 쳤다.

"야, 니네 담임이 급하게 찾던데."

옆 반 애였다.

"왜?"

"내가 아냐 그걸. 너 휴대폰 꺼져 있다고 그러더라. 급한 일
이라고 당장 오래. 니네 담임 되게 좀, 맛이 간 것 같았어. 최
우현네 담임이랑 둘이 표정 장난 아니던데……. 너네 설마 사
고 쳤냐?"

사고라면 최우현이 김해준이랑 쳤겠지.

도윤은 고개를 갸웃하며 교무실로 향했다. 계단을 뛰어 내
려가는데 문득, 시선이 하늘로 갔다. 뭐 잊은 게 있나. 아니,
도윤이 기억하는 한 없었다. 오늘이 며칠인지 기억도 나지 않
을 만큼 일상적인 그런 날이었다.

그러고 보니 몇 분 전까지만 해도 흩날리던 눈발이 그쳤다.

평소와 다를 바 없는 정말 평범한 날이었다.

아침 훈련은 가벼운 스트레칭과 근력 운동으로 시작했다.
허리 통증을 늘 베이스로 깔고 사는 우현은 코치의 일대일 트

레이닝으로 코어 운동을 주로 했다. 아직은 허리 근력으로 버틸 정도는 되는데 계속 이러면 약 먹기 시작하는 게 좋을 것 같다는 진단을 받았다. 특히 겨울이면 날씨 탓인지 통증이 더 커지곤 했다.

우현은 스트레칭을 하다가 옆에 숨겨 둔 휴대폰을 힐끔 바라봤다. 김해준 학교 안 왔나? 전화도 안 받았다.

"최우현! 너 집중 안 해?"

코치가 농땡이 치고 있는 우현을 봤는지 멀리서 잔소리를 해 왔다. 우현은 알았다는 듯 대충 대꾸를 하곤 운동을 하는 척, 다시 휴대폰만 물끄러미 바라봤다. 원래 체육관 안에 휴대폰 금지인데, 분명 걸리면 3일 압수당할 텐데도 오늘은 계속 손에 끼고 살았다. 혹시 해준이 전화라도 했는데 못 받으면 낭패잖아.

감기가 심해진 걸까. 너무 아파서 휴대폰 볼 여력도 없는 게 분명했다.

"우현아! 연습 경기 한 번 가자!"

코치가 박수를 치며 우현에게 손짓을 했다. 아, 문자 봐야 되는데. 우현은 입을 삐죽 내밀며 가방에 휴대폰을 찔러 두고 피스트 쪽으로 다가갔다.

"저 오늘은 그냥 몸만 좀 풀고 스텝 연습하면 안 돼요?"

"왜?"

"다리 아파요. 감기 기운도 있고."

"너 몇 주 전부터 그러지 않았냐? 검사받았더니 부상 아니라며."

"근데 막 뻐근하고 당기는 느낌도 들고."

"김해준이랑 붙어 다녀서 그래. 연애질하면 막 다리가 아프고 연습도 하기 싫고 그래져."

저녁마다 해준이 모셔 가는 걸 누가 코치한테까지 불었나 보다.

"엄살 아니에요. 진짜 막 아프고 그래요."

"누워 봐."

코치의 말에 우현은 피스트에 벌러덩, 누워 버렸다.

우현이 다리를 들자 코치가 그녀의 다리 여기저기를 꾹, 눌렀다.

"아프냐?"

"아뇨. 아프지는 않은데, 무거워요."

"뭐야. 너 몸이 왜 이렇게 뜨거워, 진짜. 감기 기운 있는 거 같은데?"

그때였다.

"우현아."

귀에 익은 목소리가 들려왔다. 몸을 일으키자 낯익은 얼굴이 보였다.

도윤이었다.

"코치님, 저 우현이랑 잠깐 할 이야기 있어서 그런데요. 자세한 이야긴 우현이 담임 선생님이 해 주실 거예요."

"무슨 이야기인…… . 아, 전화 왔네. 잠깐만."

때마침 우현의 담임에게 전화가 왔는지 코치가 휴대폰을 받아 들며 체육관 한쪽으로 걸어갔다. 웃으면서 무어라 대화를 하다가, 갑자기 코치의 표정이 어두워지며 우현의 눈치를 보기 시작했다.

뭐지.

뭐길래 표정이 저렇게 굳지?

"나랑 얘기 좀 하자."

도윤이 낮은 어조로 말하자 우현은 몸을 일으키며 툴툴거렸다.

"급한 거 아니면 나중에 말하지 연습 시간에 여기까지 오냐."

"급한 거야."

어쩐지 도윤의 기색이 이상했다.

"우현아."

울었나?

"너 눈 왜 그래?"

도윤의 눈이 붉게 충혈이 되어 있었다.

"……우현아."

도윤의 목소리가 잔뜩 갈라지고 떨렸다.

어쩐지 예감이 이상했다.

"너 왜 그래. 나 무섭게."

도윤이 낮은 한숨을 내쉬다가 손등으로 눈가를 훔치며 우현의 손을 잡았다. 영문도 모르고 멍하니 있던 우현이 어서 말해 보라는 눈짓을 하자 도윤이 입술을 꾹, 깨물고는 천천히 입을 열었다.

"너희 부모님."

……설마.

"돌아가셨어."

앙 가르드 En garde

준비

최우현.

몇 년째 세계 랭킹 1위 자리를 지키고 있는 그녀는 두 번의 올림픽, 펜싱 여자 사브르 종목에서 한국에 금메달을 안겨 줬다. 명실상부 사브르 여제. 실력은 물론 빼어난 외모와 타고난 스타성으로 CF 시장에서도 주목받았다. 운동선수로는 드물게 7년 동안 광고 모델 브랜드 평판 5위권 밖으로 밀려난 적이 없었다.

우현의 등장 후 비인기 종목이었던 펜싱에 대중의 관심이 쏠렸다. 펜싱 클럽엔 어린아이들이 바글거리기 시작했고 '최우현 키즈'들은 주니어 월드컵을 쓸고 있는 중이다. 작년에 그녀는 펜싱에선 처음으로 체육 훈장 청룡장을 수상했다. 만약 부상으로 시즌을 통째로 말아먹지 않았다면 올해 대한민국 체육상 대통령상 수상도 유력하다는 평이 지배적이었다.

　그러면 뭐하나.

　현재 부상, 재활하며 복귀 준비 중이다.

　우현은 베개에 머리를 파묻으며 몸을 배배 꼬았다. 스물아홉 살이 스무 살처럼 술을 마시면 이렇게 되나 보다. 목이 마르고 온몸은 어디 두드려 맞은 것처럼 뻐근하고 아파 왔다. 찌르는 듯한 두통과 속쓰림. 왜 인간은 술을 물처럼 퍼마시고 다음 날 숙취에 시달리며 내가 개였구나, 개의 자식이었구나 후회하는 같은 실수를 반복하는 것인가.

　"아우우우우우."

　우현은 베개에 머리를 박고 이상한 소리를 내며 한참을 미적거렸다. 긴 재활을 끝내고 귀국한 우현을 환영하며 가까운 선후배들끼리 모인 자리였다. 컨디션 무너졌을 땐 술 잘 안 받는데, 약 먹는 게 있어서 술은 자제해야 한다고 했는데, 서로 다 아는 사이에 뭘 그러냐며 강권하는 바람에 폭탄주 두 잔만 계획이 다 망했다.

　"깼어?"

　거실을 가로질러 주방으로 가려는데 익숙한 목소리가 그녀를 반겼다. 도윤이었다. 우현은 대충 손을 흔들고 곧장 주방으로 가 커다란 유리컵 가득 물을 따랐다.

　"그렇게 적당히 마시지."

　따라 들어온 도윤이 다시 찬물을 마시려는 우현을 가로막고는 꿀을 꺼내 미지근한 물에 타 건넸다.

"주는데 받아야지 어떡해."

"핑계는."

"너도 선배들이 주는 술 거절 못 하잖아. 아, 잠 덜 깨서 그런가. 머리 아파."

우현이 비틀거리자 도윤이 살짝 그녀의 어깨를 잡았다. 우현은 그대로 그의 어깨에 머리를 기댔다. 도윤은 낮게 한숨을 쉬고는 그녀의 어깨를 가볍게 안았다. 왼손으론 목덜미를 받치고 오른손으로 뼈마디를 꽉 눌러 주었다.

"시원해. 더 해 줘."

도윤이 우현의 오른쪽 어깨를 안아 젖히자 그녀의 뼈마디가 우두둑 소리를 냈다.

"넌 왜 아직도 레지던트냐. 전문의까지 언제 기다려. 으…….어 거기. 아, 어제 도수 치료 받는데 아프고 시원하고 좋은데 너무 비싸서."

"협찬 아냐?"

"전에 그 병원…… 바꿨어. 데스크 직원이 밖에서 내 얘기하고 다녀서."

"무슨 이야기?"

"싸가지 없다고. 내가 자기를……. 야, 아파 거기. 자기한테 인격적인 모욕을 줬대. 어깨 한 번만 더 해 줘. 걔 갈 때마다 나한테 로커 열쇠 던지고 그랬단 말야. 그래 놓고 인터넷에 글 올린 거 알아? 악! 아파!"

"다음에 병원 가면 어깨 다시 봐 달라 그래. 내일은 스케줄 뭐 있어?"

"똑같지 뭐. 재활하고 개인 연습하고. 개인 휴가 2주래. 에이전트가 사무실 들러 달라고 연락 온 거 보니까 광고랑 화보 촬영할 거 같아."

결국 휴가가 그냥 휴가가 아니라는 뜻이다.

우현의 말에 도윤은 아무런 말없이 그녀의 등을 안고 근육을 마사지하며 가볍게 토닥였다. 부모님께 해 왔던 투정을, 시현에겐 하지 못하는 말들을 도윤에겐 이런 식으로 하게 된다. 딱히 해결점을 찾을 수 있는 것은 아니지만 말이라도 하면 좀 나아진다.

우현이 도윤의 어깨를 살짝 밀어 그의 품에서 벗어나며 물었다.

"시현인?"

"나가던데. 약속 있나 봐."

"하여튼 집에 붙어 있는 꼴을 못 봐."

우현이 투덜거리며 괜히 성질을 부렸다. 1년에 몇 번 얼굴도 못 보는데 집에 좀 붙어 있으면 어디 덧나.

"엄마가 반찬 냉장고에 넣어 뒀다고 확인하래. 저 냄비 콩나물국이니까 데워 먹고 나가."

"넌?"

"출근해야지. 나가려는데 시현이가 너 죽어 간다고 좀 보고 가라더라."

"아아."

"오늘은 휴식?"

"나…… 몰라. 아마 오늘은 뭐 없을 거야. 일단 학교를 가야 할 것 같아."

"음료수 사 들고 교수님들한테 인사나 다녀라. 졸업은 해야 할 거 아냐."

"기말고사 대체 레포트 내줄 거 같은데. 너 시간 돼?"

도와 달란 소리다.

"네가 한국 오랜만에 들어와서 까먹었나 본데, 나 레지던트 2년 차야."

"알지, 알아. 수고가 많아, 서 선생."

우현은 알았다는 듯 고개를 끄덕거리며 길게 기지개를 켜며 말했다.

"나 오늘은 엄마 아빠한테 다녀오게."

우현은 매번 해외에 나갔다 온 후엔 납골당에 다녀오곤 했다.

"운전 조심하고."

도윤의 당부에 우현이 고개를 끄덕이며 잠시 그의 눈치를 봤다.

말을 할까, 말까.

"나 말야."

우현이 잠시 말을 멈추고 미적거렸다. 그러자 도윤이 짐을 챙기다 말고 그녀를 빤히 바라봤다.

"왜 말을 꺼내다 말아?"

생각만 했던 걸 말로 꺼내려니 쉽지가 않다.

"나 은퇴할까 싶어서."

우현이 조심스럽게 운을 떼며 도윤의 눈치를 봤다.

"힘들어?"

"응."

그러자 도윤이 대수롭지 않다는 듯 대꾸한다.

"그래 그럼. 부상도 심한데."

……어라, 생각보다 반응이 싱겁다.

"나 간다."

"어? 아, 응."

도윤이 무심하게 말하며 집을 나서자 우현이 그를 배웅했다.

문이 닫히고 곧이어 도어록이 잠기는 소리가 이어졌다. 우현은 도윤이 사라진 현관문을 바라보며 멍한 얼굴로 눈만 깜빡였다. 이게 뭐지. 말린다거나 조금 더 생각해 보라는 반응이 돌아올 줄 알았는데 무슨 일상 이야기를 하듯 지나가 버렸다. 오늘 날씨가 맑네. 어 그러게. 뭐 이런 대화처럼.

요즘 들어 에이전트는 우현에게 도윤과 거리를 두라고 잔소리를 해댔다. 왜 그러냐고 물으면 이유는 말해 주지 않았다. 안 좋은 말이 들릴 거라며, 미리 조심하는 게 좋지 않겠냐며. 이동네에 최우현과 서도윤 가까운 사이인 거 모르는 사람이 있으면 이상할 정도인데 새삼스럽게 왜 저러는지 모르겠다.

또 뭐라고 말이라도 도는 모양이다.

그래 봤자 뻔하다. 돈우현, 그도 아니면 광고주 스폰서 받고 이놈 저놈과 자고 다닌다는 뒷말이겠지. 비인기 종목 운동선수를 그렇게 대단하게 봐 주니 영광이지만 찬사만큼이나 어마어마한 질시는 아직도 익숙해지지 않았다. 여전히 그런 말을 들을 때마다 기분은 엿 같았다.

대학에 가서 죽어라 운동만 했다. 그마저도 안 하면 다른 나쁜 길로 빠질 것만 같아서 체육관에서 살았다. 연습 빠지고 놀러가서 맨날 감독이며 코치가 잡으러 다녔던 과거가 무색할 정도였다.

그리고 그해, 올림픽 금메달을 땄다.

금메달을 확정 짓는 순간 우현이 카메라를 바라보며 윙크를 하는 장면은 전 세계적으로 화제가 되었다. 예쁘장한 외모와 늘씬한 몸매, 쇼맨십 덕분에 에이전트와 계약을 하고 CF를 찍었다. 물론 안티도 많았다. CF 세 개를 찍었을 무렵엔 최우현은 온라인에서 돈우현이 됐다. 돈만 밝힌다고 돈우현이라고 했다.

그래 봤자 펜싱 여자 사브르 부동의 세계 랭킹 1위는 최우현이다.

우현은 멍한 얼굴로 가만히 앉아 눈만 꿈뻑거리다가 그대로 소파에 누워 버렸다. 모로 누워 거실에 난 커다란 통유리창을 바라보았다. 커튼 틈으로 길게 들어온 햇볕이 그녀가 누워 있는 소파까지 뻗었다. 휴대폰을 만지작거리며 뉴스를 보다가, 포털에 괜히 '최우현'을 검색해서 유머 게시판에 들어가 흥미로운 제목의 게시물 몇 개를 클릭하고 낄낄 웃다가, 다시 천장을 바라보고 누웠다. 어느새 창으로 들어오던 햇볕이 짧아졌다.

시계를 보니 정오에 가까운 시간. 그녀는 새삼 또다시, 집 안이 지나치게 조용하고 넓다는 것을 깨닫는다.

넓은 그림자가 감싼 실내. 커튼 틈으로 넘어오는 빛을 타고 마른 먼지가 조용히 부유한다. 에어컨 바람이 방향을 바꿀 때마다 먼지가 춤을 추듯 움직인다. 우현은 한참을 그것을 바라보다가 이내 몸을 일으켜 찬찬히 내부를 살폈다.

부모님의 방, 그 옆은 아빠의 서재, 그 맞은편 문을 열고 나가면 화분을 키우는 취미가 있던 엄마의 공간이 나온다. 부모님이 돌아가셨을 때, 화분에 열심히 물도 주고 보살피려 했었는데 결국 다 죽어 버렸다. 도윤의 어머니는 물을 너무 많이 주어 뿌리가 썩었다며 잘 모르면 그럴 수도 있다고 위로했지만 어쩐지 눈물이 나 그녀의 품에 안겨 좀 울었다.

우현은 집에 있는 날이 거의 없고 시현도 미국 유학 중이니 이성적으로 생각하면 관리도 힘든 이 집을 팔고 아파트로 옮기는 게 맞다. 하지만 부모님과 함께 살았던 곳이라 생각만큼 쉽지 않았다. 집 자체가 유품이다. 아빠가 지었으니까.

계속 소파에 누워 뒤척이는데 문득 창밖 풍경이 눈에 들어왔다. 정말 여름이 오긴 왔는지 나뭇가지에 잎사귀가 풍성해진 느낌이었다. 온통 초록. 만지면 묻어날 것처럼 초록이 여기저기에 널려 있었다. 재활 때문에 겨울부터 머물렀던 우중충한 독일 날씨보다 한결 나았다. 어둡고 칙칙한, 삭막한 풍경에 적응을 못 했었는데 좀 덥고 습하긴 하지만 이 익숙한 풍경이 너무나도 그리웠다.

어디선가 불어오는 여름 바람이 제법 시원했다. 시현이 창을 열어 뒀나 보다.

오늘, 서울은 제법 맑다.

'너희 부모님 돌아가셨어.'

발인보다도, 화장을 하러 갔을 때보다도, 도윤이 잔뜩 충혈된 눈으로 자신에게 그 말을 했을 때가 더 뇌리에 박혔다. 도윤의 말에 우현은 아무리 그래도 그렇지 그런 장난을 왜 치냐며 화를 냈고 그는 아무런 말없이 그녀를 안고 울음 섞인 목소리로 속삭였다.

괜찮다고, 내가 있으니까 다 괜찮다고.

그리고 우현은 정신을 잃었다.

그래, 예전부터 서도윤은 거짓말을 하면 대번에 티가 났다. 다른 사람들은 모르겠다고 하지만 최우현 눈엔 훤히 보였다. 거짓말을 할 때면 미간을 살짝 찌푸리고 눈동자가 떨렸다. 그런 거짓말을 할 도윤도 아니었지만, 부모님의 죽음을 전하는 그의 눈을 보는 순간 우현은 그냥 알았다.

상을 다 치르고 집에 왔을 때, 아빠가 두바이에서 보낸 편지가 와 있었다. 우현에게 한 통, 시현에게 한 통. 늘 전화로 했던 이야기였지만 아빠가 처음이자 마지막으로 남긴 편지여서 그런지 모든 게 특별하게 느껴졌다. 사실상 유언이었으니까.

운동하느라 그 나이라면 누려야 할 추억을 만들지 못하는 게 늘 걱정이라며, 대학 생활도 알차게 했으면 좋겠다고. 소개팅도 하고 미팅도 하고 MT도 가 보라고. 고등학교 졸업식 때는 꼭 한국에 가겠다고. 시현이랑, 도윤이랑 싸우지 말고 사이 좋게 지내라고.

주차를 하고 납골당 쪽으로 걷는데 물소리가 났다. 우현은 잠시 길을 멈춰 소리가 나던 곳을 바라보았다. 너무 오랜만에 온 탓일까. 조경 공사를 새로 했는지 길을 따라 인공 분수가 설치돼 있었다. 여러 갈래로 흐르던 물길이 한곳에서 만나 조용히 아래로 흐르는 구조였다. 그렇게 모인 물이 중력을 거스르며 입자가 되어 공중에서 흩어졌다. 우현은 그것을 바라보며 조용히 웃었다. 시현이 대학생이 되면 트레비 분수 앞에서 가족사진을 찍자던 엄마의 목소리가 귓가에 맴돌았다.

올 때마다 부모님의 납골당은 늘 깔끔하게 정리돼 있었다. 우현은 전지훈련에 대회에 최근에는 재활 치료까지. 외국에 나가 있었던 시간이 길었다. 유학 간 시현 역시 마찬가지였으니 아마 도윤의 부모님일 것이다. 꽃도, 장식품도 늘 새것이었다. 다만 늘 같은 것은 우현이 올 때마다 넣어 둔 메달뿐.

"아빠, 오늘은 뭐 없어."

우현은 푸른색 델피늄 다발을 내려놓으며 말했다. 엄마가 가장 좋아하는 꽃 중 하나였다.

지난 대회에서 무릎을 제대로 다치는 바람에 한 시즌을 그대로 말아먹었다. 나간 대회가 없으니 부모님께 가져올 메달도 없다.

"엄마 나 힘들어. 운동 관둘까 봐."

처음 펜싱 시작하고 1년 정도 후였나. 힘들어서 못하겠다고

했더니 엄마가 그랬다. 그럼 그동안 너 펜싱 장비 산 돈, 훈련
비 다 내놓으라고. 엄마한테 뱉어 낼 돈이 없어서 초딩 최우현
은 펜싱을 계속했다. 고등학교 진학 후에도 그만두고 싶다고
했더니 네가 펜싱 특기생이 아니면 어떻게 그 학교에 갔겠냐
며, 대학 입학 때까지만 하라고 했다.

우현의 올림픽 2연패 때는 저승에 있는 엄마 아빠가 기뻐서
눈물 바람을 했을 거다. 우리 사고뭉치 딸내미가 성공했다면
서. 올림픽 첫 출전에 금메달을 땄다. 아시안 선수권, 아시안
게임, 세계 선수권까지 차례로 다 쓸며 한국 펜싱 최초의 그랜
드슬램을 달성하기도 했다.

그런데 요즘 왜 이러는 걸까. 진짜 누구 말처럼 목표가 없어
져서 그런 건지 일상이 영 재미가 없다. 전에 없는 긴 부상 때
문일지도 모르겠다. 재활은 힘들고 외로워서 밤마다 이불 뒤집
어쓰고 혼자 눈물 바람을 해 댔다.

괜히 또 눈물이 나려 하자 우현은 입술을 꾹 깨물었다.

"시현이랑 한 번 더 올게요."

그 말을 끝으로 우현은 서둘러 납골당 밖으로 나왔다.

주차장으로 향하는데 오른쪽 눈에서 저도 모르게 눈물이 흘
렀다. 우현은 미간을 찡그리며 입술을 꽉 깨물었다.

아, 오늘은 안 우나 했더니 또 망했다.

한참을 운전석에 앉아 울다가 정신을 차렸더니 벌써 한 시
간이 훌쩍 지나 있었다. 경기를 했을 때보다 더 지독한 피로가

몰려왔다. 이대로 눈을 감았다 뜨면 침대였으면 좋겠다 생각하며 시동을 걸자 기계음과 함께 라디오가 흘러나왔다.

— 이 달의 문화 소식입니다. 디뮤지엄은 7월 1일부터 청춘, 열정, 자유 등을 주제로 다양한 감성과 새로운 시각을 선보이는 '샤이닝 모션Shining Motion'展을 개최합니다. 크리에이티브한 시각으로 전 세계에서 주목을 받고 있는 아티스트 10명의 사진, 그래픽, 영상 작품을 통해 젊음의 역동성을 보여 줄 계획입니다. 특히 이번 전시회에는 세계적으로 인정받는 포토그래퍼 김해준이 참여한다고 알려져 큰 관심을 모으고 있습니다.

우현은 사이드 브레이크를 풀려다 말고 헛웃음을 지었다.

……정말 황당한 새끼다.

김해준은, 정말 진짜 겁나 어이가 없는 인간이다.

갑자기 바람처럼 사라져 버렸다.

처음엔 걱정이 됐고 그다음엔 좀 화가 나려 했다. 하루는 걱정이 돼서 혹시 아는 거 없냐고 학교 애들한테 괜히 연락을 했었고, 어떤 하루는 화가 나서 김해준 이름을 억만 번 곱씹으며 미친 듯이 뛰었다. 그렇게 김해준이라는 이름이 마음 한구석의 가시처럼 남아 있을 때쯤, 저 황당한 인간의 소식을 뉴스로 접했다.

예술에 대해 뭘 잘 모르는 우현이지만 건축 디자인 전공인 시현이 대박이라고 호들갑을 떠는 것을 보면 얼마나 대단한 사람인지 대충 감이 잡혔다.

지난 시즌 해준이 명품 브랜드 발망 옴므 컬렉션 광고를 전담해서 디렉팅 했다며 시현이 사진을 보여 줬었다. 패션 광고보다는 갤러리에 걸려 있는 게 더 어울릴 것 같은 사진이었다. 시현은 과감한 색감과 구도가 어쩌고 하는데 다 모르겠고 남다른 건 알겠다. 그 눈으로 보는 세상은 이랬구나, 싶어서 우현은 가끔씩 해준이 자신을 빤히 봤던 그 순간을 떠올리곤 했다.

'언니 근데 그거 알아?'

시현이 그랬다.

'김해준 패션 사진을 찍어도 죄다 옴므야. 여자 모델 사진 절대 안 찍어.'

진짜 대단한 애다.

'그거 때문에 게이라고 소문 장난 아니야.'

첫 키스, 첫사랑의 상대가 게이라니 어쩐지 기분이 이상하다.

우현은 허허, 웃으며 자신의 휴대폰 잠금 화면을 바라보았다. 빗물이 고인 땅에 떨어진 붉은 동백이 흠뻑 젖어 꽃 무덤을 이룬 사진이었다. 필름 카메라로 찍어 노이즈도 심하고 화질도 좋지 않았지만 처음 본 후로 왜인지 마음이 끌려 내내, 몇 년 동안 잠금 화면을 해 두었다.

물에 완전히 잠긴 붉은 꽃 무덤. 끝은 벌레 먹어 검게 바랬고 노란 수술은 무거운 듯 고개를 처박았다. 비가 꽤 많이 왔는지 동백이 떨어진 작은 물웅덩이의 수면에는 수많은 곡선이 그어져 있었다. 그리고 그 위로 보이는 한 남자의 그림자. 이 사진을 찍은 작가의 것임에 분명하다.

해준이 업계에 '강제로' 이름을 알린 것은 대학 재학 시절 찍었다는 이 사진 때문이었다고 한다. 일본 가고시마에서 촬영한 이 사진을 파리의 유명 패션 매거진 화보가 표절하면서부터였다고. 흐릿한 남자의 그림자가 매혹적인 여자의 실루엣으로 바뀌었다는 것만 다를 뿐. 물론 화보의 사진이 더 화질이 좋고 연출된 장면인 만큼 깔끔했지만 김해준이 일본 공항에서 충동적으로 구입한 일회용 필름 카메라가 담아낸 그 순간에는 비할 바 못 되었다.

……제주도에서 함께 동백꽃을 보러 가자고 했었지. 결국 못 갔지만.

능력만 좋아도 관심 집중이었을 텐데, 김해준은 생기기도 반반해서 온갖 화제의 중심에 서 있었다. 패션지뿐만이 아니라 연예 뉴스도 저 인간으로 도배가 되는 경우가 많았다. 〈연예가 중계〉, 〈섹션 TV 연예통신〉, 〈한밤의 TV 연예〉 등등에 연예정보 프로그램 자료 화면으로 등장한 횟수가 연예인 급으로 많다는 인터넷 커뮤니티발 통계도 있다. 왜냐고? 여자 연예인들 반은 김해준을 이상형으로 꼽고 그의 뮤즈가 되길 바란다. 김해준의 첫 여성 모델이라는 타이틀만으로도 급이 확 뜰 거라는 말도 많다.

인정한다. 재수 없게 잘생겼다.

매너도 여자들이 환장할 만큼 좋다. 해외 영화제 시상자로 나왔을 때 힐로 드레스를 밟아 치맛자락이 찢어진 여배우에게 재킷을 벗어 가려 주며 에스코트한 일화는 아직도 회자된다. 그 후로 그 둘이 사귄다, 여자 쪽에서 김해준에게 스토커 수준으로 들이댄다는 지라시가 나돌았다. 그 여배우는 아직도 인터뷰에서 그때의 추억을 팔며 얼굴을 붉히는데, 왜인지는 모르겠지만 우현은 그 후로 그녀만 보면 기분이 좋지 않았다.

고작 그거 가지고 유세 부리냐. 난 그놈이랑 입도 맞췄는데 깔깔. 그때는 김해준이 자기 성 정체성을 잘 모르고 있었나 보지, 깔깔. 나중에 인터뷰하면 사연 팔이라도 해야지, 깔깔.

히죽거리다 우현은 인상을 썼다.

알 게 뭐람.

이제 상관도 없는 애인데.

잡념을 떨치려 고개를 세차게 저은 우현이 액셀을 밟으려는데 휴대폰이 울렸다. 정 실장. 에이전트였다. 잔소리나 하겠지 싶어 무시하려는데 전화가 꽤나 집요하게 울리는 느낌이다.

"네."

— 휴대폰 꺼.

"네에?"

— 당장 휴대폰 끄고 사무실로 와. 그 누구하고도 통화하지 마. 카톡도 하지 마. 절대 하지 말고 당장 와.

그러고는 뚝, 전화가 끊겼다.

우현은 황당하단 얼굴로 고개를 갸웃했다. 무슨 일 있나?

그때였다.

갑자기 액정에 카톡 메시지가 미친 듯이 쏟아지기 시작했다. 기자들부터 선배, 후배, 친구 들 그리고 시현까지. 그러다 갑자기 전화가 오기 시작했다. 통 연락 안 하던, 인사나 몇 번 했던 사람이었다.

……이게 무슨 일이래?

정 실장이 내민 태블릿 PC를 휙휙 다 넘겨 본 우현은 낮게 한숨을 내쉬었다.

[단독] "우리는 동.갑.커.플" ……펜싱 최우현♥훈남 정형외과 의사와 열애 (종합)

[단독 포착] "그날 밤, 뜨거웠나요?" ……최우현, 달콤 밀회 현장

[단독] "여왕의 데이트는 소박하게" ……최우현, 데이트 카는 국내산 SUV

[단독] '최우현♥' 서울대 출신 정형외과 레지던트 2년 차

아무리 그래도 그렇지 상대가 일반인인데 네 꼭지나 기사를 쓰나.

"그러게 서도윤이랑 거리 두랬지. 너 진짜 아니야?"

진짜면 어쩌려고. 우현 자신이 연예인도 아니고 이렇게까지 해야 하나 싶을 정도다.

"아니에요. 얘랑 사귈 거였음 진작 사귀었죠."

그래도 도윤의 얼굴 모자이크 처리는 해 줬다.

사진은 우현이 귀국하던 날, 도윤이 공항에 마중 나온 모습을 찍은 모양이었다. 허리가 안 좋아 비즈니스 클래스를 탔는데도 통증 때문에 열 시간 넘게 끙끙거리면서 왔다. 덕분에 도

착하자마자 초주검이 되었고 마중 나온 도윤에게 안기다시피 부축을 받았다. 그래, 사정을 모르는 사람이 보면 오해할 만하겠네.

"하필이면 성한그룹이 왜 펜싱협회 스폰서를 해 가지고 이렇게 엮이냐. 이재선 후보 혼외자 있다는 카톡 지라시 엄청 돌아다니나 보던데 그거 덮으려고 저러는 거란 말도 있고, 너 뒤 봐주는 게 이재선이라는 말도 돌고 있나 봐. 너랑 서 선생 스캔들 나면 그쪽은 좀 잠잠해질 거니까 성한 비서실에서 이 언론사 광고 넣고 딜 한 거 같기도 하고."

이재선. 기억난다. 보수 여당의 유력한 대선 후보. 그의 아내가 펜싱협회에 어마어마하게 후원을 해 주고 있는 성한그룹의 황수영 회장이다. 성한 창립 기념 행사에 초대받았을 때 이 후보와 인사를 했던 기억이 있다.

그때 생각했었다.

눈매가, 김해준과 닮았다고.

"일단 사실 확인 중이라고 시간 끌고 바로 부인 기사 낼 거야. 걸린 광고가 몇 개인데 진짜 이게 무슨 일이야. 너 이러면 재활 안 하고 연애하느라 정신 팔렸다고 시비 걸 기자들도 많단 말이야."

우현은 듣는 둥 마는 둥 시선을 태블릿 PC로 옮겼다. 이번엔 기사를 자세히 읽어 봤다. 도윤이 우현의 집 도어록을 열고 캐리어를 옮겨 주는 사진과 그녀를 부축해 주는 사진이 연달아 있었다. 집을 드나들 정도로 가까운 사이라는 설명을 덧붙였다. '오랜만에 만난 연인은 뜨거운 사랑을 나누고 밤늦게 집으로 돌아갔다'는 기사 아래에는 우현의 집을 나서는 도윤의 사진이 첨부되어 있었다. 장시간 비행 때문에 허리 통증이 제법 심했던 그날 도윤은 귀한 오프를 우현에게 할애하며 밤늦게까지 근육 이완제와 진통제 링거를 놔 주었다.

역시 이민이 답이야.

어디가 좋을까. 아무래도 시현과 같이 있으려면 미국이 나을 것 같은데 지금 미국 펜싱 팀 성적이 어떻게 되더라. 뭐 어느 나라를 가건 명실상부 여자 사브르 1인자는 우현이니 펜싱 이민을 시도한다면 갈 곳은 많을 것이다. 대학 동기 중 하나가 닭 공장으로 워킹 홀리데이를 간다고 했던 것도 기억이 난다. 우현은 태블릿으로 '워킹홀리데이'를 검색했다. 만 서른 살까지이니 아직 가능하다. 손재주가 없는 우현이지만 칼로 닭 해체하는 거나 펜싱 검 휘두르는 거나 칼잡이라는 건 비슷하니까 정 안 되겠으면 그 방법도 있다. ……아, 이럴 줄 알았으면 학교 열심히 다니면서 교직 이수라도 착실하게 할 걸 그랬다.

혼자 푸념을 하고 있는 그때 잘 쓰지 않는 메일 알림이 울렸다. 제목은 없고 내용은 매우 간단했다.

[괜찮아?]

도윤이었다.

네가 더 안 괜찮을 텐데. 우현은 피식 웃으며 메일을 보냈다.

[나 이민 가게.]

[나도 가. 어디로 갈까?]

곧바로 날아온 도윤의 답장에 우현은 액정을 보며 희미하게 미소를 지었다.

[고마워. 미안해.]

바로바로 답변이 오더니 텀이 좀 길어지는 느낌이다. 응급이라도 들어왔나. 아무튼 서 선생 바쁘다.

"호텔 잡아 줄 테니까 일단 며칠 거기서 지내. 집 앞에도 기자들 몇 죽치고 있나 봐."

"네."

"휴대폰 이거 들고 다니고. 무슨 일 생기면 바로 콜 해. 언제든 갈 테니까."

우현에게 잔소리를 늘어놓던 정 실장이 자신의 휴대폰 진동이 울리자 액정을 보고는 인상을 확 구겼다. 불편한 전화인 듯했다.

"네, 안녕하세요. 네⋯⋯. 압니다. 복귀해서 성적으로 보여 줘야죠. 우리 최우현 선수 실력 아시잖아요."

계속 굽실거리는 그녀의 뒷모습이 쓸쓸해 보인다.

그때 태블릿의 메일 도착 알림이 울렸다.

[어디든 너 편해지는 곳으로 가자. 진심이야. 너 힘든 거 싫어.]

우현은 그 메일이 도윤인 양 한참을 바라만 봤다.

도윤은 길게 기지개를 켜며 스트레칭을 했다. 목에서 우두둑거리는 소리가 나고 어깨가 무거웠다. 폭풍이 지나간 기분이었다. 오늘따라 유독 교통사고 환자가 많아 영혼까지 탈탈 털려 버렸다.

잠시 숨을 돌릴 틈이 난 새벽 2시. 도윤은 벤치에 앉아 빈 담배를 물었다. 불을 붙이진 않는다. 끊기로 했으니까. 그럴 거면서 이렇게 물고만 있는 건 무슨 심보인지 모르겠지만.

우현과 도윤에 대해 잘 알고 있는 동기는 너에게 최우현은 담배 같다고 하기도 했다. 차마 끊지는 못하지만 다가가면 영원히 중독될까 봐 그렇게 한 발자국 떨어져 있는 거냐며 그럴 거면 그냥 자빠뜨려 버리라고, 한번 자 봐야 결판이 난다는 술자리에서나 할 법한 농담을 하며 낄낄거리기도 했다.

담배라기보다는…… 두 사람은 서로에게 난로다. 가까이 가면 델까 봐, 멀리 떨어지면 추울까 봐 딱 이 거리를 아슬아슬하게 유지하는 관계.

어쩌면 이 관계가 유지되는 것은 자주 얼굴을 보지 못하기 때문인지도 모른다. 도윤은 의대 공부에, 우현은 국제 대회와 전지훈련 때문에 1년에 얼굴 보는 횟수는 대여섯 번 남짓. 그럼에도 불구하고 도윤은 하루의 일과를 꼬박꼬박 메시지로 보낸다. 일기장처럼, 그렇게.

그런 여자 사람 친구가 있는 남자의 연애가 순탄할 리 없다.

사진에선 모자이크 처리가 되어 있었지만 의국 사람들 대부분 최우현의 스캔들 속 남자가 도윤인 것을 눈치챘다. 다만 뒤에서 작게 소곤거릴 뿐이었다. 하루 종일 그의 눈치를 보더니 결국 총대를 멘 치프가 점잖게 물어 왔다. 너 맞아? 네. 진짜야? 아뇨. 기자들 어슬렁거리는 거 같은데 조심하고. 네, 감사합니다.

더운 공기에 습기가 묻어났다. 비가 올 듯했다. 그러고 보니 이 무렵이면 우현은 늘 힘들어했다. 안 그래도 여름이면 텐션 떨어지는데 긴 부상과 재활 탓인지 우현은 단순한 컨디션 난조로 넘기기엔 상태가 좋지 않았다. 은퇴라는 말까지 꺼낼 정도일 줄은 몰랐는데. 지칠 때가 되긴 했다. 조금도 쉬질 못했으니까. 주말엔 촬영이다 인터뷰다 끌려 다녔고 긴 휴가를 받으면 광고를 몰아서 찍어야 했으니 지칠 만도 하다.

은퇴한다면, 크진 않지만 매달 메달리스트 연금 나오니까, 시현의 유학 비용은 집 처분하면…….

"아."

예감 적중. 빗방울이 떨어지기 시작했다.

도윤은 빈 담배를 꺾어 휴지통에 던져 넣고는 병원 건물로 걸음을 재촉했다.

안으로 들어서는 순간부터 빗줄기가 거세졌다. 아직 의국으로 가기엔 뭔가 답답해 좀 더 앉아 있기로 했다. 도윤은 가장 한적한 곳, 공원이 잘 보이는 곳에 자리를 잡았다. 빗물이 유리창을 타고 흘렀다. 어항 속 열대어가 된 기분이었다.

그렇게 잠시 멍하니 앉아 꽉 찬 머리를 비우는 중이었다. 빗물이 흐르는 창 너머로 흰 원피스 차림의 여자가 어른거렸다. 이 시간에, 이 날씨에, 흰 원피스. 인턴이 봤다는 그 소복 입은 귀신인가 싶어 도윤은 소리 없이 웃었다.

귀신이 우산을 정리하고 회전문 안으로 들어온다. 아, 귀신이라면 우산을 안 썼겠네……. 쓸데없고 실없는 생각을 하고 있는데 뜻밖에도 아는 얼굴이었다. 매일 아침마다 보는 얼굴이 기도 했다.

물론, TV 속에서.

이애리.

빗물이 튄 원피스를 보며 인상을 찌푸리고는 젖은 머리카락을 손으로 정리한다. 동작은 서두르는 기색 없이 차분하고 단정하다.

아나운서가 됐다고 들었다. 여성스럽고 단아한 외모와 신입답지 않은 실력으로 꽤 빨리 앵커 자리를 꿰찼다고. 인턴들이 병동에서 여신을 봤다며 수군거렸던 게 떠올랐다.

애리였나 보다.

우산을 정리한 그녀가 발걸음을 옮기려다 말고 도윤 쪽을 바라보았다. 꽤 어두운데, 알아본 걸까. 여자가 잠시 걸음을 멈췄다. 동그란 구두 끝이 도윤에게로 향하다가 엘리베이터 쪽으로 돌아섰다가 다시 그에게로 향했다.

어쩔까. 애리의 입장에서 선뜻 인사를 건네기는 망설여질 것이다. 고3이 그렇게 끝나 버리고 이따금 애리의 소식을 전해 듣기는 했었다. 전해 듣기만. 그냥…… 아 잘 살고 있구나, 그 정도만.

잠시 고민을 하던 그는 몸을 일으켜 그녀에게로 다가갔다.

"오랜만이야."

"아, 응. 도윤이 너 이 병원이었구나. 엄마가 입원하셔서……. 출근하다가 잠깐 들렀어."

"아아."

그러곤 대화가 끊어졌다. 애리는 불편한 기색이 역력했다.

"혹시 도와줄 일 있으면 연락해. 나 정형외과."

"……알아. 너 정형외과인 거 알고 있어."

애리가 대꾸했다.

"그래?"

그리고 또다시 어색한 침묵이 이어졌다.

흩날리는 빗줄기가 유리창에 부딪히는 소리가 고요한 두 사람의 틈을 비집고 들어왔다. 문득 축축하게 젖은 여자의 스커트 자락이 도윤의 눈에 들어왔다. 정확히는 그 스커트 자락을 쥐고 있는 여자의 손이 눈에 밟혔다. 망설이던 여자의 구두 끝엔 빗물이 맺혀 있었다. 애리가 한숨을 쉬며 몸을 달싹이자 빗물이 또르르, 아래로 흘러내렸다.

애리는 계속 무언가 할 말이 있는 사람처럼 굴었다. 가방 손잡이만 만지작거리며 입술을 달싹였다. 그러다 눈이 마주치자 재빨리 피하고는 흙탕물이 튄 원피스 자락에 손을 닦았다.

빗소리가 침묵을 대신했다.

때마침 도윤의 휴대폰이 울렸다.

"응, 나."

우현이었다.

"너 이 시간까지 안 자고 뭐 해?"

통화를 하면서 도윤은 애리를 바라봤다. 이제 그만 가 보겠다는 듯, 살짝 눈인사를 하자 그녀가 미간을 찌푸렸다.

"나 잠깐 짬 나서. 시현이랑 같이 있지?"

애리 역시 그에게 눈인사를 하곤 엘리베이터 쪽으로 걷기 시작했다.

도윤은 응급실 쪽으로 발걸음을 옮겼다. 그때 등 뒤에서 또각또각 구두 소리가 이어졌다. 다급하게 걸어온 애리가 도윤의 팔을 잡으려다 빗물에 미끄러져 발목이 접질렸다. 주저앉으려던 그녀를 도윤이 얼른 어깨를 잡아 부축했다.

"아, 환자. 바쁜 건 아닌데, 이따 내가 다시 전화할게. 응. ……할 말 있어?"

전화를 끊은 도윤이 그녀에게 물었다.

"아니, 어, 음, 그게."

아주 잠깐 애리가 입술을 깨물었다.

"나…….."

한참을 주저하던 애리는 작게 속삭였다.

"나 휴대폰 번호 안 바꿨어."

애리는 자신을 붙들고 있는 도윤의 손을 잡아 내리고는 황급히 엘리베이터 쪽으로 뛰어갔다. 그 모습을 몇 초쯤 멍하니 보고 있던 도윤은 손으로 자신의 관자놀이를 꾹 누르고는 다시 발걸음을 옮겼다.

여름밤, 귀신을 봤다.

새벽의 공항은 조용하고 적막하다.

급하게 들어온 탓에 짐이라고는 가방 속 책과 여권, 작은 카메라가 전부.

당장 가야 할 목적지가 있는 것도 아닌데 해준은 마음이 급했다.

"그럼 그 지라시는 구라인가?"

"뭐? 최우현 스폰서 있다는 거?"

"그 스폰서가 이재선이라는 말도 있다며."

"에이, 설마 그럴라고. 최우현 스폰서가 성한그룹이니까 괜히 대선 후보들 언론 플레이에 휘말린 거 아냐?"

스쳐 가는 여자들의 대화 소리에 그의 미간에 금이 갔다.

게이트를 향해 걷던 해준의 눈에 창밖 공항 풍경이 들어왔다. 긴 활주로를 따라 늘어선 불빛들이 깜빡인다. 아직 어둡고 고요하다. 서울이 저 너머이던가. 물리적 거리가 대단하다고 생각했는데 생각보다 싱겁다.

손목의 시계를 보니 오후 3시를 가리키고 있다. 그럼 지금 이곳, 한국은 새벽 4시겠지. 해준은 피곤한 얼굴로 걸어가며 쓰게 웃었다. 한국에 와서야 간신히 해를 볼 수 있게 되었다. 벌써 며칠째 그의 세상은 온통 밤이다.

몇 시에 뉴욕에서 출발했는지도 기억이 나지 않았다. 패션지 화보 촬영과 개인적인 업무를 위해 파리에 다녀오는 길이었다. 밤늦은 시간에 J.F.K에 떨어졌고 습관처럼 휴대폰을 켜 한국의 포털 사이트에 접속했다. 일상처럼 이름 세 글자를 검색창에 입력하는데 오른쪽 탭에 보이는 실시간 검색어가 심상치 않았다.

1. 최우현
2. 이재선
3. 성한그룹

해준을 정신분열증으로 죽게 만들 수도 있는 조합이었다. 차마 확인은 하지 못하고 몇 분쯤 입국장에 서서 액정만 바라보고 있었던 것 같다. 휴대폰 액정을 터치하는 손끝으로 피가 모조리 다 빠져나가는 기분이었다.

단독, 포착, 최우현, 정형외과 의사, 열애.

기사에 직접적으로 이름이 언급되지는 않았지만 누가 봐도 사진 속, 우현과 함께 있는 남자는 서도윤이었다.

해준은 뉴욕의 아파트에 들르지도 않고 그 자리에서 며칠 전, 한국에서 찾아왔다며 명함을 건네고 간 남자에게 전화를 걸었다. 명함 속 남자는 한국의 한 엔터테인먼트 그룹의 전무이사. 이력이 특이했다. 이재선과 자유당 대선 후보 경선에서 박빙을 겨루고 있는 한상철 후보 처남의 매부였다. 이재선 쪽에서 눈치채지 못하게 해준에게 접근하기 위해서 일부러 이 업계 사람을 찾아 보낸 듯했다.

남자의 목적은 분명했다.

제일 먼저, 그는 해준에게 이재선과의 친자 확인 유전자 검사 결과를 들이밀었다.

'상염색체의 15~17개 유전자형이 모두 일치하여 친생자 관계가 성립된다. 친자 확률 99.99% 이상.'

우습게도 가장 먼저 드는 생각은 담배 좀 끊으라는 동료의 잔소리였다. 어딘가에 버린 담배꽁초거나 그도 아니면 머리카락이거나, 칫솔이거나.

그가 생부라는 것을 알고 있었는데도 결과가 놀라웠다. 비현실이 현실이 된 느낌. 그러고 보면 단 한 번도 그를 '아버지'라고 생각하고 그것을 실감한 적은 없는 것 같다.

남자는 처음에는 숨어 살 이유가 없지 않느냐며 해준에게 죽은 생모의 이름을 꺼냈다. 권력에 미친 생부에게 버림받고 억울하게 세상을 등진 생모를 위해서라도 지금부터 당당하게 살라고 자신의 손을 잡을 것을 종용했다. 그렇게 며칠을 감정에 호소하다가 안 되겠는지 액수를 제시하라며 돈으로 유혹하기도 했다. 10억, 20억, 30억. 참 쉬웠다.

해준이 전화를 했을 때, 남자의 목소리는 굉장히 밝았다. 그래서 얼마를 원하냐고 물었고 해준은 한국 입국 금지를 풀어 줄 것을 요구했다. 그렇게 되기까지 10분이었다. 단 10분 만에 문제는 해결됐고 해준은 10년 동안 가지 못했던 한국행 비행기 티켓을 샀다.

입국 심사를 받으러 가는데 정장 차림의 덩치 큰 남자가 해준을 보고는 조심스럽게 다가와 명함을 내밀었다. 윗분이 보내셨다고, 안전하게 모시라는 지시를 받았다며 조용히 해준을 다른 통로로 에스코트 했다. 그때, 해준의 휴대폰 진동이 울렸다.

아마도 밖에서 기다리고 있을, 남들은 쌍둥이로 알고 있을 동갑내기 사촌 해령이었다.

[게이트마다 사람 깔아 놨어. 이재선 눈치챈 듯.]

그랬겠지. 지금쯤 얼마나 심장이 떨리고 소름 끼칠까. 빌어먹을 유전자 때문에 자신이 평생을 쌓아 온 것이 한순간에 다 무너지게 생겼는데.

입국 수속은 지나치게 간단했다. 여권 한 번 보여 주고 끝. 그렇게 오려고 기를 썼던 한국인데 뭐가 이렇게 간단한 건가 싶어 쓴웃음이 났다.

알 수 없는 곳에서 단단히 선팅이 된 검정색 세단에 태워졌다. 뒷자리에 타자 또 다른 남자가 해준을 맞이했다. 거처를 아직 마련하지 못해 호텔을 잡아 뒀다는 설명. '작업'은 천천히, 무리 없이 자연스럽게 진행할 것이니 걱정하지 말라는 당부. 만약을 위해 경호원을 붙여 두겠으니 양해를 해 달라는 부탁.

한국에서 진행하고 싶었던 작업이 있다고 하자 남자는 흔쾌히 수락했다. 해준이 유명세가 있는 편이라 언론에 귀국이 알려지는 편이 앞으로의 일을 진행하는 데 더 나을 것 같다며 최대한 편의를 봐줄 테니 원하는 대로 하라며 호의적이었다.

이어지는 남자의 설명에 해준은 대충 고개를 끄덕이며 가방에서 태블릿 PC를 꺼내 포털에 우현의 이름을 검색했다. 별다른 기사는 없었다. 스캔들이 사실 무근이라는 부인 기사와 검색어를 노린 어뷰징 기사 몇 개뿐.

[호텔 출발.]

해준은 해령에게 메시지를 보냈다.

[너 빠져나간 거 눈치챘는지 철수하는 중. 몸은 어때?]

[괜찮아.]

[말은 잘한다.]

한국에 오지 못한 10년 동안 해령은 가족을 대표해 미국을 드나들며 해준을 보살폈다. 약에 취해 쓰러진 그를 병원에 데려간 것도, 결국 재활원에 입원시킨 것도 해령이었다. 몰랐지 그땐. 그걸 빌미로 아예 한국 땅에 발도 못 붙이게 할 줄은.

해준은 밝아 오는 하늘을 보며 쓰게 웃었다. 구름 한 점 없는 푸른 하늘에 붉은빛이 뒤섞인다. 그 반대편엔 아직 저물지 않은 흰 달이 있다. 하늘과 해와 달. 예쁘다. 세상의 예쁜 것들 다 끌어모아 더하고 섞는다 해도 널 이기진 못할 테지만.

쉽지 않은 시간을 너와 함께했던 그 짧은 날의 기억으로 버텨 왔다면, 너는 분명 비웃을 거다. 다만 해준은 그 물리적 거리마저도 사랑했다. 누구는 이루지 못한 첫사랑이라 그렇다며 충고하고 누구는 조만간 깨질 환상이라며 내기를 걸어 왔다.

그 내기는 과연 누가 이길까.

그해 겨울은 유독 추웠다. 한강도 얼어붙었던 그 차가운 도시의 한복판에서 차라리 얼어 죽는 게 나을 것 같다고 생각했던 순간이 있다. 만약 그때, 널 만나지 않았다면 다시 되돌아오지 못했을지도 모른다.

굉장히 힘든 시간을 보냈을 너의 계절은 지금 어디에 머물러 있을까.

결국 왔다.

10년의 한숨, 고통, 그리움, 불면, 고독, 그리고 도저히 가슴에 품을 수 없는 용서까지. 모든 감정을 차곡차곡 가슴에 묻고 결국 돌아왔다.

네가 있는 세상, 이곳으로.

그는 창을 열고 깊게 호흡했다.

후텁지근한 공기마저 달콤하다.

알레 Allez

시작

남들은 가고시마의 동백이 계기라고 알고 있지만 처음 해준이 카메라를 잡기 시작한 건 단 한 장의 사진 때문이었다.

휴대폰 카메라로 찍은 열아홉 살 우현의 사진, 그 한 장 때문에. 밤이라 너무 어두웠고 지금처럼 휴대폰 카메라의 화소가 높았던 것도 아니라 간신히 얼굴만 보이는 사진이었다. 실수로 지울까 봐 여기저기 백업을 하고 인쇄한 사진은 지갑 가장 안쪽에 넣어 뒀다. 해준의 지갑 속 사진을 본 해령은 이게 뉘 집 애 초음파 사진이냐고 놀렸었다. 너 사고 쳤냐고.

10년 동안 그는 악몽과 싸웠다. 아직 숨을 붙들고 있는 걸 보면 이기지는 못했어도, 패배하진 않은 것 같다. 가슴속 폐허를 어쩌지 못해 괴로운 밤엔 가끔 후회를 했다. 차라리 그녀를 알지 못했더라면. 이 괴로움의 원인이 너인 것 같아서.

해준은 카드 지갑보다 조금 더 큰 사이즈의 가죽 케이스를 그대로 뒤집어엎었다. 그러자 마구잡이로 겹쳐 놓은, 손때 묻은 인화 사진이 쏟아졌다. 그것을 와이어에 나무집게로 하나하나 걸기 시작했다. 아시아 선수권 우승 때, 세계 선수권에서 2관왕을 했을 때, 올림픽 금메달의 순간 등등. 해령은 스토커로 신고당해도 할 말 없을 수준이라며 혀를 찼다. 아마 스포츠지의 데이터베이스보다 해준의 하드에 우현의 사진이 더 많을 것이다.

그래도 가장 좋아하는 것은 이 사진이다. 첫 금메달을 딴 올림픽 4강전, 탈락 위기에 몰렸을 때 땀을 뚝뚝 흘리며 무어라 계속 중얼거리고 있는 그때의 사진. 실핏줄이 터지고 붉게 충혈된 눈에는 눈물이 그렁그렁했다. 입술은 물어뜯어서 피가 맺혔고 경기 중 손톱을 다쳤는지 손가락에 감아 둔 테이핑에도 검붉은 자국이 선연했다. 만신창이의 모습으로 다시 피스트에 올라 하늘을 보며 마스크를 쓰던 그 찰나의 포착.

올림픽 후에 알았다. 그 경기에서 검을 잡은 오른손, 검지에 골절상을 입었다고 했다. 최우현은 그 꼴로 결승전에 나왔고 금메달을 땄다.

시상식 후 금메달을 직감한 순간이 언제냐고 묻는 기자에게 우현은 멍한 얼굴로 말했다. 진통제를 때려 붓고 결승에 나와서, 약 때문에 제정신이 아니라 기억이 하나도 안 난다고. 실제로 우현은 미디어존 인터뷰 후 병원 응급실에 실려 갔다고 했다.

마지막으로 찍은 사진은 이거였다. 세계 선수권, 부상으로 기권했던 그 경기. 코치의 부축을 받으며 경기장을 나가다 피스트를 돌아보던 그 순간.

……무릎 십자인대 파열이라고 했나. 고질적인 허리 부상도 겹쳤다고 들은 것 같다.

우현의 사진을 찍고 싶다. 넓은 경기장 좌석에서 찍은 사진 말고, 눈 마주치고 자신의 카메라를 바라보게 하고 제대로 찍은 사진이 필요했다. 망원 줌 백날 당겨 봐야 발 줌 못 따라 간다지 않던가.

……아니, 솔직히 말하면 사진은 핑계다. 가까이에서 제대로 얼굴을 보고 싶다.

해준은 아끼는 라이카 카메라를 꺼내 렌즈를 마운트했다. 일회용 카메라로 찍은 사진 한 장으로 세상을 뒤집었으니 이것으로는 삶의 이유를 찾아보라며 해령이 생일 선물로 준 것이다. 어마어마한 가격 때문에 돈이 좀 모자라서 가방 몇 개를 팔았다고, 이 정도면 고시생에게 대단한 출혈이라며 아껴 쓰라고 신신당부를 했다.

이 카메라를 들고 그다음 해의 봄에 다시 가고시마에 갔었다. 그렇게 가서는 단 한 컷도 찍지 않았다. 찍지 못했다는 말이 더 맞을 것이다.

사실 제주에 가고 싶었다. 우현과 함께 갔었던 그곳. 뜬금없이 제주가 고향처럼 느껴지기도 했지만, 한국만 입국 금지당한 약쟁이에겐 갈 방법이 없어 발 닿는 대로 가다가 들른 곳이 가고시마였다. 한국 업계에서는 해준이 왜색을 좋아해 국내에서 몇 번이나 프로젝트를 제안해도 다 거절하고 입국도 하지 않는다고 비판했다. 그럴 때마다 해령은 분개했고 해준은 그냥 한번 웃고 말았다.

이 카메라로는 단 한 번도 인물 사진을 찍은 적이 없다. 이제는 잘 쓰지 않는 레인지 파인더 방식에 포커싱과 노출을 비롯한 모든 조건을 직접 세팅해야 하는 불편한 카메라. 그럼에도 불구하고 라이카를 쓰는 이유는, 그 불친절함이 마음에 들기 때문이다. 피사체와 셔터를 누르는 자신 사이에 그 어떠한 방해도 허용하지 않는 그 도도함이 마음에 들었다.

마치 너 같아서.

해준은 뷰파인더를 눈에 가져다 댔다. 한 벽면을 다 차지하고 있는 우현의 사진이 시야에 가득 찼다. 빛의 각도를 계산하고 셔터 속도와 노출, 화이트 밸런스를 세팅한다. 자, 준비 끝. 셔터를 누르고 결과물을 확인한다. 아, 핀이 살짝 나갔다.

인터뷰만 봐도 최우현 그 성격 여전하던데 피사체가 된 그녀가 과연 이 느린 카메라를 기다려 줄 수 있을지 모르겠다.

해준은 쓴웃음을 지으며 카메라를 테이블에 내려놓고 담배를 입에 물었다. 불을 붙이고 필터를 빨자 니코틴이 폐부로 스민다. 창으로 들어온 희미한 달빛 안에서 흰 연기가 고요하게 춤을 춘다. 연기가 흩어져 버릴 때마다 토하듯 내뱉으며 이어 간다. 그는 그 광경을 멍하니 바라만 본다.

담배가 되면 어떨까. 그렇게 그녀의 입술에 물리는 것은 어떤 기분일까. 니코틴으로라도 우현에게 흡수되어 망쳐 버리고 싶었다. 함께 마주 보고 담배를 피웠던 밤을 그녀는 기억할까.

날 잊진 않았을까.

차라리 그냥 자 버릴걸. 그랬다면 도망가 버린 첫 남자로라
도 기억해 주지 않을까. 운동할 때 판단력은 빠르지만 그런 쪽
으론 굉장히 둔하고 느렸던 우현이다. 뱀처럼 꼬드긴다면, 그
랬다면…… 무언가 달라졌을까.

꼬리에 꼬리를 무는 수많은 가정을 담배 연기에 실어 허공
에 날렸다.

수많은 밤, 해준은 이리저리 떠다니는 잔상과 싸웠다. 애써
지우지 못한 마음이 안쓰럽기도 했다. 이미 잊었을지도 모르는
데. 그녀에게 난, 사춘기 시절의 소심한 일탈밖에 되지 못할지
도 모르는데.

잊겠다 했지만 그건 전부 스스로를 속이고자 했던 거짓말이
었다.

해준은 연기를 뱉으며 생각했다.

바라만 보는 게 나에게 허락된 선인 줄로만 알고 살았다.

이제 가져야겠다.

우현이 헐떡이는 소리만이 공간을 울렸다. 그녀의 호흡은 잔
뜩 흩어졌는데 남자는 여유가 넘친다. 숨이 턱 끝까지 차오른
다. 세 번째. 그는 잠시의 틈도 허용하지 않고 서서히 그녀를 함
락해 간다. 역시 기민하고 노련하다.

최우현의 몸, 최우현의 버릇, 최우현의 호흡.

상대하는 것은 굉장히 오랜만인데도 그는 모조리 다 알고 있다. 오늘 밤, 남자를 고른 것은 잘한 짓이다.

한 시간 전, '윗분'을 만났다.

협회를 지원해주는 VIP와의 추문은 무조건 네 탓이라는 질책. 이 스캔들로 어느 정도 잠잠해질 것이니 그게 천만다행인 줄 알라는 생색. 그 거지 같은 기분을 목 아래로 꿀꺽 삼키며 나오는데 정 실장이 우현에게 건넨 것은 과연 진심이 담겨 있을지 의심스러운 짧은 위로와 조만간 화보 촬영을 해야 한다는 통보였다.

집 앞까지 데려다주겠다는 것을 거절했다. 우현 역시 속에서 끓어오르는 이 화를 어떻게든 발산하고 싶었다. 서울 강남대로 한복판에서, 우현은 빠르게 휴대폰 속 연락처 목록을 확인했다.

오늘 밤을 상대해 줄 남자가 필요했다.

실력 좋고 체력 좋고 잘하는 상대.

"하아, 하아."

흐르는 땀방울에 시야가 흐릿해진다. 남자의 움직임에, 가빠진 호흡에, 심박이 터질 것처럼 치솟지만 그녀는 본능에 몸을 맡긴다. 우현 역시 동물적인 감각은 남자 못지않다. 체력만큼은 자신 있었다. 손가락 하나 까딱할 힘이 없을 때까지 남자를 상대할 자신.

"윽."

어깨를 향해 들어오는 것 같았던 남자가 재빨리 가슴을 함락했다. 아, 당했어. 그녀에게서 작은 신음 소리가 베어 나왔다.

날카로운 통증이 묘한 쾌감을 불러일으켰다. 오랜만이다. 이 통증이 오히려 반갑게 느껴졌다. 그래, 이게 나다운 짓이지. 우현은 흐르는 땀을 닦아 내며 웃었다.

"집중 안 해?"

기습적으로 치고 들어와 순식간에 그녀의 몸 안쪽까지 침범한 그가 차갑게 말했다.

"밤 새자며. 나 앞에 두고 다른 새끼 떠올려?"

우현은 남자를 노려보며 호흡을 가다듬었다. 헐떡이는 남녀의 신음 소리만이 공간을 울렸다.

팽팽하게 날이 선 긴장감이 허리를 훑고 지나갔다. 체온이 점점 올라갔다. 심장이 터질 것 같다. 이 위에서만큼은 배려를 모르는 남자는 자신을 마구 휘두르며 그녀를 찔러 왔다. 악 소리가 날 만큼 아프지만 그녀는 신음을 입안으로 삼켰다. 고통인지 쾌감인지 모를 것들이 정신없이 밀려왔다. 남자도 벅찬지 숨을 거칠게 몰아쉬며 호흡을 다듬었다. 철옹성처럼 무너지지 않을 것 같았던 그가 드디어 그녀에게 반응하기 시작한다.

남자가 몸을 바짝 붙이며 낮게 들어왔다. 우현은 다시 숨을 찾고 그를 받아들일 준비를 했다. 그가 어떻게 몸을 쓰는지 꽤 여러 번 경험해 본 그녀는 남자의 다음 동작을 너무나도 잘 알고 있지만 번번이 당했다. 그가 허리의 반동을 이용해 그녀의 허점을 파고들었다.

그리고.

"최민호 승."

민호가 자신의 승리를 선언했다. 마지막 일격에 완전히 유효면을 내준 우현이 짜증스럽게 마스크를 벗었다.

"더 해."

"무리하지 마. 너 공백 안 느껴졌어. 실력 안 녹슬었어. 완벽해."

"한 게임 더 하자고."

"무릎 아직 안 좋잖아."

달래는 듯한 민호의 말에 우현은 이마의 땀을 훔치고는 피스트에서 내려왔다.

"와, 선생님 진짜 최우현이랑 아는 사이였어요?"

두 사람의 경기를 지켜보고 있던 펜싱 클럽의 아이들은 우아우아 하며 우현에게 사인을 해 달라고 달려들었다.

"최우현이 뭐야. 내 후배니까 우현 선수! 라고 해야지."

"네, 우와……. 진짜 잘한다. 누나 같이 셀카 찍어도 돼요?"

"누나가 어지간하면 찍어 주는데 당분간은 안 돼. 아이스크림 사 줄게, 이걸로 퉁치자."

초딩 무리는 셀카는 안 된다는 말에 시무룩하다가 아이스크림이라는 말에 또 활짝 웃었다. 사인을 다 해 준 우현은 가장 나이가 많아 보이는 애한테 현금을 턱 쥐여 주고 가서 맛있는 거 먹으라며 멋지게 내보냈다.

"갑자기 연락도 없이 무슨 일이야?"

"몸 좀 풀려고."

"몸 풀러 온 게 아니던데……. 너 또 끌려갔다 왔어?"

우현은 대답 대신 옅게 웃었다.

"너 진짜 별일 없지? 소문이지, 그냥?"

우현은 수건으로 목덜미의 땀을 닦아 내며 민호를 바라봤다. 직접적으로 언급하지도 못하고, 걱정스러운 기색이 역력했다.

"내가 이재선 이거라고?"

우현이 새끼손가락을 흔들자 민호가 허허, 웃었다.

"자 보기나 했으면 억울하지나 않겠네."

"알아. 너 믿어."

이재선, 그리고 성한그룹에서 우현에게 과하게 지원을 해 주긴 했다. 처음엔 스포츠에 대한 관심이겠거니, 그다음엔 이렇게까지 받아도 되나 싶었다. 하지만 세상엔 악의를 가진 사람들이 굉장히 많았고 그 악의는 수만 가지 말이 되어 우현을 후벼 팠다.

이제 정말, 그만하고 싶은데.

"선배, 펜싱클럽 하면 한 달에 얼마나 벌어?"

"왜?"

"나 은퇴하게."

"뭐어?"

민호가 눈을 크게 뜨자 우현이 히죽 웃었다.

"농담이야."

현실적으로 불가능하다는 건 우현이 더 잘 알고 있다. 펜싱이 끔찍이도 싫었지만 그만둔다면 사랑을 잃은 기분일 것 같다.

그래, 해야지. 운동 다시 해야지. 할 줄 아는 게 이거밖에 없으니 해야지.

덜컥 무섭기도 했다. 마지못해 하는 게 아니라 정말 좋아서, 행복해서 해 온 운동인데 요즘따라 왜 이렇게 무기력하기만 한지 무서웠다. 차라리 그냥 운동만 하면 이런 슬럼프 따위, 오지도 않았을 텐데.

단순함이 사람으로 태어나면 최우현이던 시절이 있었다. 야릇한 꿈을 꾸고 가슴 뛰던 시절의 최우현. 도윤과 애리의 키스를 목격하고 알 수 없는 배신감에 펑펑 울던 최우현. 힘들다며 엄마, 아빠에게 투정 부릴 수 있었던 열아홉의 최우현.

그녀는 고개를 뒤로 젖히고 눈을 감았다. 눈언저리가 뜨끈해졌다.

그 시절을 떠올리면 자연스럽게 따라오는 이름이 있다.

김해준.

짧고 강하게 사춘기를 할퀴고 지나간 이름.

"소나기 오나 보네. 차 가져왔지?"

민호가 창문을 닫으며 물었다.

"비 올 거 같진 않았는데…… 일기예보 쨍쨍이었거든."

올 것 같지 않았던 비는 잘만 오네.

그녀는 창밖으로 쏟아지는 비를 보며 우는 듯 웃었다.

비가 와서인지, 오랜만에 오버 페이스를 해서인지 샤워를 하고 나오는데 갑자기 오한이 들었다. 우현은 얇은 여름 담요를 꺼내 어깨에 두르고 물을 끓였다. 냉장고에서 사과청 유리

병을 꺼내 한 스푼 머그잔에 덜었다. 달게 마시고 싶어 바닥을 보이는 청을 벅벅 수저로 긁었다.

꽤 길게 집을 비운 탓에 냉장고는 도윤의 어머니가 보내 준 반찬 몇 가지 빼고는 텅 비어 있었다. 주말에 장을 좀 봐야겠다. 시현이 좋아하는 김치전도 부쳐 주고 된장찌개도 끓여 주고.

우현은 누에고치처럼 몸에 둘둘 담요를 감고 소파에 길게 누웠다. 태블릿 PC로 며칠 후에 있을 화보 촬영 콘티와 자료를 열어 보는데 뭐 늘, 봐도 모르겠다. 이런 쪽에 관심 많은 시현에게 물어보려고 했는데 이 계집애는 며칠째 얼굴 보기가 힘들었다.

정 실장이 요즘은 그까짓 스캔들 3일만 지나도 잊힌다고 꼭 해야 한다며 들이민 것이 명품 브랜드와 패션 매거진의 컬래버레이션 화보였다. 한 페이지에 얼마랬더라. 아무튼 많이 준다고. 그럼 해야 하는 거라고.

평소엔 입을 일 없을 것 같은 드레스 천지였다. 뭔 영화제나 시상식에서 입을 법한 드레스와 반짝거리는 액세서리들인데 굳이 이런 화보에 왜 날 섭외했나 의문이었다. 몇 장을 더 넘기자 이번엔 블랙 톤의 의상들이 이어졌다. 여기는 좀 익숙한 라인이다. 시현이 그렇게 가지고 싶다고 로또 되면 살 거라고 했던 가방들도 좀 보인다.

"예쁘긴 하네."

우현은 눈에 익은 가방들을 표시해 뒀다. 시현과도 잘 어울릴 것 같다.

그렇게 한 장 한 장 넘겨 보는데, 가방 마지막 장에 촬영 스태프 리스트가 있었다. 모르겠다. 평소의 우현이라면 그냥 넘겼을 것들인데 그날따라 왜 시선이 갔는지, 하필이면 제일 먼저 눈에 들어온 게 하필이면 이 이름이었는지 모르겠다.

Photographer. HAEJUN KIM.

해준킴. 해준킴. 아…… 해준.

설마, 아니겠지.

포털 사이트에 검색하자 지난 시즌 해준이 찍었다는 옴므 컬렉션의 화보들과 사진집에 실린 사진들이 떴다. 한국인 작가 중에 동명이인이 있는 것은 아닐까 싶어 김해준, KIM HAEJUN 등등 별의별 검색을 다 해 봤는데 걸리는 이름은 딱 저 한 사람이다.

김해준.

그 김해준.

우현은 곧장 에이전트에게 전화를 걸었다.

— 응, 우현.

"화보 때문에요."

— 이메일 포워딩 해 준 거 봤지? 와, 이거 완전 대박이야. 너 김해준이라고 알아? 되게 유명한 포터인데 걔가 니 사진 찍겠다고 직접 연락했다더라. 나 담당자랑 방금 통화했는데, 걔 지금 좋아 죽어. 뉴욕 《보그》가 작업하자고 한 것도 다 깐 김해준이 이걸 하겠다잖아.

"네이버 검색하면 나오는 김해준 맞아요?"

― 응, 맞아. 김해준이 여자 모델 처음으로 너 찍는 거야. 완전 대박 아니니? 일단 끊어 봐. 나 이거 기자한테 단독으로 기사 써 달라고 하게.

"실장님, 잠깐만요. 실장님!"

우현이 휴대폰을 붙들고 애타게 불렀지만 이미 신나서 흥분한 그녀는 전화를 뚝 끊어 버렸다.

망할.

우현은 다시 소파에 누워 천장을 바라봤다. 갑자기 기분이 이상해졌다. 갑자기 심장이 쿵쿵 뛰었다. 나 혼자만 애틋했던 첫사랑이 갑자기 현실이 되어 다가왔다. 막말로 김해준과 최우현은 진하게 연애한 사이도 아니다. 해 봤자 키스 두 번, 고딩치곤 조금 진했던 스킨십, 썸인지 뭔지 헷갈릴 분위기 잠깐 탔던 고등학교 친구 정도로밖에 표현 안 되는 사이이다.

게이라더니, 그래서 여자 모델 사진은 안 찍는다더니. 뜬금없이.

우현은 소파 쿠션에 머리를 박고 머리카락을 쥐어뜯었다.

김해준은 꼭 이럴 때 나타난다.

꼭 이럴 때, 나에게 틈이 생겼을 때.

"DSLR은 1DX2랑 5D MARK4 준비해요. 렌즈는 50 단렌즈, 24-70, 200, 2.8 망원요."

한국에서 고용한 어시스턴트가 해준의 지시를 재빨리 받아 적었다. 평소에는 DSLR보다는 가벼운 기종을 들고 다니는 편이지만 화보 촬영은 남들처럼 하는 편이다. 디자이너들이 포토샵으로 턱 치고 다리 늘리기 편하라는 나름의 배려다.

"조명은 다 준비된 건가요?"

"네, 샵에 이야기해 뒀습니다. 소프트 박스 세 개랑, 스트로보 조명 하나요."

"카메라 핀 체크해 줘요."

"넵."

급하게 구한 어시스턴트인데 생각보다 똘똘하고 꼼꼼했다.

지시를 끝낸 해준은 아이패드로 그동안 우현이 촬영한 화보를 쭈욱 넘겨 봤다. 최우현 리터칭 하나도 안 된 원본을 구해 달라고 했더니 담당자는 한 시간 만에 50기가 분량을 보내왔다. 팔다리 길고 비율 좋고, 피부도 깨끗한 편이다. 표정도 다양하고 몸 쓰는 게 능숙하다. 카메라 앞에 서는 것을 두려워하지 않는 타입. 원본을 보고 나니 비인기 종목의 선수가 왜 광고 모델로도 이렇게 잘나가는지 알 것 같다.

해준은 얇은 끈나시만 입고 찍은 뒷모습 사진에서 잠시 멈췄다. 우현이 살짝 고개를 틀고 아래를 물끄러미 바라보자 그 방향을 따라 근육이 움직인 모습이 생생하게 담겨 있었다. 처음 병원에서 봤을 때도 그랬다. 몸이 예뻤다.

그때 해준의 휴대폰 진동이 울렸다. 짧은 메일이었다. 당장 미국으로 돌아가라는, 그쪽에서 제시한 액수의 두 배를 주겠다는 메일. 아직 모르나 보다. 포토그래퍼 김해준은 꽤 성공해서 돈에 구애받지 않아도 될 만큼 벌었다는 걸. 거기다 생모의 그림은 재산이 되어 그에게 상속되었다.

해준은 조소했다. 이쪽이 급한 게 아닐 텐데.

저녁 8시, 한 뉴스 채널이 단독 보도할 것이다.

자유당 대선 후보 이재선, 법대 재학 시절 과외를 가르친 미성년자 제자와의 사이에 아들이 있다고.

"완전 막장 드라마가 따로 없네."

도윤이 드레싱을 하는데 환자가 TV 화면을 보며 중얼거렸다. 가는 병실마다 모두 이재선의 혼외자 이야기였다. 사람들은 개천에서 용 만들어 준 조강지처를 두고 뒤로는 저런 짓을 하고 다닌다며 혀를 차 댔다. 변변찮은 집안 출신의 평검사와 성한그룹 외동딸이 집안의 반대를 이겨 내고 결혼했을 때, 세기의 사랑이라고 난리가 났었다고 했다. 누구나 꿈꾸는 동화 같은 결혼이었다. 캠퍼스 커플로 만나 사랑에 빠지고, 고시 준비를 돕고, 강제 유학과 단식 투쟁을 겪으며 마침내 이루어 낸 사랑.

이재선이 정치 입문 후, 그 이미지를 적극 활용한 만큼 역풍도 거셌다. 차기 대선은 이재선 인기 투표 아니냐고 했을 정도니까. 그나마 지금껏 이재선을 버티게 해 준 그 지지율마저 뉴스 보도 후 곤두박질치기 시작했다고 했던가.

도윤은 TV 속, 경제 전문가와 대담을 진행하고 있는 애리를 바라봤다. 이재선 혼외자 파문으로 장이 열리면 성한그룹 관련 주식이 곤두박질칠 것으로 예상된다는 분석과 평론 들. 그는 우현의 부탁으로 맡아 둔 주식 계좌를 떠올렸다. 성한전자를 얼마에 팔았더라. 미리 빠져나오길 잘한 듯했다. 좀 아쉽다. 하루 종일 차트 들여다보고 있을 시간만 있었다면 더 불려 줄 수 있었을 텐데.

이건, 대학 2학년 때 우현이 제안한 것이었다. 처음으로 받은 계약금을 도윤에게 내밀며 자긴 멍청해서 주식이니 부동산이니 재테크 하겠다고 설치다가 사기당하고 패가망신당할 게 분명하니까 좀 맡아 달라고. 수수료로 나중에 전문의까지 다 끝내면 개원할 때 보태겠다고.

시현은 건축과를 졸업하고 뉴욕에서 건축 디자인 유학 중이었다. CF를 엄청나게 찍어 대는 우현 덕분에 집세 어마어마한 뉴욕의 꽤 괜찮은 아파트에서 학비 걱정 없이 생활하고 있었다. 우현은 시현에겐 유독 약했다.

우현의 부모님 49재를 마친 날 밤, 그녀는 도윤을 찾아와 밤새도록 울었다. 시현이 다 풀었다고 내놓은 수학 문제집 낙서가 원인이었다.

그림을, 아무것도 모르는 도윤이 봐도 너무 잘 그려서.

그제야 시현이 중학생 때 예고 가고 싶다고 시위하다가 결국 가출을 했던 일이 떠올랐다. 저거 공부하기 싫어서 저러는 거라며 툴툴거리는 우현의 심통이, 펜싱 돈도 많이 드는데 미대 입시까지는 감당 못 한다고, 시현이 공부 잘하니까 잘 설득하면 될 거라며 통화하던 두 엄마들의 대화를.

분명 우현도 그 낙서를 보는 순간 떠올렸겠지.

그날, 우현은 꽤 많이 울었다.

의국으로 돌아온 도윤은 우현에게 메시지를 보냈다. 늘 그렇듯 별거 아니다. 밥 먹었어? 오늘은 뭐 해?

[나 오늘은 병원. 허리 물리치료 받으러.]

고질적인 허리 부상을 참고 견디다 결국 신체 밸런스가 죄다 무너졌다. 처음 우현이 CT와 MRI 사진을 가져오며 어떤 상태인지 자세하게 말해 달라고 했을 때, 그냥 그만두라고 하고 싶을 정도로 엉망이었다. 그 후 8개월. 몸은 많이 회복되었지만……. 도윤은 낮게 한숨을 내쉬었다.

은퇴, 도윤은 찬성이다. 지금 사는 집을 팔고 시현의 유학 자금을 하라고 하면 충분히 해결될 문제다. 그만하면 충분히 누렸으니 부족하면 아르바이트라도 하라고 하면 된다. 하지만 최우현은 그렇게 못 할 것이다. 돌아가신 아버지가 지은 집이라, 시현에게 주고 싶은 게 많아서, 그리고 펜싱을 싫어하는 만큼 좋아해서.

하지만 정말 그만두게 된다면…….

"뒷바라지 해 준 여자 친구가 있는데 당장 6층짜리 병원 개원해 줄 수 있는 부잣집 상속녀가 나 좋다고 따라다니면 어떨 거 같아?"

의국으로 돌아와 한숨 돌리려는데 여자 동기가 불쑥 도윤에게 물었다.

"앙케트야?"

도윤이 대답 대신 질문을 하자 동기가 고개를 끄덕였다.

"응, 그러니까 빨리 대답해."

"난 여자 친구."

도윤이 간결한 어조로 대꾸하자 동기가 의심스럽다는 듯 눈을 가늘게 떴다.

"솔직한 답변 맞아?"

"응."

물론 우현의 뒷바라지는 도윤 자신이 한 것이지만.

"넌 어떨 거 같은데? 졸부 아들이랑 남자 친구랑."

도윤이 되묻자 동기가 히죽 웃었다.

"개원하고 한 5년 살다가 이혼하지 뭐."

"그러고 전 남친 찾아가게?"

도윤의 말에 그녀가 무슨 소리냐는 듯 고개를 세차게 저었다.

"아니, 그때부턴 그냥 돌싱의 삶을 사는 거지. 참고로 다섯 명한테 물어봤는데 여자 친구라고 한 사람 아직 너밖에 없어. 역시 순정 서도윤 선생이야."

"갑자기 죄송해요. 원래 이렇게까진 안 하는데, 아시잖아요. 김해준 작가 워낙 같이 작업하기 힘든 포토그래퍼라 저희가 욕심을 좀 냈어요."

우현은 매거진 담당자를 따라 오피스 복도를 걸어가다 거울에 비친 자신의 꼴을 보며 기겁했다. 아주 가관이었다. 병원만 갔다가 바로 집에 오려고 화장도 안 했다. 도수 치료를 받고 나니 머리는 산발이 다 되었고 물리치료를 받는 동안 푹 자고 나니 얼굴은 퉁퉁 부었다. 그야말로 망했다. 오늘 꼬라지 정말 거지 같은데.

분명 매니저는 치료 끝나고 미팅 잡혔다고 말을 했다는데 우현은 기억이 나질 않았다. 아마 반수면 상태에서 들었나 보다. 차 안에서도 늘어지게 잠을 자다 눈을 떴더니 미팅 장소였다.

'누굴 본다고?'

'김해준이요.'

'너 미쳤어?'

"저 잠시 화장실 좀."

우현의 말에 담당자가 위치를 알려 주었다.

큰 거울로 보니 꼴이 더 난리였다. 내 손으로 메이크업을 해 봤어야 수습을 하지. 우현은 투덜거리며 파우치에서 쿠션을 꺼내 두들기고 립스틱을 발랐다. 시현이 그래도 늘 준비는 하고 다녀야 한다며 넣어 준 아이라이너를 쥐고 잠시 고민하다가, 다시 집어넣었다. 뉴욕에서 패션 사진 찍는 애였으면 나보다 예쁜 여자 한 트럭으로 봤을 텐데 괜히 설쳤다가 망하면 그게 더 개망신이지 싶었다.

거기다 뭐.

게이라며.

구 남친도 아니고 과거에, 심지어 고딩 시절에 아주 잠깐 이 상야릇한 분위기였던 현 게이 앞에서 나댈 이유가 없었다.

그런데도 신경 쓰인다. 손으로 대충 정리한 머리가, 병원 간다고 대충 입은 티셔츠와 핫팬츠가, 선배와의 연습 게임 때 벗겨져 버린 손톱의 네일이, 전부 다 거슬린다.

화장실을 나오자 말끔하게 차려입은 담당자가 우현에게 이쪽이라며 손짓을 했다. 패션 매거진이라 그런지 에디터부터 스타일링이 남달랐다. 여기 죄다 잘 차려입고 있네, 이러면 내가 더 초라해지는데.

아니다.

당당해야 한다.

우현은 길게 심호흡을 하고 허리를 곧게 세웠다.

"작가님 먼저 오셔서 기다리고 계세요. 우현 선수 오셨어요."

우현은 미팅 룸으로 들어서며 짧게 숨을 들이마셨다. 그녀가 안으로 들어서자 남자가 느릿하게 자리에서 일어났다. 10년 만에 보는 해준은, 우현이 샵에 가면 보는 잡지 속 그 모습 그대로였다. 아니, 그 이상이었다. 소화하기 힘들어 보이는 독특한 패턴의 셔츠와 블랙 진, 날렵한 디자인의 구두까지. 우현은 잠시 후회했다. 어디든 다시 가서 옷 하나만 사 입자고 할걸.

또렷한 눈매와 연갈색 눈동자의 남자가 우현을 응시했다.

김해준.

나른하고 무언가를 관망하는 듯한 시선은 더 예리하고 날카로워졌다.

우현은 해준을 향해 손을 내밀며 말했다.

"오랜만이다. 잘 지냈어?"

뜻밖의 말에 담당자의 눈이 커졌다.

"어, 두 분 아는 사이세요?"

"네. 고등학교 동창이에요. 그렇지?"

우현의 말에 해준은 아무런 대꾸 없이 잠시 그녀를 빤히 바라봤다. 그러고는 이내 그의 입꼬리가 부드럽게 휘었다.

연갈색 눈동자가 그녀를 바라본다.

"오랜만이다, 최우현."

해준이 그녀가 내민 손을 맞잡으며 악수했다.

"어머, 아는 사이셨구나. 작가님 그래서 흔쾌히 하시겠다고 한 거였군요?"

그제야 담당자가 활짝 웃으며 호들갑을 떨었다. 매니저는 팔꿈치로 우현을 툭 치면서 입 모양으로 왜 말 안 했냐고 타박을 했다.

우현은 담당자의 안내에 따라 의자에 앉으며 해준과 잡았던 오른손을 주먹을 꽉 쥐었다가 펼쳤다.

준비됐냐고,

누군가가 그녀의 귓가에 속삭였다.

사진을 보며 많이 상상했다. 해준의 기억 속 그 소녀는 어떤 여자가 되었을까. 펜싱 선수 최우현 말고 그냥 최우현, 너는 어떤 얼굴을 하고 있을까.

해준은 담당자가 준비한 기획안에 시선을 두며 그녀의 행동을 관찰했다. 마지막으로 경기장에서 봤을 때보다 살이, 정확히는 근육이 좀 빠진 듯했다. 전체적인 선이 전보다 가늘어졌다. 저렇게 열심히 간식을 집어 먹는 것을 보면 일부러 체중을 줄이려는 것 같지는 않은데 이상했다. 어쨌든 사진발은 잘 받겠네.

문득, 쿠키를 집어 먹는 손에 시선이 갔다. 손바닥의 굳은 살. 손톱은 부러지고 네일이 벗겨졌다. 검을 잡은 흔적. 그는 그녀 몰래 웃었다. 1년 반은 재활에 매진해야 한다더니 연습을 시작한 걸까.

갑자기 미친 척 손을 잡고 싶어진다. 깍지를 끼고 손가락에 입을 맞추고, 물고 핥고 빨고.

미팅은 지루했다. 미리 메일로 공유한 기획안을 담당자가 한 번 더 상기시키는 정도였다. 어떤 옷을 어떤 컨셉으로 입을 거고 이때 메이크업은 어떻게 할 거고, 기타 등등. 우현은 왜 굳이 자신을 불러냈는지 의아한 눈치였다. 하지만 그는 목적을 달성했다. 최우현을 보는 것. 모델의 실물을 봐야 감이 잡힐 것 같다는 해준의 요구에 담당자는 그 정도쯤이야 얼마든지 가능하다며 급하게 그녀를 불러내 줬다.

미팅은 짧게 끝났다. 우현이 수고했다는 인사를 하며 테이블 위의 자료를 가방에 챙겼다. 그때, 브랜드 담당자는 전화를 받으며 회의실 밖으로 나갔다.

그는 잠시 고민했다. 잡을까, 말까. ……아니. 오늘은 그냥 보내 주기로 한다. 물리치료 받고 왔다더니 근육의 긴장이 풀렸는지 우현은 계속 집중을 하지 못하는 듯했다.

"또 보자."

해준이 손을 내밀자 우현이 잠깐 무감각한 얼굴로 그 손을 바라보고는 가볍게 맞잡았다. 생각 이상으로 부드러운 손이 아쉽게 닿았다가 빠져나가려 하는 순간.

"앗."

그가 그녀의 손을 잡아채 자신의 몸 쪽으로 끌어당겼다. 우현의 몸이 잠시 갸우뚱했지만 그녀는 재빨리 균형을 잡으며 의아한 눈으로 해준을 바라봤다.

긴 속눈썹과 눈 아래 눈물점. 키스하고 싶은 충동이 이는 찰나, 복도에서 인기척이 들려왔다. 우현이 해준을 노려보더니 확, 손을 잡아 빼고 미팅 룸 밖으로 나가 버렸다.

갑자기 심장이 뻐근하다.

해준은 문득 처음 우현과 눈을 마주쳤던 그 순간이 떠올랐다.

역시 그 예감은 틀리지 않았다.

결전의 날, 새벽부터 샵에 끌려가 메이크업하고 머리도 했다. 우현은 새삼스럽게 손거울 속 자신을 보며 감탄했다. 메이크업 아티스트들은 위대하다. 사람의 얼굴에 그림을 그려서 새로운 인물을 창조하다니, 정말 대단한 기술이다.

"너 잘하는 거 알지만, 오늘은 더 신경 써. 김해준 대단한 애래."

오면서 정 실장에게 저 소리를 몇 번이나 들었는지 모르겠다. 샵에서 세 번, 차에서 두 번, 스튜디오 도착해서 두 번째다.

우현은 가볍게 스트레칭을 하며 다시 거울을 들어 얼굴을 확인했다. 어제 우현은 마사지를 받았고 세끼를 모두 방울토마

토로 연명했으며 아침에는 붓기 뺀다고 스트레칭도 한 시간 하고 나왔다.

"김해준이 너 되게 마음에 들었나 봐."

"왜요?"

"원래 다른 작가였잖아. 김해준 한국 들어왔다 그래서 그냥 한번 이메일 보냈대. 찔러나 보자! 하고. 누구누구 계획이 있는데 같이 해 보고 싶다 했더니 너 콕 찝어서 연락 왔대."

"헹."

"걔 게이라더니……. 너 팬인가? 그래서 오케이 한 건가?"

"그러게요. 나 좋아하나 봐."

우현은 성의 없이 대꾸했다.

"그런 애가 게이면 좀 슬프지 않니. 그렇게 잘생기고 매끈한데 그림의 떡이야."

"스트레이트여도 그림의 떡인 건 매한가지였을 거예요. 그냥 마음껏 보고 좋아해요."

"하긴, 그건 그래. 모델을 하지 왜 그 피지컬에 그 얼굴에 포터야 포터가. 지가 찍는 게 아니라 찍혀야겠더만."

"뭐……. 잘생겼죠."

"잘생기기만 했니. 완전 어른 남자지. 서 선생 같은 남자 평생 보고 산 네가 뭘 알겠니. 서도윤이 최우현 눈만 높여 놨네."

"맞습니다. 제가 좀 눈이 높아요."

해준의 얼굴을 보면 열부터 올라와 촬영이고 나발이고 마대 자루로 두들겨 패고 싶기만 할 것 같았다. 그런데 아니었다. 낮설어서, 의식이 되어서, 30분 미팅 내내 하릴 없이 쿠키만 입에 쑤셔 넣었다.

"의상 다 갈아 입으셨죠? 작가님 오셨어요."

담당자가 우현의 대기실에 얼굴만 내밀며 말했다. 인사하러 오라는 뜻인가 싶어 우현은 드레스 자락을 살짝 들고 촬영장으로 나갔다. 자주 신지 않는 핀힐 때문에 걷는 게 불편했다. 바닥에 정신없는 깔려 있는 전선과 치렁치렁한 드레스 자락도 영 익숙하지가 않았다.

결국 발이 접질리며 우현의 몸이 갸우뚱했다.

넘어지겠다 싶은 찰나.

"괜찮아?"

누군가가 뒤에서 그녀의 어깨를 잡아 주며 물었다.

익숙한 목소리.

우현은 짧게 숨을 들이마셨다. 그러곤 똑바로 서서 상대방을 바라봤다.

예상대로다. 김해준.

펜싱은 살뤼Salut를 하며 시작과 끝을 맺는다. 검 끝을 가볍게 부딪히는 인사.

"오늘 잘 부탁해."

해준이 손을 내밀었다.

악수가 취미인가.

우현은 그의 손을 맞잡았다.

살뤼.

검 끝이 부딪혔다.

스타일리스트가 재빨리 와서 우현의 드레스와 머리를 만져 줬다. 얌전히 수정을 받으며 우현은 눈을 굴려 해준을 찾았다. 세팅을 마쳤는지 그가 어깨에 카메라를 걸고 그녀를 빤히 바라보고 있었다. 우현 역시 시선을 피하지 않았다. 그때 누군가가 그에게 말을 걸었다. 어시스턴트 같다.

그는 어쩔 작정이었을까. 처음 만났을 때 존댓말을 한 것으로 보아 모르는 체하기로 했던 것 같다. 처음 보는 양, 대단하신 포토그래퍼가 점찍은 모델 대하듯.

아마 지난 9년 동안 그는 우현의 경기를 보지 않은 게 분명하다.

대한민국 사브르 여제 최우현의 특기는 꽁뜨르 아따끄, 역공이다.

"테스트 준비됐습니다."

그 말을 시작으로 스태프들이 일사불란하게 움직였다. 그래도 이 정도면 인원이 많은 편은 아니었다. 세계적인 포토그래퍼 김해준 씨가 사람 많은 것을 싫어해서 최소로 줄인 거라나. 거슬리지 않는 정도의 볼륨으로 음악이 흘러나온다. 팝. 김해준 취향인가 보다.

테스트를 하겠다는 말과 함께 스트로보가 터졌다. 기계음과 함께 눈앞이 먹먹해질 만큼 강한 빛이 쏟아졌다. 처음에는 스트로보에 적응을 못 해 매번 눈을 감기 일쑤였지만 이제 우현은 프로 모델 급으로 참을 수 있게 됐다. 하지만 너무 오랜만이라 그런지 생각보다 눈이 피로해 그녀는 고개를 돌리고 잠시 눈을 감았다.

우현은 눈을 감고 스피커에서 흘러나오는 노래에 맞춰 손가락으로 소파를 톡톡 두들겼다.

……어라.

"지금 나오는 노래 뭐예요?"

들려오는 가사가 귀에 거슬렸다.

"저도 처음 듣는 건데, 잠시만요."

남자 스태프가 PC 앞으로 다가가 플레이 리스트를 확인했다. 그런데 순간, 그의 얼굴에 당혹감이 서린다.

"왜요?"

"김 작가님이 고르신 건데요, 음."

잠깐 말을 끊고는 어물거리며 입을 뗀다.

"어, 음……. Sex for Breakfast……요."

아.

"노래 좋네요. 하, 하. 테스트가 좀 걸리나 봐요."

민망했는지 스태프는 잽싸게 도망가 버렸다.

소품으로 세워 둔 거울에 해준의 모습이 비쳤다. 우현은 소파에 기대 웅크리며 그 모습을 가만히 바라봤다. 해준의 지시에 따라 스태프들이 소프트 박스의 높이를 조절하고 위치를 바꿨다. 그의 손이 닿을 거리에 있는 테이블엔 서로 다른 렌즈가 마운트된 카메라 세 대가 나란히 놓여 있었다. 같이 수업 빠지고 군것질 하러 다녔던 그 소년은 이제 우현의 기억 속에만 있나 보다. 포토그래퍼 김해준. 능숙하게 현장을 지휘하는 모습이 낯설다.

그렇게 멍하니 구경을 하는데 거울 속에서 그와 눈이 마주쳤다. 괜한 승부욕에 우현 역시 피하지 않고 마주 응시했다. 그가 흘러나오는 음악 소리에 맞춰 고개를 까딱거리며 소리 없이 입 모양으로 가사를 흥얼거린다.

"I want sex for breakfast, stay inside."

우현의 미간이 일그러졌다. 꼭 저런 건 귀에 확확 박힌다.

"Won't let you sleep, I gotta satisfy my needs."

이번엔 입 모양이 좀 더 분명하다.

그가 그녀를 바라보며 웃는다. 동요한 것, 들켰나 보다. 아, 진짜 김해준 저걸 죽일까 싶어 욱하다 우현은 황급히 몸을 돌려 시선을 피했다. 펜싱으로 치면 빠라드Parade다. 자신의 검으로 상대의 검을 빗나가게 하며 방어하는 기술. 일단 물러나야 한다. 흥분하지 말고 침착하게, 최우현.

"시작하겠습니다. 준비해 주세요."

스태프의 그 말이 마치 심판의 앙 가르드, 준비 사인 같았다.

알 수 없는 긴장감에 우현은 살짝 주먹을 쥐었다 폈다. 이게 뭐라고 올림픽 결승보다 더 떨리는 거람.

팡! 스트로보가 터졌다.

알레, 경기 시작.

아이라인의 눈꼬리를 길게 빼 치켜 올렸다. 그 때문일까. 붓으로 찍어 그린 듯한 우현의 눈물점이 더더욱 도드라진다. 그래, 의외로 눈물이 많았지. 해준은 뷰파인더를 통해 우현의 얼굴을 차근차근 훔쳐봤다.

날렵한 눈썹과 커다란 눈. 우아하고 도도한 아비니시안 고양이 같달까. 스트로보를 터트리고 셔터를 누를 때마다 눈가의 화려한 글리터가 반짝거렸다. 눈꺼풀을 꼼꼼하게 채운 골드 섀도의 짙은 아이 메이크업이 기가 막히게 잘 어울렸다. 메이크업 아티스트가 우현은 아무 색이나 다 잘 어울려서 고민할 필요가 없다고 한 이유를 알 것 같았다. 짙게 덧칠할수록 민얼굴일 때와는 또 다른 신비롭고 황홀한 얼굴이 드러났다.

셔터를 누를수록 오감, 그 너머의 여섯 번째 감각이 예민해졌다. 그가 가장 민감하게 반응하는 시각은 이미 과부하된 지 오래다. 뚜렷해진 색감이 프레임 가득 흘러넘친다. 감당할 수 없을 정도다. 그저 휩쓸리는 수밖에. 그는 저항하는 법을 알지 못한다.

"카메라 똑바로 봐."

우현의 시선이 빗겨 내려가자 해준이 가라앉은 목소리로 지시했다. 아직은 방어적인 태도. 당연하다. 분명 그녀에게도 강렬한 기억이었겠지만 시간이 만들어 낸 거리를 단번에 좁힐 수는 없을 것이다.

렌즈의 줌링을 돌려 눈을 클로즈업 해 본다. 차분하게 가라앉은 검은 눈동자가 오묘하다. 가장 순수한 블랙. 위험하지만 매력적이다. 당장 다가가 입을 맞추고 싶을 만큼.

"고개 들어."

나랑 눈 맞춰 줘.

해준은 차마 입 밖으로 뱉지 못하고 뒷말은 목 아래로 삼켜 버린다.

조금만 무리를 하면 비문증 증상이 심해지는데 오늘은 이상하게도 말짱했다. 해준은 셔터 스피드를 더 올렸다.

"인상 쓰지 말고."

셔터가 닫혔다 열리는 그 찰나의 순간도 아깝다면, 넌 믿을까.

"자세 어색해. 오른쪽 어깨 더 내려."

천 개의 감각이 오로지 너에게로 향한다.

"좀 더. ……몇 번을 말해. 어깨 내리라고."

신경질적으로 몰아세우자 프레임 안, 그녀의 눈빛이 순간 서늘하게 가라앉았다. 네가 뭔가 이래라저래라 하냐는 듯 화가 난 것 같다.

조명의 위치를 옮기자 우현의 얼굴에 음영이 졌다. 드레스가 날리는 장면을 연출하기 위해 어시스턴트가 선풍기를 켜자 그녀의 귀밑머리가 흔들렸다. 순식간에 밤이 드리운 여자의 얼굴에서 매혹적인, 도톰한 붉은 입술만 보였다. 그 입술을 훔치고 싶다는 아찔한 충동이 그의 가슴을 스쳤다. 분명 달겠지. 그 맛을 알기 때문에 마음속 고요가 이 희미한 자극에도 일렁거렸다. 그 순간 사이드의 조명이 켜지며 그녀의 얼굴에 낮이 찾아왔다. 무표정한 얼굴로 시선을 비딱하게 내리고 있던 여자가 조명이 켜지자 낮게 한숨을 내쉬며 응시했다. 셔터를 누르려던 해준은 잠시 멈춰 카메라를 어깨에 걸고 여자와 시선을 맞추었다. 여자의 동그란 이마에서 시작된 그의 시선은 집요하게 얼굴선을 훑고 내려와 목덜미와 곧은 쇄골, 옷자락에 감춰진 가슴으로 미끄러졌다. 집요하고 끈질긴 남자의 시선. 짧은 찰나, 여자의 동공이 흔들렸다. 그녀의 나지막한 숨소리가 그의 귓가에 스몄다. 팽팽하던 경계선이 서서히 무너지며 낯선 두 세계가 하나로 뒤섞였다.

해준은 지독한 허기와 갈증을 느낀다.

도대체 옷을 몇 벌 갈아입었는지 모르겠다. 오늘 입은 옷과 가방, 액세서리만 해도 억은 넘어갈 거라나. 이거 입고 싶어 하는 배우들 많았어요, 우현 선수 럭키예요, 담당자가 너스레를 떨었지만 하도 입었다 벗었다 해서 그런지 큰 감흥은 없었다.

메이크업 수정을 받을 때마다 점점 화장이 짙어졌다. 노출도 갈수록 심해졌다. 처음에는 등만 파이더니 이제 다리가 파이고 그다음엔 가터벨트를 차고, 뭐 이런 식이다.

"멍 자국이 컨실러로도 잘 안 가려지네요. 이건 보정으로 해야 될 거 같아요."

스태프의 말에 우현은 고개를 끄덕였다. 보통 길어 봐야 다섯 시간이면 끝났던 거 같은데, 스트로보 참느라 눈은 얼얼하고 오전에 붙인 속눈썹이 무거웠다. 아니, 평소 같으면 잘 참을 수 있는데 계속 현미경으로 해부하듯 빤히 보는 김해준 때문에 신경이 쓰여서 집중을 할 수가 없었다. 속전속결로 경기 끝내는 최우현이 이까짓 화보 촬영에 벌써 열 시간 넘게 붙들려 있었다.

"35번이랑 백 53번, 구두 17번. 자, 이제 이거 마지막 한 벌 남았어요. 이게 오늘 마지막이에요."

"위에 그것만 입어요?"

"네, 안에 블라우스 코디 해 봤는데 아무래도 원피스가 더 강조되려면……."

다 벗고 저거 하나 달랑 입으라는 소리인가 보다.

우현이 난감해하자 스타일리스트가 옷걸이에 걸린 붉은 원피스를 흔들며 부탁한다는 듯 눈을 찡긋했다. 우현은 아무런 말 없이 정 실장을 찾았다. 없다. 아까부터 꾸벅꾸벅 졸더니 대기실 소파에서 자고 있는 것 같았다.

"제가 전문 모델이 아니라 그건 좀."

"아니에요. 우현 선수 진짜 프로 같아요. 속옷 안 입는 게 좀 부담스러우시겠지만, 제가 우현 선수 사이즈 체크해서 몸매 알잖아요. 막상 사진 찍으면 그렇게 안 심해요. 작가님께도 신경 써 달라고 부탁드렸어요."

스태프들의 시선이 우현에게 쏠렸다. 아무래도 이 옷이 오늘의 마지막 난제였나 보다.

저 천 쪼가리가 몇 천만 원은 하겠지. 속옷 벗으라는 것만으로도 충분히 부담스러운데, 이게 말이야 소야.

예전에 무슨 영화제 시상자로 나갈 때도 가슴 파인 드레스를 몇 번 입었던 적이 있다. 그때야 다들 그런 드레스 입고 있었고 결정적으로 거기엔 김해준이 없었으니 별거 아니었는데…….. 망할.

오늘 촬영 내내 해준에게 진 것 같은 패배감 때문에 기분이 좋지 않았다.

"이거 김 작가님이 그린 콘티예요."

우현의 반응이 시원치 않자 담당자가 그녀에게 스케치를 건 넸다. 낙서처럼 그린 그림인데도 선 몇 줄만으로도 시선을 확 끌었다.

그래, 확실히 블라우스가 없는 편이 낫긴 하다.

"가슴도 메이크업해야 하죠?"

"네, 네!"

"해 주세요."

우현의 말에 소파에서 쉬고 있던 해준의 눈빛이 반짝거린다.

"작가님 빼고 남자 스태프들 다 뺄게요. 이쪽으로 오세요."

우현은 스타일리스트의 안내를 따라 대기실 안쪽으로 향했 다. 그 모습을 해준이 흥미롭다는 듯 바라보고 있었다.

'뭘 봐.'

그녀의 입 모양을 읽었는지, 해준이 픽 웃었다.

해준은 모니터에 원본 사진을 띄워놓고 천천히 넘겨봤다. 브랜드 네임이 주는 단정하고 우아한 분위기가 우현이 가지고 있는 공격적이고 직관적인 느낌과 어우러져 독특한 느낌을 자 아냈다. 분명 안 어울리는데 그 기묘하게 어긋난 지점이 그로 테스크하게 맞아 들어간다.

"좀 야하네요."

기획자의 말에 해준은 옅게 미소를 지었다.

"별롭니까?"

"아뇨. 좋아서요. 에로틱하지만 고급스럽고, 역시 작가님 어드바이스 따르길 잘했어요. 완전 마음에 들어요."

당연하지. 열 시간 넘게 포르노그래피 찍는 기분이었다.

해준은 반복 재생으로 틀어 놓은 팝송을 흥얼거리며 마우스로 사진을 넘겼다. 정면으로 카메라를 응시한 컷이 많다. 모두 해준의 요구다. 딱히 의도가 있는 건 아니고 그냥 눈 마주치고 이야기시키며 우현에게 수작 걸고 싶어서 그랬는데 스태프들은 대단한 뜻이 담길 줄 아는 모양이다.

해준은 그녀의 눈동자가 클로즈업된 컷에서 잠시 멈췄다. 옷이고 액세서리고 하나도 나오지 않은 사심 컷. 새까만 눈동자에 핀이 칼같이 들어갔다. 연사를 얼마나 때렸는지 백 몇 장이 전부 눈동자 사진이다. 사진을 넘길수록 점점 충혈되는 게 재미있다.

이 눈싸움은 해준이 이겼다.

"재현 씨, CF 카드 갈아 줘요."

옆에서 뚫어져라 모니터를 바라보고 있는 어시스턴트가 거슬려 해준은 안 시켜도 될 일을 만들어 줬다.

"네, 작가님."

그다음은 입술 위주로 찍은 컷.

"풀로 채운 레드립 잘 어울리게 힘든데……. 피부가 하얘서 그런가. 그라데이션보다 풀이 낫네."

해준의 등 너머로 사진을 본 에디터가 홀린 듯 사진을 보며 혼잣말을 했다. 운동선수가 아니라 모델을 했어야 한다는 탄식이 이어졌다.

"남자 스태프들 자리 좀 비켜 주세요."

안쪽이 시끌한 게 우현의 준비가 다 끝난 듯했다. 카메라 메모리를 갈아 끼우던 어시가 해준을 보고는 쭈뼛거린다. 남고 싶다는 기색이 역력했다.

"뭐 합니까? 안 나가고."

아이러니하다. 보여 주기 싫은데 보여 주고 싶다. 그래서 사진을 찍는다.

남자 스태프들이 빠지자 우현이 어깨에 담요를 걸치고 엉거주춤한 자세로 촬영장으로 나왔다. 담요만 걸치고 있을 땐 해준조차 누드인 줄 착각할 정도로 대단했다.

가운데가 완전 뚫리고 벌어져 그녀가 조금씩 움직일 때마다 가슴골이 스치듯 보였다. 옆트임된 스커트와 치골의 레터링, 그 아래 새빨간 핀힐.

스스로 무덤을 팠다. 블라우스 빼자고 괜히 말했다.

해준은 짧은 단렌즈를 마운트한 카메라를 들었다.

"이게 마지막이야."

그의 말에 우현이 힐끗 카메라를 바라봤다. 피곤함이 덕지덕지 묻은 나른하고 무료한 표정이었다.

"빨리 끝내. 메이크업 지우고 자고 싶으니까."

해준은 옅게 웃으며 그녀의 바로 옆 소파에 걸터앉았다. 단 렌즈를 쓴 탓에 해준과 우현의 거리가 지나치게 가까웠다. 그 게 신경 쓰이는지 우현이 살짝 몸을 움츠리며 뒤로 빠졌다.

"지울 거면 화장 망쳐도 되겠네."

해준이 속삭였다. 셔터를 누르는 소리가 제법 컸다. 누가 들 으면 총소리라고 착각할 만큼 빠르게 이어진다. 아마 이 셔터 소리에 묻혀 두 사람의 대화는 다른 스태프들에겐 들리지 않을 것이다.

"수작 작작 부리시지."

우현이 시선을 피하며 말했다. 복화술을 하는 사람처럼 입 을 최대한 움직이지 않았지만 신경질적인 기색이 역력했다.

조금 더 다가가자 달콤한 향기가 그를 감쌌다. 향기의 무게 는 무겁지도 가볍지도 않다. 딱 적당한 무게로, 또렷한 존재감 으로 그를 자극한다.

젖어 든다. 저항할 힘도 없고 의지도 없다.

그러니까, 먹고 싶다.

"키스해도 돼?"

그와 동시에 우현이 카메라를 똑바로 노려봤다.

찰칵, 셔터를 누른 해준이 뷰파인더에서 얼굴을 뗐다. 아직 도 사나운 표정을 짓고 있는 우현을 외면하고 그는 LCD를 확 인했다. 표정 마음에 들고 핀 제대로 들어갔다.

"끝. 수고하셨습니다."

꽤 길게 이어질 것 같았던 촬영이 순식간에 끝나자 우현은 황당하단 기색이 역력했다. 해준은 어느새 촬영장 안으로 들어온 어시에게 카메라를 건네며 말했다.

"철수하죠."

그는 우현 쪽으로 시선을 두지 않고 대기실 안으로 걸음을 옮겼다.

해준은 손목의 시계를 확인했다.

오전 1시 32분.

대기실 소파에 반쯤 누웠다. 이렇게 길게 촬영한 적이 처음이라 눈이 침침하고 피곤했다. 사진 찍을 때면 눈을 깜빡이지 않는 버릇 때문일 것이다.

셔터 찬스를 잡을 때면 지금껏 그녀를 알아 온 모든 시간을 통틀어 최고의 쾌락을 느꼈다. 아직 최우현과 자 보질 않아서, 지금까진 이게 최고의 오르가슴이다.

무심결에 그의 시선이 시계로 갔다.

35분.

"야, 얘기 좀 해."

벌컥 문이 열렸다. 우현이었다. 짧은 핫팬츠에 티셔츠 차림. 고등학생 때 모습이 보였다. 다만 그땐 지금보다 한 뼘은 작았고 더 동글동글했었다.

3분. 선방했네.

"문 닫아."

"너 뭐야?"

입술이 붉다.

"야, 김해준!"

드디어 아무런 장애물 없이 그녀를 응시했다. 그는 렌즈, 미러, 뷰파인더 없이 순수하게 눈으로만 우현을 바라봤다.

"너 뭐하자는 거야?"

해준은 대답 대신 몸을 일으켜 그녀에게로 다가갔다. 놀랐는지 우현이 몸을 뒤로 빼자 쿵, 문이 들썩인다.

"비켜."

"아직도 입술 물어뜯어?"

"뭔 상관인데. 야, 너 안 떨어져?"

해준은 자신을 밀어내려는 우현의 손을 잡아 깍지를 꼈다. 그녀의 체취가 비강을 맴돌았다. 제어 불능이다.

해준의 손이 우현의 얼굴선을 따라 천천히 쓸어내렸다. 그의 엄지손가락이 눈매를 따라 더듬자 그녀의 속눈썹이 파르르 떨렸다. 적나라하게 느껴지는 서로의 체온.

어지럽다.

검 대신 입술이 부딪힌다.

아따끄.

김해준 선취점.

아따끄 Attaque

공격

혀에 수많은 감촉이 새겨진다.

핥고 깨물고, 그는 모든 게 느리다. 전진하는 속도가 지나치게 더뎌 성질 급한 우현은 심장이 터질 것만 같다. 속전속결로 경기를 끝내 버리는 게 최우현의 페이스인데…… 말렸어. 완전히 말리고 말았다.

약 오르게도 해준은 느리지만 빈틈없었다. 감질나게 입술을 핥던 그의 혀가 어느새 그녀의 입안을 채웠다. 더디게 사람 진을 빼놓은 주제에 승기를 잡은 그 순간은 날카롭고 빠르다. 빨리 주도권을 가져와야 하는데……, 그래야 하는데.

해준의 손이 그녀의 목덜미를 받쳐 안고 더 가까이 끌어당기자 그의 몸에 우현의 가슴이 닿았다. 옷이 얇아 적나라하다. 눈치 빠른 그는 그녀의 열 오른 체온과 빨라진 심장 박동을 캐치했을 것이다. 생각이 거기에 미치자 우현은 피하기 위해 몸을 뒤척였다. 알아챘는지 그의 팔에 힘이 들어갔다. 반항하려 했지만 무게 중심을 잃은 우현이 완전히 그의 품 안에 놓이고 만다. 틈 없이 몸이 밀착된다. 몸보다 더 깊게 혀가 얽힌다. 감각이 날뛴다. 미칠 것 같다. 기권하고 싶다.

해준이 입술을 살짝 떼고 무어라 중얼거렸다. 그제야 산소가 공급되자 우현은 길게 호흡하며 그를 올려다봤다.

해준이 손등으로 자신의 입술을 훔쳤다. 립스틱이 묻은 그의 입술이 외설적이다.

그때 그가 다시 몸을 숙이며 그녀의 아랫입술을 깨물었다. 그리고 또 이어지는 키스. 부드럽고 촉촉하다. 아니, 거칠고 깊다. ……아니, 달콤한 아이스크림 같다. 입안에서 녹아내린다. 너무 달아서 두통이 인다.

짧은 상의 탓에 허리를 안고 있는 그의 손이 자꾸 그녀의 속살에 닿았다. 손가락이 감질나게 허리를 더듬었다. 언제든 틈을 보이면 옷 안으로 들어오겠다는 듯 맴돈다. 그가 목덜미에 입을 맞추고 치아를 세워 어깨를 깨물었다. 아무런 소리도 내지 못하고 우현은 숨을 멈추었다. 점점 그녀의 몸이 뒤로 젖혀진다. 입맞춤이 깊어질수록 남자의 손이 점점 옷 안으로 파고든다.

해준이 그녀의 티셔츠를 올렸다. 곧이어 브래지어마저 끌어올리고 몇 초쯤 우현의 가슴을 내려다봤다. 눈길이 스쳐 가는 자리마다 시선의 무게가 느껴졌다. 각인하듯, 무언가를 새겨넣듯, 모조리 다 기억 속에 담아 두겠다는 듯, 끈적하게 그리고 매우 느리게.

우현이 손으로 가슴을 가리려 하자 그가 그녀의 손목을 잡아 낚아채 머리 위로 고정시켰다. 오른쪽 가슴의 푸르스름한 멍 자국에 해준이 얼굴을 내려 입을 맞추었다. 제대로 검에 찔려 핏기가 가시는 데만 해도 꽤 오랜 시간이 걸렸다. 그의 혀가 상처를 핥을 때마다 낮은 신음이 흘러나왔다. 야릇하고 찌릿한 고통이 서서히 몸 안에 퍼졌다.

가슴이 그의 입안으로 사라졌다. 그와 동시에 그가 그녀의 허리를 안아 올리자 몸이 살짝 들렸다. 덜컥 몰려오는 불안감에 그녀는 손을 뻗어 그에게 매달렸다.

해준의 혀와 입술이 움직일 때마다 질척한 소리가 공간을 울렸다. 난생처음 느껴 보는 감각. 신음이 계속 새어 나와 우현은 티셔츠를 입에 물었다. 뜨거운 숨이 가슴골로 쏟아질 때마다 손끝이 찌릿하다.

우현은 처음 스튜디오에 들어왔을 때, 흰 티셔츠 아래로 드러난 해준의 쇄골을 보며 섹시하단 생각을 했다. 스무 살에도 야하게 생겼단 소릴 듣고 다닌 애인데 나이까지 먹어 줬으니 막 살겠다는 본인의 의지만 있다면 온 세상 여자들 다 후릴 거 같은데, 게이라니. 좀 아깝단 생각을 한 것도 같다.

그 먹잇감이 내가 될 줄은 모르고.

짜증 난다. 허튼짓하면 패려고 했는데, 허튼짓 당하고 있는데 이러고 있는 꼴이라니.

……아니, 여기 들어오기 전에 이렇게 될 줄 알았다. 마음

한편으로는 기대했는지도 모른다. 최우현 진짜 욕구 불만인가보다.

그녀는 고개를 세차게 저으며 꼬리를 무는 생각을 끊어 냈다. 알게 뭐람. 지금은 아무런 생각도 하고 싶지 않았다.

그가 숨을 몰아쉬며 고개를 들어 우현을 바라봤다. 잠시 알 수 없는 표정을 짓고는 그녀의 옷자락을 정리해 주었다. 우현은 작게 웃으며 그의 어깨에 이마를 기댔다. 그가 손을 뻗어 그녀를 완전히 끌어안고 다독거렸다. 따뜻하다.

"자리, 옮길까."

그가 속삭였다. 우현은 대답 대신 눈을 감아 버렸다.

"가."

우현이 속삭이자 해준이 양손으로 그녀의 뺨을 어루만지고 입을 맞췄다. 잠시 참으라는 듯 아랫입술을 깨문 그는 그녀의 손목을 잡아채 빠른 걸음으로 밖으로 나섰다.

해준은 조수석에서 얌전히 잠든 우현을 힐끗 보고는 흘러내린 담요를 목 끝까지 끌어올려 줬다.

그가 데려다주겠단 말에 우현의 에이전트는 잠시 의아해했지만 대수롭지 않게 생각하는 듯했다. 게이 루머 때문이겠지. 이럴 땐 도움이 된다.

오늘따라 강남에서 종로까지의 거리가 더 멀게 느껴졌다. 차가 막히는 것도 아닌데 성마른 조바심만 앞섰다. 아직 서울 지리를 익히지 못한 탓일까. 아니면 조수석에 앉아 있는 누구 때문일까.

택시를 탈 걸 그랬나 보다. 그랬으면 계속 품에 안고 있을 수 있었을 텐데 그 생각을 하지 못했다. 잠시 신호에 걸렸을 때 그녀의 손을 끌어와 깍지를 꼈다. 잠에서 깼는지 우현이 그를 올려다보고는 픽, 웃었다.

저 멀리 서울 타워의 불빛이 일정한 간격을 두고 깜빡였다. 서울 타워는 이 도시가 낯선 해준에겐 이정표나 다름없었다. 아직 정리되지 않은 집이 떠올랐다. 짐은 그대로 팽개쳐 뒀고 공사를 해야 한다고 외숙모가 인부를 불러왔다고 했었다. 아, 그럼 집은 탈락.

잠시 신호 대기를 하며 고민한다. 아무 곳은 안 돼. 그렇다고 집에 보내긴 싫다. 하고 안 하고보다 그냥, 밤새 같이 있고 싶어서.

보신각을 지나 직진을 하는데 정면에 높은 건물이 눈에 들어왔다. 며칠 전, 한성철 후보와 만났던 그 호텔이었다.

호텔로 들어서는데 타이밍 좋게도 우현이 잠에서 깼다. 밤 공기가 오싹한지 그녀가 몸을 떨었다. 해준은 휘청거리며 걷는 우현을 끌어와 로비의 소파에 앉히고 체크인을 했다.

우현은 엘리베이터를 타고 올라가는 내내 해준에게 얌전히 안겨 그의 어깨에 몸을 기댔다. 3층에서 엘리베이터가 멈추고 올라탄 한 남자가 두 사람을 슬쩍 훑어봤다. 혹시나 싶어 해준은 몸을 틀어 우현의 얼굴을 가렸다. 그의 의도를 느꼈는지 그녀가 낮게 웃었다. 그 소리가 그의 몸 안으로 울렸다.

객실 안으로 들어오자 우현은 낮게 한숨을 쉬고 시현에게 오늘 안 들어간다고 짧게 메시지를 보냈다. 잠시 후, 휴대폰이 울렸다. 도윤이었다. 액정의 발신자를 확인한 우현이 가벼운 한숨을 내쉬고는 손가락을 움직였다.

거절.

다시 온다.

또 거절.

또, 또.

그러다 결국 휴대폰을 꺼 버렸다.

우현은 자신의 가방에서 파우치를 꺼내 그에게 내밀었다.

"해 줘."

우현이 당당하게 요구하며 그의 무릎을 베고 누웠다. 해준은 너털웃음을 짓고는 조심스럽게 그녀의 메이크업을 지우기 시작했다. 점점 그의 기억 속 우현의 얼굴이 또렷하게 드러났다. 변한 듯 그대로였다.

"샤워 같이 할래?"

"어? ……아, 아니."

반수면 상태의 우현이 벌떡 일어나 욕실로 들어갔다. 벌써부터 같이? 아직 그건 아닌 것 같았다.

샤워를 하고 나온 그녀가 커다란 타월을 몸에 둘둘 감고 다시 속옷을 챙겨 입으려고 하자 해준은 손을 막고 가운을 꺼내 입혔다. 그러자 우현이 멍한 목소리로 아 여기 호텔이지, 중얼거렸다. 그녀의 손목을 잡아끌어 침대에 눕히고 해준 역시 욕실로 들어갔다. 그사이에 사라져 버릴까 봐 평소보다 서둘렀다.

얌전히 누워 있는 우현을 보자 안도의 한숨이 흘러나왔다. 잠시 미친 생각이 들었다. 우현이 계속 이렇게 아팠으면 좋겠다고, 나 없이 아무것도 할 수 없었으면 좋겠다고.

해준이 옆에 눕자 우현이 그에게로 몸을 틀었다. 허공에서 눈이 마주쳤다. 새까만 눈동자. 해준은 그녀의 어깨를 잡아 자신 쪽으로 더 가까이 끌어당겼다.

우현이 말했다.

"난 너 별로 안 보고 싶었어. 이름도 처음엔 잘 생각 안 나더라."

우현의 말에 해준이 아무런 대답 없이 팔을 뻗어 그녀의 뺨을 감쌌다.

해준이 그녀의 손을 끌어와 잡았다. 우현은 가만히 눈을 감는다. 곧이어, 그녀의 검지손가락이 그의 입안으로 사라졌다.

이럴 땐 어떻게 해야 하지.

당황스럽다.

아슬아슬한 긴장감이 우현의 등줄기를 타고 올라왔다. 그의 혀가 손가락을 핥고 빨아들이자 낮은 신음이 새어 나왔다. 부끄러워, 우현은 입술을 꽉 깨물었다.

점점 몸에서 힘이 빠지고 정신이 아득해진다. 온몸에 열이 올라 시야가 흐릿해진다.

고작 손이다.

늘 사브르 검을 쥐던, 굳은살이 박인 거친 손.

그 손이 또다시 그의 입술에 붙잡혔다. 이번엔 손목이었다. 그가 맥이 뛰는 자리를 핥고는 손등을 타고 올라갔다. 새끼손가락의 부드러운 살을 깨물고 희롱했다. 조금 세게 깨물자 그녀에게서 낯선 신음 소리가 새어 나왔다. 곧이어 혀의 까슬하고 뭉클한 감촉이 느껴졌다. 그러곤 마지막은 부드럽게, 자신의 손가락이 사탕이라도 되는 것처럼 빨아들이는 남자의 입술.

처음 다시 만났을 때, 해준이 계속 손을 뚫어져라 바라봐서 네일 벗겨진 걸 보는 줄 알았다. 괜히 신경 쓰여 감추고 싶었는데 의식하는 것을 들킬까 봐 애써 모른 체했었다.

이러려고 그렇게 봤나.

그때 갑자기 손이 가운 안으로 불쑥 들어왔다. 당황한 그녀가 홱 몸을 돌리자 그가 위로 올라타 움직이지 못하게 하더니 가운의 매듭을 끌러 벗겨 버렸다. 속옷을 입지 않은 탓에 우현은 그대로 나체가 됐다.

"카메라 가져올걸."

해준이 웃음기 섞인 목소리로 말했다.

"왜?"

"누드 사진 찍게."

그 말에 우현은 베고 있던 베개를 빼 퍽, 해준을 후려쳤다.

그러자 해준이 하하, 소리를 내서 웃고는 뒤로 돌려 안아 손가락으로 그녀의 척추를 부드럽게 훑었다. 스킨십은 굉장히 느리고 감질났다.

"보여 줘."

"가슴을?"

우현이 반문하자 해준이 진지한 얼굴로 고개를 끄덕였다.

그 말에 우현이 몸을 가리고 돌아누우려는데 해준이 그녀의 위로 올라탔다. 그가 양팔로 그녀의 손목을 잡아 머리 위로 고정시켰다.

우현은 대답 없이 그의 눈을 바라봤다. 갈색 눈동자에 조명이 비쳐 더 투명해 보였다.

해준의 시선이 가슴으로 미끄러지듯 내려왔다. 만진 것도 아닌데 그의 눈길이 지나간 자리를 따라 소름이 돋았다.

"촬영하다 놀랐잖아. 멍 보고, 키스 마크인 줄 알고."

"키스 마크 맞는데."

해준이 힐끗 우현의 얼굴로 시선을 올렸다.

"그래? 그럼 나도 할래."

그러고는 곧장 그녀의 가슴에 얼굴을 묻는다.

남자의 숨결이 맨살에 닿았다. 많이 지친 탓일까. 이 온기에 저항할 수가 없다.

아마도 이런 기분으로 원 나잇을 하는 건가 보다. 그래도 아는 얼굴이니까 어디 소문은 안 나겠네 싶기도 하고. 이런 일탈 후라면 조금은 후련해질까 궁금하기도 하고.

"연습 경기 할 정도로 몸 많이 나아졌나 봐."

해준은 점이 어디에 있는지 모조리 외울 기세로 그녀의 몸을 뚫어지게 바라봤다. 직업병인가.

"너 게이야?"

문득 생각나 물었다.

"그냥, 별로 안 땡겨서."

그가 혀로 입술을 핥았다.

"넌 땡기네."

늘 투명할 것 같았던 그의 눈이 외설적으로 빛났다. 우현은 대답 대신 그의 머리를 안았다. 소꿉장난 같았던 베이비 키스가 점점 짙어졌다. 조용한 침실 안, 혀가 얽히는 소리가 울린다. 섬세하고 집요하게 입안을 헤집는 움직임에 몸 안이 점점 뜨거워지는 느낌이 든다.

아득하다. 말도 못 할 정도로.

해준이 몸을 일으켜 자신의 셔츠를 벗자 넓게 벌어진 어깨와 근육 잡힌 몸이 주홍빛 조명 아래 생생하게 드러난다. 근육의 굴곡을 따라 음영이 진다. 우현은 멍하니 그 광경을 바라보며 감탄했다. 깎아 놓은 것처럼 아름다웠다.

남자가 상체를 숙이며 다가와 그녀의 뺨을 감싸고 키스했다. 그의 입술이 그녀의 아랫입술에 살짝 닿았다가 떨어졌다. 찰나가 아쉬워 그녀가 낮은 숨을 몰아 쉴 때마다 남자의 입술이, 혀가 조금씩 여자의 안으로 침범해 들어왔다. 남자가 귓불을 깨물며 부드럽게 애무했다. 그의 뜨거운 숨결이 닿을 때마다 여자는 소리 없이 신음한다.

뭉클하고 뜨거운 혀가 귓바퀴를 따라 움직이다가 목덜미로 내려왔다. 맥이 뛰는 자리에 입을 맞추고 깊게 빨아들였다. 아프진 않았지만 미묘한 흥분이 그녀를 감쌌다. 남자의 페이스는 그녀의 성미에 맞지 않았다. 느리지만 집요했다. 지나치게 단조로워 오히려 더 자극적이었다. 살짝 젖은 남자의 머리카락이 피부에 닿을 때마다 여자는 발끝에서부터 서서히 퍼지는 말로 설명하기 힘든 감각에 몸서리쳤다.

허리에서 맴돌던 남자의 손이 가슴까지 올라왔다. 손으론 젖가슴을 가볍게 매만지며 애무하고 입술로는 목덜미에서부터 쇄골까지 살갗이 붉어지도록 키스를 했다. 남자의 손이 움직일 때마다 여자의 가슴이 들썩였다. 처음엔 크게 감싸 달래듯 움직이던 손길이 점점 자극적이고 거칠어진다. 꽤 힘이 강해 그녀가 흠칫 놀라며 눈을 뜨자 그가 웃음기 섞인 눈으로 바라보고 있었다.

"계속 그렇게 빤히 볼 거야?"

우현이 묻자 그가 빙긋 웃으며 대답했다.

"응."

"부담스러워."

"나랑 할 때 어떤 얼굴일지 궁금해."

"변태 새끼."

"더한 짓도 할 건데……. 이 정도로?"

그가 머리를 내려 그녀의 가슴을 입에 넣고 빨았다. 낯선 자극에 우현의 잇새로 작은 한숨이 새어 나왔다. 이로 깨물고 혀로 더듬는 그 모든 움직임이 살갗으로 생생하게 느껴졌다. 물린 아픔과 낯선 쾌락이 정신없이 밀려와 뒤섞였다. 심장 박동이 미친 듯이 빨라지기 시작했다.

우현이 정신을 못 차리는 사이 그의 손가락이 그녀의 몸 깊은 곳을 헤집고 들어갔다. 놀란 그녀의 몸이 경직되며 힘이 들어갔다. 다리를 오므리자 그가 허리를 굽혀 그녀의 허벅지에 입을 맞추며 은근한 시선으로 우현을 바라본다. 욕망에 젖은 남자의 눈빛. 색정적이다. 시선을 느낄 때마다 아래가 젖어 들어간다. 그 낯선 느낌에 그녀는 옆에 놓인 베개를 들어 자신의 얼굴을 가려 버렸다.

"하지 마."

해준이 베개를 빼앗아 가려고 했지만 그녀는 꽉 끌어안고 놓지 않았다.

"가리지 말라니까."

포기한 걸까. 작게 중얼거린 그가 그녀의 다리를 부드럽게 매만졌다. 그때 갑자기 뭉클한 무언가가 그녀의 은밀한 내부에 침입해 왔다. 우현의 몸이 감전된 것처럼 움찔거렸다. 그의 혀가 그녀의 안을 부드럽게 자극해 왔다. 동그란 살점이 그에게 희롱당했다. 감당 못 할 자극이 그녀의 몸을 집어삼키기 시작한다.

"하지…… 하지 마."

미칠 것 같다. 우현이 얼굴을 가리고 있는 베개를 치우고 고개를 들자 자신에게 얼굴을 묻고 있는 그가 보였다.

"하지 말라고!"

베개를 있는 힘껏 그의 머리에 집어던졌다. 양팔로 그녀의 허벅지를 단단히 감아 잡은 해준이 고개를 들고는 입술을 핥으며 말했다.

"싫어. 너도 내 말 안 들었잖아."

꿈쩍도 않는다.

"얼굴…… 안 가릴게."

어쩔까. 그는 잠시 생각을 하는 듯했다.

우현은 다급하게 몸을 일으켜 그의 어깨를 안고 키스했다. 이렇게 하면 안 하겠지. 그녀의 의도를 눈치챘는지 해준이 작게 웃었다.

"복귀 언제 해?"

해준이 우현의 어깨를 안아 몸을 더욱 밀착하며 말했다.

"두 달 정도 후? 아직 몸 컨디션 더 만들어야 해서."

우현은 중얼거리며 짧게 한숨을 내뱉었다. 벌써 생각만 해도 힘들어졌다. 언제 트레이닝해서 근육량 늘리지.

"잘 먹어."

"먹어도 그래. 운동 안 하면 살 빠지는 체질이라 체중 늘려야 돼."

"응. 그게 좋겠어."

남자가 고개를 내려 그녀의 가슴을 핥으며 말했다.

아, 진짜 얄미워. 우현은 괜히 짜증이 나 그의 목덜미를 확 할퀴었다.

예상치 못한 자극에 해준이 재미있다는 듯 빙글거렸다. 다만 우현을 바라보고 있는 눈동자는 뜨겁게 빛이 났다. 헝클어진 머리카락, 목덜미에 자리 잡은 그녀의 손톱 자국이 관능적이다. 호흡을 가다듬던 우현이 그래 맘대로 해라 몸에 힘을 빼고 풀썩 눕자 해준이 낄낄 웃으며 자신의 드로어즈를 벗어 냈다.

잠시 후 그가 다시 몸을 겹쳐 왔다. 그는 적나라하게 욕망을 드러낸 얼굴로 다 먹어 치울 것처럼 키스했다. 혀가 얼얼하고 뒷목이 뻐근해졌다. 발끝까지 전기가 흐르는 것처럼 그녀의 몸이 꿈틀거렸다. 입술을 내려와 목덜미를 물어뜯을 것처럼 세차게 빨고는 가슴의 유두를 삼켜 버린다. 깨물고 핥고, 이번엔 모든 동작이 거칠고 자극적이다.

가슴을 잔뜩 희롱하는 사이, 그의 손가락이 탐색하듯 그녀의 몸 안을 헤집었다. 긴 검지가 안을 긁어 올릴 때마다 여자의 어깨가 작게 들썩였다. 남자는 낮게 신음하며 자신의 입안에 있는 유두를 깨물었다. 여자는 입술을 깨물며 간신히 신음 소리를 틀어막았다. 이번엔 손가락을 더 깊이 찔러 넣자 도저히 안 되겠는지 움찔거리며 몸을 뒤틀었다. 해준은 미칠 것 같았다. 아니, 이미 미쳤다. 여자의 다리가 해준의 맨살과 스치며 강한 자극을 만들어 낸다. 그의 몸이 그녀의 허벅지에 닿는다. 여자가 버둥거릴 때마다, 그래서 살이 스칠 때마다 그의 시야가 아득해진다.

해준은 뜨거운 숨을 몰아쉬며 매끈한 여자의 다리를 자신의 것으로 누르고 손가락으로 더 애무했다. 젖은 살을 파고들어 더 깊이 문지르고 훑어 내린다. 집요한 손놀림에 여자의 몸이 휘어지며 허리가 들린다. 희롱할 때마다 여자가 할퀴듯 남자의 팔을 꽉 움켜잡았지만 그 고통마저 그에겐 쾌락이다.

"하아, 하아."

우현은 낯선 천장을 바라보며 숨을 몰아쉬었다. 이 숨소리가 과연 내 것이 맞을까. 욕망에 들뜬, 낯선 자극에 몸부림치는, 이 젖은 목소리가.

모든 것이 비현실적이다. 낯선 호텔 방에 누워 있는 자신이, 남자와 몸을 섞고 있는 지금이, 그 남자가 김해준이라는 사실이.

낮에 보았던 길고 큰 손이 자신을 더듬고 있다 생각하니 저절로 아랫배에 힘이 들어가고 자꾸만 몸이 가늘게 떨린다. 해준이 손을 움직일 때마다 질척거리는 젖은 소리가 우현의 청각을 자극한다. 그의 손에서 시작된 쾌락의 소용돌이가 점점 여자의 몸과 마음을 집어삼킨다.

미쳤어. 아니, 결국 이렇게 될 거였어. 그만해. 괜찮아. 다쏟아 내면 괜찮아질 거야. 마음은 오락가락. 세상은 빙글빙글. 남는 것은 결국 혼돈.

탐색전을 끝낸 그가 그녀의 틈에 맞추며 허리를 움직였다. 해준의 온몸이 그녀의 살갗을 뜨겁게 자극했다. 저도 모르게 신음 소리가 흘러나와 우현은 입술을 깨물었다. 그가 그녀의 골반을 잡아 자신 쪽으로 더 가까이 당겼다. 여자는 움찔, 몸을 뒤틀었지만 남자의 손에 단단히 잡혀 이제 정말 도망갈 곳이 없었다.

"할 거야."

해준이 단정적인 어조로 말했다. 우현은 대답 대신 눈을 감았다.

이내 그가 천천히 그녀의 안으로 밀고 들어왔다.

몸이 열리고 내부가 점점 차오르기 시작했다. 남자의 호흡 역시 서서히 거칠어졌다.

"빨리……."

우현은 쇳소리가 나는 목소리로 보챘다. 해준은 느려도 너무나 느렸다. 다 된 걸까 싶을 때마다 아주 조금씩 허리를 밀고와 잠시도 긴장의 끈을 놓지 못하게 만든다. 성질이 급한 그녀를 안다는 듯, 그래서 더 애태우려는 수작이 분명하다.

"빨리 뭐?"

그가 그녀의 귓바퀴를 핥으며 말했다. 무슨 뜻인지 알면서 되물어 오는 게 얄밉다.

"안아 줘……. 빨리."

"어떻게?"

그녀는 대답 대신 손을 뻗어 그의 어깨를 안았다.

"대답해."

그가 강요하자 그녀가 미간을 찌푸리고 눈을 가늘게 뜨며 흘겨봤다.

"대답 안 해?"

남자는 삽입의 욕구를 억누르며 다시 물었다. 여자는 애원하는 대신 고집스럽게 입을 꾹 다물고 그를 보며 눈을 치켜떴다. 그런단 말이지. 남자가 움직임을 멈추자 여자가 가늘게 숨을 내뱉었다. 그녀도 아쉬운 걸까. 그런 거였으면 좋겠다.

"나……, 기분이 이상해."

남자가 몸을 일으키려는데 여자가 그의 팔을 잡고는 울먹이는 목소리로 말했다.

"그래서?"

"제발 나 좀."

남자는 손을 뻗어 여자의 가슴을 움켜쥐었다. 손가락 사이에 유두를 끼고 자극을 주자 여자의 몸이 떨렸다. 그녀의 손안에서 새하얀 침대 시트가 구겨진다. 그에게로 열린 우현이 촉촉하게 젖어 간다. 그녀도, 그를 원하고 있다.

"해주…… 해준아. 나 못 참겠어."

우현은 알까.

해준은 그녀가 자신의 이름을 부를 때 가장 약하다.

"해준아, 응?"

문득 남자는 여자에게 반했던 순간을 떠올린다. 준, 이라고 발음할 때 동그랗게 모이는 그 도톰한 입술. 꿈속에서 여러 번 훔쳤던 그 입술.

남자는 몸을 숙여 여자의 입술을 한입 베어 물었다. 까무러칠 정도로 달았다. 입술뿐만이 아니다. 여자는 온몸이 달다.

해준은 끝까지 밀고 들어와 그녀에게로 몸을 묻었다. 틈 없이 맞닿은 몸. 강하게 조여 와 튕겨져 나갈 것만 같다. 뿌리 끝까지 다 밀어 넣자 쾌락에 정신이 아득해진다. 이대로 그녀에게로 빨려 들어가는 것은 아닐까. 그랬으면 좋겠다. 흡수되어 여자의 일부가 되고 싶었다.

해준이 잠시 숨을 몰아쉬고는 허리를 움직였다. 빠져나갔다

다시 밀고 들어올 때마다 질척이며 살이 섞이는 소리가 미치도록 색정적이었다. 그의 움직임에 맞춰 그녀의 몸 역시 흔들렸다. 느릿느릿 여유롭던 박자가 점점 빨라졌다. 그가 마구 몰아붙이자 여자의 젖가슴이 들썩였다. 허리를 잡고 있던 남자의 손이 점점 가슴으로 올라왔다. 민감해진 유두가 자극되자 그녀가 몸서리쳤다.

해준이 자극할 때마다 우현의 잇새로 낯선 소리들이 새어나왔다. 우현은 간신히 소리를 목 아래로 삼키고 조심스럽게 눈을 뜨고 그를 올려다봤다. 정욕으로 일그러진 얼굴. 허공에서 눈이 마주치자 우현은 손을 뻗어 그의 뺨을 감쌌다. 그가 그녀의 손바닥에 입을 맞췄다. 남자는 완벽하게 집중하고 몰입한 얼굴이었다. 여유 있고 유연한 얼굴만 보다가 자신에게 몸을 묻고 이성을 내려놓은 모습을 보니 묘한 만족감에 휩싸였다.

두 사람의 점막이 스치는 젖은 소리가 남자의 낮은 신음 소리와 함께 그녀의 귓가를 울렸다. 소리는 지나치게 자극적이고 적나라했다.

우현은 간신히 이성을 붙들려 애를 썼다. 졌다. 페이스를 완전히 빼앗겼다. 이 라운드는 버려야 하는 경기. 빨리 끝났으면 좋겠다.

어느 순간 고통이 쾌감과 뒤섞여 배가 되었다. 그것들은 파도처럼 몰려와 그녀의 의식을 하나 둘 빼앗아 간다. 가슴에 쌓아 두었던 찌꺼기가 그가 선사하는 열락에 씻겨 내려가는 느낌이 들었다. 이렇게 다 버리고 나면 후련해지겠지. 물에 빠진 사람이 붙드는 마지막 생명줄인 것처럼 우현은 그의 품을 파고들어 안겼다.

거칠어진 움직임에 민감해진 감각이 신음이 되어 터져 나왔다. 숨기는 것은 이미 포기했다. 이 소리가 과연 내 목소리일까. 낯설다. 그의 어깨에 더운 숨결을 쏟아 내자 움직임이 더욱 거세졌다. 끝에 치달았을 때 격렬한 물결이 몰려와 그녀를 완전히 집어삼켰다.

모든 것을 다 쏟아 내는 섹스.

저 아래 잠들어 있던 감각이 한계까지 치솟는다.

슥슥. 연필이 종이에 닿는 소리가 들려왔다. 해준이 내는 작은 소음. 남자는 지치지도 않는 모양이었다. 우현이 잠깐씩 잠들었다가 깰 때에도 해준은 깨어 있었다.

눈을 감은 채 모로 누워 있던 우현은 이불 속으로 몸을 파묻으며 작게 앓는 소리를 냈다. 연장전까지 뛴 것처럼 뻐근한 근육통이 느껴졌다. 모든 감각이 낯설었다.

묘한 패배감이 그녀의 가슴속에 꿈틀거렸다. 펜싱 할 때랑 섹스 할 때랑 쓰는 근육이 다른 걸까. 아니면 재활하는 동안 근육이 빠져서 그런 걸까. 비교군이 없어서 모르겠다. 어쨌든 훈련 복귀하면 당장 근력 운동부터 해야겠다. 명색이 선수 출신인데 고작 이 정도에 다 죽어 가는 게 자존심이 상했다.

남자에게 깔려서 애원하던 순간이 떠오르자 우현은 얼굴을 붉히며 베개로 파고들었다.

"깼어?"

"……응."

우현의 대답에 남자가 노트를 테이블에 던져 놓고 그녀에게로 몸을 굽혔다. 해준이 그녀의 이마에 가볍게 입을 맞췄다. 꼭 사랑하는 연인에게 하는 것처럼 군다. 줄까 말까 약 올릴 때는 언제고 그의 손길은 묘하게 다정했다.

……그동안 함께 밤을 보낸 여자들한테도 다 이랬을까.

"나 목말라."

우현이 중얼거리자 그가 몸을 일으켜 가운을 걸치며 미니바로 다가갔다. 유리컵에 물을 따라 가져와 테이블에 놓고는 아직 누워 있는 우현의 어깨를 잡아 살며시 일으켰다. 그가 유리잔을 내밀자 우현은 멍하니 그것을 바라만 봤다.

"먹여 줘?"

그가 물었지만 그녀는 아무런 말없이 허공만 바라보았다. 순간 어지럼증이 일어 해준의 얼굴이 제대로 보이지 않았다.

기다렸다는 듯, 해준이 단번에 물을 마시고는 몸을 굽혀 그녀의 뺨을 감싸 입을 맞추었다. 차가운 물이 입안으로 흘러들어온다.

자 봤으니까 안다. 김해준이 게이라니 말도 안 된다.

수분이 보충되자 머리가 한결 맑아지는 기분이 들었다. 다시 자리에 누우려다 말고 우현은 침대 헤드에 기대고 앉은 해준에게로 올라탔다. 갑작스러운 그녀의 움직임에 그의 눈이 커졌다. 그러거나 말거나, 우현은 그의 가운 속으로 손을 집어넣으며 남자의 어깨를 매만졌다. 손끝에 감기는 단단한 근육이, 따뜻한 체온이 기분이 좋다. 더 대담하진 그녀는 남자의 귀로 자신의 입술을 가져간다. 귓바퀴를 핥고 깨물자 남자의 몸이 미세하게 움찔거렸다. 자신감을 얻은 여자는 더 대담하게 자신의 몸을 남자에게로 바짝 붙였다.

"뭐 하는 거야?"

남자가 자신의 목에 키스하는 여자에게 물었다.

"2라운드."

우현의 말에 해준이 낮게 웃었다.

그녀는 허벅지에 힘을 주며 그의 허리에 매달렸다. 해준은 뜨거운 숨을 내뱉으며 우현에게 몸을 내맡긴다. 매끈하고 부드러운 다리가 그의 몸에 감겨 왔다. 아, 정말 돌아 버릴 것 같았다. 점점 내려간 우현이 그의 목에 얼굴을 묻더니 쇄골에 입을 맞췄다. 짧은 한숨을 내쉬며 그가 손을 움직이려 하자 그녀는 가만히 어깨를 눌렀다.

"넌 나 못 만져."

"왜?"

"내 맘이야. 너 움직이면 손 묶을 거야."

제법 진지한 그녀의 말에 그는 피식 웃으며 저 하고 싶은 대로 내버려 뒀다.

우현이 움직일 때마다 살짝 젖은 긴 머리카락이 그의 가슴팍을 간질였다. 여자의 입술이 귓바퀴에 입을 맞추고 목덜미로 내려왔다. 감질나는 자극에 그는 몸을 움찔거린다. 숨을 크게 들이마시자 자몽 향이 난다.

모두 다, 꿈만 같다.

"우현아."

그가 저도 모르게 손을 뻗으려 하자 그녀가 다시 꽉 잡아 눌렀다.

"안 된다고 했을 텐데."

이건 정말, 고문이 맞다.

남자는 왠지 모르게 조바심이 나 혀로 입술을 핥았다. 손길이 지나갈 때마다 남자의 눈동자가 정념에 물들어 간다. 여자가 도장 찍듯 꾸욱, 남자의 단단한 가슴에 입을 맞췄다. 앞으로 흘러내린 우현의 머리카락이 가슴을 간질이자 그의 손끝에 힘이 들어갔다. 남자는 결국 참지 못하고 그녀에게 키스했다.

숨결이 섞였다.

아득하면서도 아찔한 느낌.

우현은 해준을 완전히 눕히고 손을 움직여 그의 목을 안았다. 손가락에 감기는 머리카락이 부드러웠다. 목덜미의 뼈마디를 만지자 그의 혀가 더 깊이 들어왔다. 집요하게 핥고 섬세하게 매만졌다. 빈틈없이 맞닿은 피부. 온몸으로 느껴지는 체온이 기분 좋다.

우현은 그의 목을 따라 가슴까지 입을 맞추며 내려갔다. 곧이어 젖가슴이 아랫배에 닿자 남자가 몸을 움찔거렸다. 다분히 의도한 접촉. 그의 반응이 재미있어 우현은 몸을 더 바짝 붙이고 비비며 나른하게 웃었다. 그의 유두를 혀끝으로 핥고 건드리며 삼키고 깨물었다.

결국 남자는 양손을 뻗어 그녀의 어깨를 잡아 올리며 물었다.

"어디서 배웠어?"

"너한테."

우현은 마녀처럼 웃었다.

"내가 원래 몸으로 하는 건 빨리 배워."

그러더니 말끝을 흐리며 천사처럼 키스했다.

해준은 온몸이 녹아내릴 것 같았다. 잠들어 있던 전신의 세포가 정신없이 날뛰기 시작했다. 해준에게로 침범한 그녀의 혀가 그의 입안 곳곳을 헤집었다. 몸으로 하는 건 빨리 배운다니…… . 정말 그런 것 같다.

어느새 내려간 여자의 손이 그의 중심에 닿았다. 여자는 남자의 얼굴을 똑바로 주시하며 살며시 그것을 움켜쥐었다. 배우기만 하는 게 아니라 터득도 하네. 남자의 미간이 일그러질수록 여자의 눈은 반짝였다.

여자는 뜨겁고 단단한 그것을 동그랗게 말아 쥐고 매만지고 주무르고 더듬었다. 이렇게 하는 게 맞나, 싶을 때마다 남자의 표정을 관찰했다. 손에 힘을 주자 남자가 이를 악문다. 아, 그래. 이게 맞나 보다. 여자는 자신의 손아래에서 성나게 꿈틀거리는 남성을 바라보았다. 그때 갑자기 남자가 몸을 일으켜 앉았다. 충혈된 눈으로 여자를 죽일 듯 노려보고는 그녀의 발목을 잡아 자신에게로 당겼다.

남자가 그녀의 엉덩이를 움켜쥐었다. 그러곤 단번에, 그 어떤 예고도 없이 그녀의 몸을 꿰뚫었다. 미끄러지듯 빨아들인 여자의 몸이 숨 쉴 틈도 없이 남자를 거세게 조여 왔다. 빼곡하게 압박하는 여자의 내부. 이 여자는 태어날 때부터 나를 위한 몸이었던 게 아닐까, 하는 되도 않는 생각이 그의 뇌리를 스쳤다.

"너……. 에이 씨."

자기가 졌다고 생각했는지 우현이 씩씩거리며 그를 흘겨봤다. 그는 우현의 손을 뒤로 돌려 자신의 무릎에 얹게 했다. 그러고서 거세게 허리를 쳐올리자 여자의 몸이 크게 휘어지며 곡선을 그렸다. 다시, 한번 더. 그리고 또다시. 동작을 반복할수록 살이 부딪히는 소리가 호텔 방을 울렸다. 몸이 섞일 때마다, 살갗이 닿을 때마다, 점막과 점막이 스칠 때마다, 여자는 자지러지는 교성을 간신히 삼키며 몸을 떨었다. 남자는 여자의 골반을 잡고 흔들다 그녀의 가슴을 집어삼켰다. 유두를 혀로 굴리며 희롱하고 장난스럽게 깨물자 그녀가 우는 소리를 냈다.

해준이 얼마나 오래전부터 이렇게 자신을 탐했는지 우현은 모를 거다. 10년의 밤을 해준은 꼬박 우현을 자신의 아래에 두고 핥고 희롱하고 욕망하며 보냈다. 머리로 몇 번이나 자신을 안았는지 알면, 분명 도망가겠지.

그는 격렬하게 허리를 놀렸다. 그녀의 몸 안으로 자신의 일부가 사라지는 모습이 적나라하게 눈에 들어왔다. 시각적인 자극이 주는 쾌락이 너무도 극심하다. 하얀 엉덩이에 남는 손자국이, 격렬하게 허공에서 흔들리는 여자의 가슴이, 다리를 간질이는 여자의 긴 머리카락이 눈앞에서 어지럽게 뒤섞인다. 몰려오는 쾌락이 감당 못 할 만큼 어마어마하다.

그녀는 이유 없이 눈가에 맺히는 눈물을 간신히 억누르며 입술을 질끈 깨물었다. 눈물 때문인지, 감당 못 할 쾌감 때문인지 사물이 제대로 보이지 않고 흐릿해졌다. 팔에 힘이 풀려 우현의 몸이 뒤로 쏠리자 남자가 그녀의 허리를 감싸 안았다. 참을 수 없는 경련이 여자의 전신을 휘감았다. 무서워서, 여자는 남자의 품으로 파고들었다. 몸이 뒤틀리고 정신이 아득해졌다. 점점 심장 박동이 빨라졌다. 어느새 울음이 터졌다. 남자의 혀가 그녀의 뺨을 핥아 눈물을 마셨다. 그 몸짓이 너무나도 따뜻해 눈물이 줄줄 새어 나왔다. 왜 이렇게 슬픈 걸까. 여자가 울음을 삼킬 때마다 그녀의 몸은 자신의 안에 머무는 남자를 더 강하게 힘껏 붙들었다.

남자의 몸이 떨렸다. 여자는 그의 머리를 꽉 껴안았다. 아까보다 더한 쾌락이 두 사람을 집어삼킬 듯 몰려오고 있었다. 휩쓸리고 싶지 않지만 버틸 수 있을까.

우현은 신음하며 해준에게 자신의 몸을 맡겼다. 곧이어 몸 안으로 뜨거운 것이 가득 터져 나왔다. 파정의 순간. 절정과 함께 여자는 그의 품 안에서 정신을 내려놓았다.

해준이 호텔 라운지에 들어서자 직원이 그에게 다가가 이름을 물었다. 미리 룸을 예약해 둔 모양이었다. 해준은 직원의 에스코트를 받아 안쪽으로 걸음을 옮기며 코웃음을 쳤다. 그 남자가 두려워하는 것은 역시 세상의 눈인가 보다.

룸 안으로 들어가자 낯익은 얼굴의 남자가 자리에서 일어나며 그에게 목례를 하였다. 해준도 익히 알고 있는 얼굴이었다. 이재선 국회의원실 보좌관. 어지간히 마음이 급한 모양이었다.

"예의가 없군요."

해준은 차가운 어조로 말하며 인사 없이 그의 맞은편에 앉았다.

"사안이 워낙 급해서, 이해 바랍니다."

만나 주지 않으면 객실에 올라가겠다는, 정중한 어조의 협박이었다. 함께 투숙한 여성의 신원도 알고 있다고 덧붙인 보좌관은 결국 해준을 이 자리에 앉히는 데에 성공했다.

"빨리 끝냅시다."

해준이 시계를 보며 무심한 어조로 말했다. 아무래도 일이 마무리될 때까지 우현과 거리를 두는 편이 좋을 것 같았다.

"후보님께선 대선 후까지만이라도 김 작가님이 국외에 머물러 주길 부탁하고 계십니다."

보좌관이 깍듯하게 말하며 해준에게 서류 봉투를 내밀었다.

"아시겠지만 지금 굉장히 중요한 시기입니다. 후보님께선 그에 상응하는 보상을 약속하셨습니다."

이재선 캠프 측에선 혼외자가 있다는 뉴스 보도에 대해 '사실무근'으로 일관하고 있다고 들었다. 해당 방송사와 기자를 상대로 법적 대응을 취하겠다는 등 강경하게 나오며 지지율을 붙잡기 위해 고군분투 중이라고. 물론 뒤로는 해준에게 계속해서 접촉하며 국외로 나갈 것을 종용하고 있었다. 다만 10년 전과 달라진 것이 있다면 협박보다는 호소에 가깝다는 것 정도랄까.

"맨해튼 콘도입니다."

'상응하는 보상' 중 하나인가 보다.

해준은 보좌관이 밀어 준 서류를 보며 실소했다. 어제 하루 동안 왜 조용한가 했더니 이걸 마련해 오느라 그랬던가.

"오늘 오후 7시 반 비행기입니다. 밖에 차 준비해 뒀습니다. 제가 직접 출국까지 모시겠습니다. 한국에서 마무리할 일이 있으면 저희 쪽에 인계해 주시면 알아서 정리하겠습니다."

10년 전이고 지금이고 그의 생부는 당사자 동의 없이 비행기 티켓부터 내미는 것이 버릇인 듯했다.

그때 지갑과 겹쳐 두었던 해준의 스마트폰 진동이 울렸다. 한성철 후보 측에서 보낸 메시지였다. 해준은 이 룸 안에 들어왔을 때의 시간을 떠올렸다. 대략 5분 남짓. 그쪽에서 제공한 휴대폰이니 감청할 거고 사람도 붙여 뒀을 거라고 짐작하긴 했지만 이 정도로 빨리 움직일 줄이야.

"한 후보 쪽입니까?"

"네."

보좌관의 질문에 해준이 명료한 어조로 대꾸했다.

"그쪽에서 제시한 액수의 열 배까지 약속할 수 있습니다."

"내가 거지입니까."

해준이 서늘한 어조로 말하자 보좌관이 잠시 말을 멈추었다.

"먼저 일어나죠. 일행이 기다리고 있어서."

해준은 그러거나 말거나 자리에서 일어나 룸 밖으로 나왔다. 라운지를 가로질러 걷는데 비즈니스 캐주얼 차림의 남자가 눈에 들어왔다. 신문을 보고 있던 남자는 해준 쪽으로 자연스럽게 시선을 던지고는 마치 누군가를 기다리는 사람처럼 가장해 주변을 두리번거렸다. 그리고 맞은편, 라운지에 앉은 정장 차림의 여자. 8시 방향, 커피를 마시며 휴대폰을 만지작거리는 20대 초반의 남자까지.

최우현 큰일 났다. 대선 후보에 현 정권까지 최우현이 김해준이랑 호텔 간 거 보고받았을 텐데.

해준은 또 다른 휴대폰을 꺼내 확인했다. 한국에서 해령의 명의로 새로 개통한 이 번호는 외삼촌 식구들만 알고 있다. 해령에게 온 메시지 외에 휴대폰은 잠잠했다. 해준은 아직 우현이 잠들어 있을 객실로 발걸음을 옮겼다.

엘리베이터에서 내려 복도를 걸어가는데 메이드가 객실 안으로 들어가는 게 눈에 들어왔다. 해준은 카드 키를 꺼내들고 호수를 확인했다. 이상했다. 여기가 맞을 텐데.

해준이 방문을 밀고 들어가자 메이드가 침대 시트를 갈고 있었다.

다시 확인한다. 2311호. 맞다.

"저 아직 체크아웃 안 했는데, DO NOT DISTURB 표시 못 보셨습니까?"

해준이 조금 신경질적인 어조로 말하자 메이드가 공손하게 인사를 했다.

"아, 죄송합니다, 손님. 프런트에 확인해 보겠습니다."

메이드가 프런트에 전화를 걸어 무어라 대화를 나누는 소리가 들려왔다. 통화를 끝낸 그녀가 해준을 향해 말했다.

"같이 오신 일행 분께서 방금 전 체크아웃 하셨습니다."

해준의 표정이 일그러졌다.

최우현.

망할.

여기가 어디더라. 우현은 멍한 눈을 깜빡이고 양손으로 자신의 뺨을 톡톡 두들겼다. 침대 옆 테이블에 놓여 있는 생수 한 병을 단숨에 비우고 깊게 숨을 들이마셨다. 점점 정신이 선명해지고 방 안의 풍경이 눈에 들어왔다. 엉망이 되어 나뒹구는 가운, 마구 흐트러진 침대 시트, 쓰레기통에 던져져 있는 콘돔과 티슈들.

"아……."

낮은 탄성과 함께 우현은 고개를 끄덕였다.

그래, 나 사고 쳤다.

몸을 일으키는데 허리에 힘이 빠져 잠깐 삐끗했다. 우현은 간신히 옷을 챙겨 입고는 의자를 짚고 길게 스트레칭을 하며 몸을 풀었다. 고작 이 정도 가지고 이렇게 엉망이 되다니. 당장 집에 가서 가벼운 웨이트라도 해야겠다.

방 안은 쥐 죽은 듯 조용했다.

해준은, 갔나 보다.

차라리 잘됐다. 어색하게 인사하고 헤어지는 것보다는 이편이 서로 낫지 싶었다. 그런데 왜 이렇게 기분이 울적한 건지 모르겠네. 순간 눈가가 뜨거워졌지만 그녀는 간신히 억눌렀다.

우현은 욕실로 가서 거울을 들여다봤다. 얼굴은 팅팅 붓고 정말 꼴이 말이 아니었다. 차가운 물로 세수를 하고 양치를 했다. 차라리 샤워를 할까, 하다가 관뒀다. 여기 잠시라도 더 혼자 있다가는 계속 지난밤의 일이 생각날 것 같았다.

상태를 보니 아무래도 택시를 타야 할 것 같았다. 욕실 쪽 창으로 고개를 내밀자 익숙한 광화문 풍경이 보였다. 이 정도면 30분이면 가겠네. 아무리 간이 큰 우현이지만 이런 짓을 하고 난 다음 날 아침에 매니저에게, 도윤에게, 혹은 시현에게 호텔로 데리러 와 달라는 말을 할 정도로 배포가 크진 않았다.

후련……한가.

모르겠다.

"체크아웃이요."

로비로 내려온 우현은 죄지은 것도 아니면서 고개를 푹 숙이고 프런트에 카드 키를 내밀며 말했다.

언제 호텔에 혼자 와 봤어야지. 전지훈련을 가거나 해외 대회를 가도 죄다 스태프들이 해 줘서 고작 체크아웃 하나 하는데도 영 서툴렀다. 미니바 이용하셨나요? 네. 조식은? 안 먹었어요. 아, 카드 키 하나 분실한 것 같아요. 괜히 누가 알아볼까 봐 신경 쓰여 귀신처럼 머리를 치렁치렁 내리고 어색하게 대꾸했다.

우현의 카드를 확인한 직원이 정중한 어조로 말했다.

"디파짓Deposit 카드랑 다르네요. 이 카드로 다 결제해드리면 될까요?"

"아…… 네."

"확인해 주세요."

직원이 우현을 향해 영수증을 내밀었다.

미니바에서 마신 건 고작 물과 탄산수인데 이게 다 얼마란 말인가. 새벽에 시켜 먹은 룸서비스, 한입도 안 되는 손바닥 크기의 샌드위치는 주제에 5만 원이나 됐다. 가장 아래 전체 금액을 확인하자 우현의 눈이 커졌다. 80만 원이 훌쩍 넘었다. 어쩐지 객실도 넓고 커피랑 티 종류별로 다 있더라니. 고작 원 나잇인데 도대체 김해준은 얼마짜리 호텔에 들어온 건지, 우현은 갑자기 화가 났다.

"할부 필요하신가요?"

"네, 3개월…… 아, 아뇨……. 일시불로 해 주세요."

할부로 계산했다가 매달 카드 값을 보며 호텔비까지 뒤집어씌우고 튀어 버린 해준을 떠올리고 싶지 않았다. 개새끼. 우현은 입 밖으로 튀어나오려는 욕지거리를 삼키며 결제 사인을 했다.

고작 하룻밤이라곤 하지만 그래도 얼굴 아는 사이면 상대방이 깰 때까지 기다려 주는 게 예의 아닌가. 정 급한 일이 생겼다면 메모 한 줄 남기기라도 해야지. 우현은 한참을 투덜거리다가

원 나잇 섹스는 원래 이런 걸 거라며 합리화하려 노력했다.

그래도 혼자 호텔 방에 남겨지는 건 기분이 좋지 않았다. 그렇다고 상처받은 것을 인정하고 싶지도 않았다. 자존심이 상했다.

사람 그렇게 안 봤는데 김해준 되게 찌질해졌다. 재미 볼 거다 보고 비겁하게. ……아냐, 됐어. 괜찮아. 재미 본 건 나도 마찬가지니까 괜찮아. 서로 기분 좋았으니까 된 거잖아. 그냥 이건, 예상치 못한 큰 지출 때문에 화가 난 거야. 우현은 애써 스스로를 세뇌했다.

호텔 현관으로 나온 그녀는 툴툴거리며 택시에 올라탔다.

하늘에 계신 엄마, 아빠.

큰 딸내미는 타락했어요.

디스땅스 Distance

상대 선수와의 거리

"너 연락 안 돼서, 무슨 일 있나 해서."

— 무슨 일은.

무슨 일은, 하며 우현이 길게 말을 늘이자 도윤의 눈이 가늘어졌다. 목소리만 들어도 최우현은 지금 매우 수상했다. 거짓말할 때의 우현은 평소보다 말이 빨라지고 횡설수설한다. 시선을 한곳에 두질 못하고 입술을 뜯는다. 물론, 본인은 모른다.

"지금은 집이야?"

— 응, 집이지. 새벽에 집에 와서 하루 종일 집에서 잤어. 숙취 때문에 정신도 못 차리고. 넌 점심 먹었어? 난 이제 먹으려고. 아, 너 오프 언제랬지?

"다음 주."

— 그냥 내가 이따 밤에 갈까? 잠깐 얼굴 보지 뭐. 아줌마가

너 옷 챙겨 놨다고 하시던데."

우현의 말에 도윤은 말끝을 길게 늘이며 됐으니까 쉬라고 대답하고는 휴대폰을 고쳐 잡았다. 집인 건 맞고, 여태 잤다는 건 거짓말이다.

오늘 병동은 이상할 정도로 한적했다. 당장 신경 써야 할 것은 간단한 관절경 수술 몇 건뿐. 지난밤엔 하루 최소 다섯 건은 있었던 교통사고 환자도 반으로 줄어 지나치게 한가했다. 낯선 여유. 그리고 낯선 최우현.

휴게실에서 자판기 커피를 뽑는데 아는 얼굴이 그의 팔을 톡톡 치며 인사를 해 왔다. 누군가 봤더니 애리였다. 어머니가 입원 중이라고 했던 게 떠올랐다. 간병하러 온 거겠지. 도윤은 애리에게 눈인사를 하고 다시 우현과의 통화에 몰두했다.

"도수 치료 받는 건?"

— 아, 오늘 피곤해서. 아침 예약이긴 했는데.

"옮긴 병원 약 처방전 찍어 보낸다며. 진료 확인서는?"

— ……내일모레로 예약 바꿨어.

"최우현."

점점 도윤의 미간이 일그러졌다.

그때 애리가 도윤을 콕콕 찌르더니 입 모양으로 물었다.

'시간 돼?'

도윤은 '잠깐' 하고는 몸을 슬쩍 돌리며 말했다.

"아프다면서 병원 제때 안 가지?"

목소리를 낮추며 도윤이 말하자 우현이 또다시 횡설수설하기 시작했다. 아무래도 시현을 떠봐야 할 것 같았다. 성격 급하고 숨기는 데에 서툰 우현은 무슨 일이 있으면 참지 못하고 먼저 털어놓는 타입이었다. 그런 그녀가 입을 꾸욱 다물고 있다는 것이 조금, 아니 꽤 많이 거슬렸다.

그때 구두 굽이 바닥에 부딪히는 소리가 반복적으로 났다. 애리가 창문에 기대어 발장난을 치고 있었다. 얼른 전화를 끊고 자신에게 집중해 달라는 무언의 압박. 도윤은 그녀를 바라보았다. 뉴스 속 단정하게 틀어 묶은 머리카락을 오늘은 자연스럽게 풀었다. 짧을 줄 알았는데 허리까지 오는 검은 머리카락 끝이 굽슬거린다. 옅은 화장과 파스텔 톤 원피스에 감싸인 작은 몸. 팔다리가 길고 탄탄한 우현과는 확실히 느낌이 달랐다.

도윤은 시선을 비스듬히 미끄러뜨렸다.

불편했다.

애리와 한 공간에 있는 것 자체가.

"최우현."

도윤의 말에 애리의 어깨가 작게 떨렸다.

— 응, 병원 제때 갈게. 너무 피곤해서 그랬어.

"너 정말……."

— 미안. 야, 이따 통화하자. 택배 온 거 같아.

못 말린다.

도윤은 가벼운 한숨을 내쉬며 전화를 끊고 애리를 바라봤다. 그녀는 어색하게 시선을 비스듬히 내리다가 다시 똑바로 그를 응시했다.

도윤이 먼저 입을 뗐다.

"무슨 일이야? 어머니 어디 안 좋으셔?"

"아, 별건 아니고……."

애리가 말끝을 흐리며 머리카락을 귀 뒤로 넘겼다. 가장 먼저 잘 손질된 손톱이 눈에 들어왔다. 깔끔하게 정리된 핑크 빛의 손톱과 하얀 손가락. 만져 보지 않아도 알 수 있었다. 굉장히 부드럽겠지. 굳은살 박이고 거친 우현과는 분명 다를 것이다.

"그냥 나는……."

애리가 어색한지 머리카락을 매만졌다. 그럴 때마다 눈앞에서 어른거리는 흰 목덜미가, 부자연스럽게 움직이다 깨물리는 입술이, 방금 전의 우현만큼이나 횡설수설할 때마다 보이는 흰 치아와 붉은 혀가…… 그는 말도 못 하게 불편했다.

"어머니 부탁하려고 그러는 거면 주치의한테 말해 둘게."

"아, 응."

도윤이 말을 잘라 내자 애리가 미간을 살짝 찡그리며 고개를 끄덕였다. 애리는 울 것 같은 얼굴로 간신히 평온을 가장한다. 그는 그 예쁜 얼굴에 스쳐 지나가는 실망감과 낭패를 봤지만 외면하기로 한다. 여지는 남기지 않는 게 서로를 위해 좋을 테니까.

"그럼."

도윤은 애리를 향해 고개를 까딱이고 천천히 발걸음을 옮겼다. 차라리 대학 때 잠깐 만났던 여자 친구를, 죽자 사자 쫓아다니며 스토킹을 했던 소개팅녀를 다시 마주쳐도 이보다 더 신경 쓰이진 않을 것 같았다. 겨우 고등학생 때인데. 이제 기억도 흐릿하다.

"꺄악."

그때 도윤의 뒤편에서 무언가가 부딪히는 요란한 소리와 여자의 비명 소리가 들렸다.

"괜찮으세요?"

드레싱 카를 끌고 가던 인턴과 애리가 부딪힌 모양이었다. 덩치가 꽤 큰 인턴에게 밀려 넘어졌는지 애리가 풀썩 주저앉아 고개를 끄덕이며 일어나기 위해 벽을 짚고 있었다. 간신히 일어난다 싶더니 다시 비틀거렸다. 인턴이 부축하려 했지만 그녀가 살짝 몸을 빼는 게 불편한 기색이 역력했다.

어쩔까.

도윤은 잠시 망설였다.

어쩌긴.

"눈 똑바로 안 뜨고 다니지."

빠르게 두 사람에게 다가선 도윤은 들고 있던 파일로 인턴을 툭툭 치며 책망했다.

"괜찮아?"

도윤이 묻자 애리가 그의 팔을 살짝 잡아 지탱하며 말했다.

"그냥 좀, 다리를 접질렸어."

바닥을 딛기가 힘든지 애리가 살짝 인상을 쓰며 도윤을 잡은 손에 힘을 주었다. 미묘한 힘의 끌림. 도윤의 눈빛이 가라앉았다. 여자는 불편한 다리로 조금씩 다가서며 잡고 있는 그의 팔을 살짝 자신 쪽으로 당겼다. 부축해 주길 바라는 눈치였으나 그는 모른 척, 그 자리에 가만히 서서 그녀의 다리로 시선을 옮겼다. 탈이 나긴 한 것 같았다.

"니가 부축해."

도윤이 애리가 잡고 있는 팔을 인턴에게 내밀며 말했다.

"네?"

"처치실로 부축하라고. 인대 다친 거 같으니까."

"아, 네."

도윤이 슬쩍 팔을 빼며 앞장서자 애리가 마지못해 인턴의 팔을 잡고 천천히 따라 걷기 시작했다.

도윤은 처치실 문을 밀며 입술을 깨물고 있는 그녀를 힐끔 내려다봤다. 애리의 표정이 묘하게 가라앉아 있었다. 화가 난 걸까, 아니면…….

그때 그녀 역시 고개를 들어 그를 바라봤다. 짧은 순간 허공에서 시선이 얽혔다. 살짝 붉어진 눈. 여자는 화가 난 게 아니다. 속상하구나. 감정을 읽자 도윤은 목에 가시가 걸린 것처럼 불편해졌다. 그의 표정을 읽었는지 그녀는 시선을 비스듬히 내리며 낮게 한숨을 내쉬었다.

"됐으니까 가 봐."

도윤은 처치실 문을 잡고 서서 인턴에게 말했다.

"네? 아, 네, 선생님."

인턴의 팔을 붙잡고 있던 애리의 손이 떨어졌다. 도윤은 그녀에게 자신의 왼팔을 내어 주고 조심스럽게 처치실 안으로 이

끌었다.

커다란 창으로 햇빛이 가득 쏟아져 눈이 부셨다. 반쯤 열린 창으로 들어오는 바람에 그녀의 머리카락이 날렸다. 어둡고 조용한 내부. 부산스러운 병동과는 다른 차원의 공간 같았다. 벽 쪽에 위치한 베드에 살짝 걸터앉은 애리가 스커트 자락을 꽉 움켜쥐었다. 도윤은 허리를 굽혀 무릎을 세우고 앉아 그녀의 발목을 잡아 자신 쪽으로 끌어당겼다. 가느다란 발목, 굳은살이나 상처 하나 없는 작은 발, 그리고 화려한 페디큐어.

남자는 소리 없이 한숨을 내쉬었다.

딸깍.

문이 닫힌다.

다리를 길게 뻗고 상체를 숙여 햄스트링을 스트레칭하자 뻐근한 감각에 하체가 팽팽하게 당겨졌다. 익숙한 고통. 우현은 호흡을 길게 뱉으며 다시 한 번 근육의 움직임에 집중했다. 자세를 바꿔 가며 스트레칭할 때마다 굳어 있던 근육이 천천히 이완되는 것이 느껴졌다. 몸 컨디션은 70퍼센트 정도. 나쁘지 않았다.

트레이너의 지시에 따라 고관절을 스트레칭하자 우현의 미간이 살짝 일그러졌다. 그 후 3일이나 지났는데 무슨 근육통이 이렇게 길게 가는지 모르겠다. 펜싱 스텝은 앞으로 뻗는 동작이 많은데 섹스는 좌우로 벌리는 자세가 많아서 그런 게 아닐까, 익숙한 동작은 아니니까 그런가 보다, 하는 굳이 안 해도 되는 생각이나 하고 앉았다.

순간 남자의 눈이 떠올랐다. 현미경으로 해부하듯 살피는 그 얼굴이 떠오르자 우현의 자세가 조금 흐트러졌다. 트레이너가 집중하라는 듯 그녀의 어깨를 살짝 잡아 내리며 자세를 교정해 주었다. 우현은 애써 생각을 지우며 깊게 호흡을 가다듬었다.

그럼에도 불구하고 몽롱한 얼굴로 미소를 짓고 있는 남자의 얼굴이 뇌리를 스친다. 기억력이 좋은 편도 아닌데 왜 그 순간 만큼은 사진을 찍은 것처럼 선명하게 머리에 남았는지 아직도 이해가 되지 않았다. 아마도 난생처음 느껴 보는 강렬한 감각 때문인 것 같다. 온몸을 뒤덮던 커다란 파도가 너무나도 충격 적이어서, 그래서.

남자가 자신의 끝의 끝까지 파고들던 순간. 그때 난 어떻게 했더라. 낯선 고통에 아파하며 헐떡이고 결국엔 감당 못 할 쾌 감에 몸을 떨었던 것도 같다. 괜히 지기 싫어서 능숙한 척 위장 했지만 그 순간만큼은 완벽하게 남자에게 프리오리떼Priorite(우 선권)를 넘겨주고 말았다. 그날 밤, 우현은 몇 번을 그렇게 그의 품 안에서 무너져 내리기를 반복했다.

다시 한 번 상기한다.

하룻밤, 쿨하게, 즐기는 마음으로.

원 나잇은 그런 거니까.

괜히 기억에 휘둘리면 곤란해지는 것은 결국 우현 자신이 다. 일탈 한 번 해 봤으니 된 것. 거기다 상대는 인사도 하지 않 고 가 버릴 정도로 쿨하다 못해 추운 타입이다. 그 후로도 연락

한 번이 없다. 뭐, 그러려고 굳이 연락처를 교환하지 않은 걸지도 모르겠지만.

눈 떴을 때 혼자 덩그러니 남은 게 섭섭하기도 했지만 이렇게 되어 버린 거 촌스럽게 하룻밤에 의미를 두지는 말아야겠다고 그녀는 다시 한 번 결심했다. 남자 친구도 아니고 10년 만에 만난 고등학교 동창과 순간적으로 눈 맞은 것일 뿐이니까.

……그래도 그렇지 볼일 다 봤다고 홀랑 날아 버린 건 좀 너무하지 않나. 김해준은 안 그럴 줄 알았는데.

"잠시 쉬었다가 할게요."

우현의 자세가 또다시 삐끗하자 트레이너가 타월을 건네주며 말했다. 딴생각하는 것 또 들켰나 보다. 우현은 그대로 매트에 누워 얼굴에 타월을 덮어썼다.

분명 이 사연을 어디 온라인 커뮤니티에 올리면 남자가 쓰레기라고 댓글이 500개는 달릴 것이다. 님 제대로 당한 거라고, 그 새끼 작정하고 한번 자 볼 생각으로 들이대고 따먹고 튄 게 분명하니 다시는 상종도 하지 말라고. 어디서 개한테 물렸다 치고 그냥 잊어버리라고.

생각이 여기에 미치자 갑자기 울컥해 우현은 타월을 꽉 움켜쥐었다. 부상 때문에, 재활이 힘들어서 순간적으로 마음이 약해져서 이러나 보다.

차라리 진짜 남자 친구를 사귈 걸 그랬다. 연예인 누가 번호 달라고 할 때 줄걸. 대표 팀 선배가 소개팅 해 준다는 거 광고 계약서가 생각나서 거절했는데 그러지 말걸. 어차피 뒤로는 다

만나고 다니는 거 빤히 아는데. 괜히 김해준한테 홀려서 저질러 버렸는데 그 순간은 좋았는데 지나고 보니 마음이 텅 빈 것 같아 후회가 밀려왔다. 이런 고민은 도윤에게도, 시현에게도 털어놓을 수도 없어서 가슴 한쪽이 더 갑갑해졌다.

차라리 서도윤한테 자자고 할 걸 그랬나.

생각이 거기에 미치자 우현은 피식 웃으며 몸을 일으켰다.

도윤이라니.

도무지 상상이 되지 않았다.

남은 시간 동안 간신히 집중해 트레이닝을 마친 우현은 스포츠 백을 챙겨 센터 카운터로 다가갔다. 오늘 또 처방전 안 챙겼다간 도윤에게 잔소리 백 마디 들을 게 뻔했다. 허리 통증은 고질병, 무릎 부상은 이번에 새로 얻었고, 족저근막염도 자주 재발해 처방을 보고 안 되겠다 싶으면 도윤의 지도 교수님한테 보이자고 이야기를 하던 차였다. 아직 서른도 안 됐는데 몸이 종합 병원이다.

게다가 옮긴 병원은 약을 너무 과하게 주는 느낌이랄까. 먹을 때마다 소염제로 몸을 절이는 기분이었다.

"처방전은요?"

카운터의 간호사에게 묻자 그녀가 PC 모니터를 확인하며 말했다.

"매니저분이 챙겨 가셨어요. 2주 치요."

"혹시 그럼 처방 세부 내역서는……."

"그걸 왜?"

그때 뒤에서 불쑥 누군가가 끼어들며 물었다. 에이전트, 정 실장이었다.

"도윤이가 보고 싶다고 해서요."

우현의 대답에 그녀의 미간이 살짝 일그러졌다. 정 실장은 유난히 도윤을 경계한다.

"서 선생이랑 그런 일도 있었는데 너무 가까이 지내는 거 아니야? 난 둘 스캔들 정리하느라 오만 욕 다 들어 먹었는데 말이야."

"실장님, 그건 죄송한데요."

"여기 병원 성한 황 회장님 추천이야. 요즘 이재선 후보 선거 운동 때문에 분위기 안 좋은 거 뻔히 알면서 왜 그래? 좀 까다롭게 굴긴 하는데, 우리한테 이 정도 투자하면서 그 정도 까탈 안 떠는 스폰서 어디 있다고 그래. 이렇게 아낌없이 후원해 주시는 거 감사히 여기지는 못할망정 다른 병원이랑 걸치는 거예의 아닌 거 알잖아. 서 선생이랑 스캔들도 회장님 덕분에 간신히 무마했는데."

정 실장의 말에 우현이 미간을 찌푸렸다. 애초에 그 스캔들도 자기들 이해득실 때문에 사람 이용한 거면서 왜 저렇게 도윤에 대해서 예민하게 구는지 이해가 되지 않았다.

"당분간은 우리 조용히 운동에 매진하자. 어쨌든 성적이 좋아야 광고도 들어오고 스폰서도 붙는 거라고. 대표 팀 선발전 나가야지. 안 그래?"

정 실장이 우현의 어깨를 가볍게 다독거리며 주차장 쪽으로 이끌었다. 우현은 입을 삐죽거리며 정 실장에게 잡힌 자신의 팔을 빼냈다.

틀린 말은 아닌데 묘하게 빈정 상했다.

차에서 내린 해준은 습관적으로 담배를 입에 물려다 잠시 멈칫했다. 줄이기로 했는데, 생각보다 쉽지가 않았다. 그는 가볍게 목을 스트레칭하면서 길게 심호흡을 했다. 습기 찬 밤공기가 몸 안으로 들어왔다.

그때는, 겨울이었지. 10년 만이다. 남자와 마주하기까지 걸린 시간. 내일 당장 한국을 뜨라는 통보를 받았던 것도 아마 이곳이었다.

10년 전 남자의 모습이 뇌리를 스쳤다. 대권을 목표로 하고 있다는 남자는 현재 유력한 후보로 부상했지만 혼외자 루머로 낙마할 위기에 몰렸다. 당사자인 해준이, 지나치게 얼굴이 알려진 그가 나타난다면 판도가 완전히 뒤바뀌겠지. 재선이 해준을 조용히 치워 버리기엔 그의 이름이 너무나도 알려졌다. 뉴욕에서 주는 돈이나 받아 챙겨 약이나 하고 살았으면 진즉 약물 과다로 죽은 걸로 됐을 텐데. 남자는 이제 그렇게 만들지도 못할 것이다.

시간이 얼마나 걸리든 남자는 될 때까지 도전할 사람이다. 그러려고 재계 서열 3위인 성한그룹의 사위가 된 것일 테니까. 그럼 난 죽을 때까지 방해해 줘야지. 그러려고 살아남았거든.

해준은 잠시 그의 아내를 떠올렸다. 마녀의 얼굴을 하고, 피

흘리며 쓰러져 있던 아홉 살 해준을 내려다보고 있던 그 여자를. 살려 달라고 빌었다. 제발, 살려만 달라고. 아무렇게나 방치돼 몸이 망가진 해준을 외삼촌이 여자에게 무릎 꿇고 빌어 빼내 왔다고 했다. 내 아들로 키울 테니 살려만 달라고, 여동생의 죽음은 사고로 하자고.

10년 전 한국을 떠날 때 비행기 이륙 직전, 여자가 남긴 메시지를 기억한다.

해준의 계좌로 입금된 10억 원. 다른 사람이 다치길 원치 않는다면 죽어 달라는 부탁.

저 메시지를 보기 전까지는 떠나기를 망설였다. 지금에라도 내려서 도망칠까 고민했다. 이 세상에서 김해준이란 이름 지워 버리고 이곳에서 살 수 있는 방법이 있지 않을까 헛된 망상을 했다.

여자의 메시지를 보며 최우현을 끝냈다.

만약 그렇게 고집부리다가 너마저 저 부부에게 들킨다면, 그 때문에 네가 상처받는다면, 죽어 달라는 저 부탁 들어주고 싶어질 테니까.

─ 들어옵니다.

귀에 꽂은 이어셋으로 경호원의 목소리가 들려왔다. 한상철 후보 쪽에서 붙여 준 경호원이었다. 도청이 감지되었다며 휴대폰 사용을 자제해 달라는 요청 때문에 그 후 우현에게 제대로 된 연락도 하지 못했다.

잠시 후, 먼 곳에서 검정색 차 세 대가 들어왔다. 선두에 있던 차가 길을 터 주자 가운데 차량이 천천히 해준에게로 다가왔다. 끝에 있던 차가 길목을 막고 혹시나 있을지 모르는 외부인의 접촉을 차단하는 듯했다.

완전히 차가 멈추자 검정색 정장 차림의 경호원들이 남자, 해준의 생물학적 아버지이자 대한민국 20대 대선 후보인 이재선을 에스코트했다.

"오랜만이네요."

해준이 남자를 똑바로 바라보며 말했다.

남자는 해준의 생각보다 꽤 늙었다. 여전히 키는 크고 체격이 다부졌으며 50대 중반이라는 나이에 비해 젊어 보였지만 이상하게도 작아 보였다.

"얼마 받았지?"

인사도 없이 남자가 대뜸 물었다. 그러고는 해준이 대답을 하기도 전에 말했다.

"달라는 대로 주마. 조용히만 나가 준다면 어디든 거처는 니가 원하는 대로 준비해 주지."

그와 동시에 남자의 수행원이 해준에게 파일을 내밀었다. 계약서. 꽤나 다급한 모양이었다.

"괜찮은 제안 아닌가. 죽은 네 엄마도 부자지간에 칼 꽂는 것, 바라지 않을 거 같은데."

오후에 꽤 길게 뿌린 소나기 때문인지 물비린내가 코끝을 찔렀다. 해준은 아무런 말 없이 남자의 발밑에 있는 물웅덩이를 내려다봤다. 어둠 때문에 깊이를 알 수 없었다.

분명 발 하나 잠기지 못할 만큼 얕겠지만.

"원한다면 호적에 올려 주지. 어쨌든 우리 부부의 지원으로 미국에서 공부하고 성공했으면 사람 된 도리는 해야지. 한국에 있어야 된다면 선거 끝날 때까지만 잠시 피해 있거라."

"후보님 돈 한 푼도 안 썼습니다. 아시잖아요. 제가 돈이 궁한 상황은 아니라는 것."

해준은 조수석 문을 열어 미리 챙겨 둔 서류 봉투를 남자의 수행원에게 건넸다. 만나자는 제안을 수락한 것은 돌려줄 것이 있어서, 이 이유밖에 없었다.

"그래도 넌 내 아들이야."

"녹취하고 있는 거 아시죠? 각오하고 오셨겠지만."

해준의 말에 남자의 미간에 실금이 갔다.

해준은 찬찬히 남자를, 생부를 바라봤다. 10년 전보다 깊게 파인 주름, 조금은 굽은 듯한 등, 안경을 쓴 걸 보니 노안도 온 모양이다.

그는 쓴웃음을 지으며 한강 쪽으로 시선을 옮겼다. 물기를 머금은 여름 밤공기가 끈적하게 살갗에 달라붙었다. 문득, 네가 외탁을 했으니 망정이지 친부를 닮았다면 볼 때마다 내다 버리고 싶었을 거라는 생모의 목소리가 들리는 듯했다.

"어머니 그림, 돌려주세요. 그럼 출국 고려해 보겠습니다."

해준이 낮은 어조로 말하며 재선을 바라보았다. 재선의 아내, 황수영이 절대 받아들이지 않을 제안이었다.

"곤란하다는 건 네가 더 잘 알고 있을 텐데."

재선이 난감하단 어조로 말하며 자신을 바라보자 해준은 미소를 지으며 어깨를 으쓱했다.

"설득은 후보님 몫이죠."

해준의 말을 끝으로 정적이 맴돌았다. 남자와 마주하는 것만으로도 지독한 피로감이 몰려왔다. 그는 길게 호흡하며 밤하늘을 바라보았다. 완전히 잠든 도시. 하늘은 구름 한 점 없이 맑고 블랙홀처럼 어두웠다. 아주 잠시 소리 하나 없는 정적이 괴이하게 차올랐다.

"굳이 한국에 들어오려는 이유가 뭐지? 해외에서 충분히 자리 잡았는데도."

남자가 침묵을 깨며 묻자 해준이 그에게로 시선을 옮겼다.

"3일 전이었나? 꽤나 요란하게 놀았더구나."

우현과의 일을 말하는 듯했다.

"그 여자애 너 말고 다른 남자 있는 건 알고 있겠지?"

서도윤.

해준은 결국 참지 못하고 담배를 꺼내 물었다. 거리낌 없이 라이터로 불을 붙이자 남자의 미간이 일그러졌다.

"버릇없게."

"못 배워 먹어서요."

"……최우현, 운동하는 애가 그렇지. 머리에 든 것 없이 내세울 건 몸 하나밖에 없어서는. 대명 둘째 아들한테 하룻밤에 10억을 요구했다는 거 너도 들어 알겠지? 꽤 유명한 이야기니까."

들은 적 있다.

"우리 쪽에서 펜싱협회 지원 안 했다면 나가 떨어졌을 애야."

해준이 필터를 깊게 빨아들이며 물었다.

"요지가 뭐죠?"

동요를 들키지 않기 위해 평정을 가장한다.

"최우현 우리 소속이야. 지원 다 끊고 걔 이 바닥에 발 못 붙이게 하는 수가 있어."

"내가 고작 하루 같이 뒹군 여자 때문에 당신 엿 먹이는 걸 포기할 것 같습니까?"

해준이 내뱉은 담배 연기가 허공으로 퍼져 갔다.

"무슨 대단한 제안을 할까 기대했는데 고작 여자라니 실망스럽습니다, 후보님. 그렇게 좀스러워서 대통령 해 먹겠어요?"

"김해준!"

"그러니까 머저리같이 고등학생 건드려서 임신하게 했겠지."

해준은 손가락을 튕겨 담배를 끄고 대기 중인 자신의 경호원에게 손짓을 했다.

협상 결렬.

처음부터 여지는 없었다.

재선이 가볍게 한숨을 내쉬며 타고 온 세단 쪽으로 다가갔다. 그는 차에 타기 전 잠시 해준을 바라봤다. 지친 기색이 역력했지만 꺾일 것 같지는 않았다. 해준은 남자를 밑바닥까지 떨어져 나뒹굴게 만들고 싶었지만 아직은 역부족이란 것을 잘 알고 있다. 다만 한 가지 분명한 것은 김해준이라는 존재 자체가 남자에겐 평생의 방해물이라는 것. 사람들 기억에서 잊힐 때마다 나타나 남자를 괴롭힐 것이다.

최후의 단 하나, 그가 가장 간절히 원하는 것을 손에 넣지 못하도록.

자신의 차에 올라탄 해준은 몇 시간 전 개통한 휴대폰을 쥐고 잠시 우현을 떠올렸다. 이전에는 '최우현' 하면 떠오르는 이미지는 명확했다. 펜싱 슈트를 입고 검을 쥐고 있는 모습, 혹은 교복을 입고 자신을 향해 웃고 있던 모습. 이제 우현을 떠올리면 자연스럽게 그날 밤의 기억으로 이어진다. 손안에 가득 차던 젖가슴의 부드러운 감촉. 참지 못해 물어뜯자 일그러지던 이마. 삽입의 순간, 뜨거운 호흡과 낮은 신음 소리. 자신의 움직임에 같은 박자로 흔들리던 여자의 몸. 떠올리기만 해도 흥분된다.

……하룻밤에 10억이라.

해준은 옅게 웃으며 명함 케이스를 뒤적거려 연락처를 찾았다. 이 사람이었나. 그는 빠르게 메일을 쓰고 전송 버튼을 터치했다.

알고 있다. 최대한 거리를 둬야 한다.

그렇지만…….

만나니까 이렇게 되어 버렸다.

주방에서 다크 초콜릿과 버터를 녹이던 우현은 퍼뜩 생각이 났다는 듯 거실 소파에 팽개쳤던 휴대폰을 가져왔다. 새로 온 메시지 0개. 그녀의 미간이 살짝 일그러진다. 계란을 깨고 설탕을 섞고 휘핑을 하고. 오븐을 예열하고 브라우니 반죽을 틀에 붓다가 아주 잠시 휴대폰 진동이 울린 것 같은 착각에 우현은 다시 휴대폰을 터치해 보았다. 이번에도 착각이다. 괜히 신경질이 난 우현은 시현에게 늦게 다니지 말고 10시까지는 들어오라는 메시지를 보내고는 휴대폰을 다시 식탁 위에 거칠게 내려놓았다. 아무 생각도 하기 싫어서 베이킹을 시작했는데 오히려 정신만 더 사나워지는 느낌이었다.

휘핑크림을 만들고 녹인 초콜릿으로 크림을 만들고 주걱으로 열심히 휘젓는 동안에도 우현의 휴대폰은 잠잠했다. 초콜릿의 단내를 계속 맡고 있으니 질려 버려 다 만든다고 해도 딱히 땡길 것 같진 않았다.

우현은 오븐에 틀을 넣고 브라우니가 완성되길 기다리며 식탁에 앉았다. 에어컨과 오븐의 소음뿐, 집 안은 지나치게 고요했다. 그녀는 주방의 작은 창으로 들어오는 햇빛을 멍하니 바라보았다. 빛이 식탁에 베일처럼 퍼진다. 인공적인 조명보다는 밝은 빛을 사랑했던 아빠는 이렇게 어디에 앉아 있던 햇볕이 실내로 거리낌 없이 들어오도록 집을 설계했다.

식탁이 이렇게 넓었나 생각하다 퍼뜩 정신을 차리니 저도 모르게 휴대폰을 만지작거리고 있다. 기다리지 말아야지 했는데 마음이랑 결심이 따로 놀고 만다.

그녀는 애써 생각을 다른 방향으로 보내기 위해 애썼다. 내일은 시현과 요즘 핫하다는 맛집에 가 볼까 싶었다. 평소에도 뉴욕 유학 생활을 인스타그램에 올리면서 자랑하기 좋아하니 어디 가자 그러면 제일 먼저 따라 나서지 않을까. 같이 오랜만에 식사도 하고, 쇼핑도 하고 하면서.

부모님이 돌아가신 후, 시현과 둘이 이 식탁에 앉아 함께 식사를 한 적이 손에 꼽을 지경이었다. 처음 부상으로 긴 재활이 필요하다는 진단을 받을 때만 해도 그 정도로 바쁘게 살았으니 차분하게 쉬면서 몸도 만들고 다시 준비하자 했는데, 이렇게 혼자 있을 때면 마음이 약해지는 것은 어쩔 수 없는 듯했다.

이건 다 해준이 따뜻하게 안아 줘서다. 약았어. 가장 약해졌을 때, 그런 식으로. 가만히 그의 체온을, 심장 소리를 떠올려 본다. 짧은 시간에 몸 안의 무언가가 다시 만들어진 느낌이었다. 매우 가까운 거리에서 뒤섞이던 숨결, 지금까지는 몰랐던 다른 사람의 살결. 자신은 닿을 수 없는 몸 깊은 곳까지 파고들어온 남자를 떠올리자 손끝이 가늘게 떨렸다. 누군가의 온기에 안심해 본 적이 언제였는지 기억이 나지 않는다.

……그래, 이건 몸을 섞은 남자에게 생긴 일시적인 애틋한 감정이다. 사랑 없이 사귀지도 않는 남자와 원 나잇 하는 건 요즘 세상에 드문 일도 아니니까.

사실 먼저 해준에게 연락해 볼 생각으로 브랜드 담당자를 떠봤다. 물어볼 게 있는데 연락처를 알려 줄 수 있겠냐고. 그녀는 해준이 사생활에 워낙 민감하다며 자신도 에이전트를 통해 커뮤니케이션 했다고 정중하게 거절했다.

그러니까 내일은 잘할 수 있을 거다. 아무 일도 없었던 것처럼, 태연하게. 그러니까 고작 한 번 잔 남자의 연락을 기다리는 짓 따위 하지 않을 거다.

도윤은 호텔 로비에 들어서며 느슨하게 풀어 둔 넥타이를
다시 단정하게 조였다. 가볍게 옷차림을 정리하고, 전달받은
뒤 제대로 읽지도 않은 상대방의 신상 정보를 확인했다. 이윤
정, 23세, 교육학 졸업 예정. 우현이 체육 교육과니까…… 같은
학교 같은 학부네. 스물세 살은 이제 졸업 예정이라는데 최우
현은 아직 3학년이라니.

사진 속 여자는 싱그럽고 앳되어 보였다. 열아홉이라고 해
도 믿을 정도로 어려 보인다. 사진을 찬찬히 확인하는데 휴대
폰 진동이 울렸다. 뜻밖의 사람에게 온 뜻밖의 메시지. 하필 이
럴 때라니. 도윤은 살짝 인상을 찡그리며 라운지 쪽으로 걸음
을 옮겼다.

수면 부족 때문에 뒷목은 뻐근하고 서서히 정신과 육체가
분리되는 기분이었지만 더 이상은 약속을 미룰 수가 없었다.
소개팅이라는 이름의 선. 벌써 세 번이나 바꾸고 미뤘다. 4년
차 선배는 아는 여동생이라고 소개했지만 도윤은 그녀가 신경
외과 이창완 교수의 애지중지 막내딸이라는 것을 안다. 좀 눈
에 띄는 적당한 나이의 레지던트들과 꽤 여러 번 선을 봤다는
것도. 거절하면 괜히 선배가 곤란해질까 봐 나왔다.

라운지로 들어가자 창가 쪽에 혼자 앉아 있는 여자가 눈에
들어왔다. 저 여자가 맞는데……. 도윤은 다시 한 번 휴대폰 속
사진을 확인하며 헛웃음을 지었다. 사진 속, 단정하고 은은하

게 미소를 짓고 있는 여자는 그곳에 없었다.

"안녕하세요."

도윤은 여자에게 다가가 인사하고는 그녀의 맞은편에 앉았다.

"아, 서도윤 씨?"

여자가 그를 보고는 고개를 까딱하며 앉으라는 듯 고갯짓을 했다. 허리선이 보이는 새빨간 크롭티에 가죽 핫팬츠, 신발은 운동화를 신었다.

"안녕하세요, 이윤정이에요."

스모키 메이크업과 레드 립, 부스스한 머리에 거꾸로 뒤집어 쓴 스냅백이 인상적이었다.

"서도윤입니다."

와인과 가벼운 치즈 안주를 주문했다. 여자가 권했고 적당히 시간 때울 생각으로 나온 도윤은 흔쾌히 동의했다. 저런 차림으로 나왔다는 건 이 맞선에 그다지 진지할 생각이 없단 뜻이니 도윤으로선 오히려 마음이 편했다. 어떠냐고 물으면 꽤나 자유분방하다고, 제가 감당할 수 없을 것 같다 둘러대면 될 일이다.

"지금 몇 년 차라고 하셨죠?"

말투가 제법 당돌했다.

"2년 차입니다."

"아아, 정형외과라고 하셨으면…… 개업하실 건가요? 정형외과는 개업하는 게 더 낫다고 하던데."

"아뇨."

"왜요, 아빠가 서 선생 잘생겨서 장사 잘될 거 같다 그랬어요. 아, 아빠 아시죠? 신경외과 이창완 교수님."

여자의 말에 도윤은 옅게 웃으며 와인을 한 모금 마셨다. 독한 술을 좋아하는 도윤에겐 좀 싱겁다.

스냅백을 쓴 여자와 정장 차림의 남자. 남들이 보기엔 신선한 조합이었는지 라운지를 오가는 사람들이 두 사람을 힐끔거리며 쳐다보았다. 여자는 불편한 기색도 없이 시선을 즐기며 의자에 편하게 기대앉아 와인을 마셨다.

"진짜 잘생기긴 했다. 사진 포토샵인 줄 알았어요."

여자가 다리를 꼬아 앉으며 도윤과 눈을 맞추고 미소를 지었다. 눈과 입가가 기묘한 곡선을 그리며 휜다.

"신경외과랑 정형외과 같이 병원 내면 잘된다던데, 우리 아빠 빽이면…… 와, 서도윤 씨한텐 내가 완전 로또네요?"

고상하고 지루한 타입보다야 낫지만 도윤은 선을 건드리는 여자의 태도가 거슬렸다. 상대방도 분명 자신을 원할 거라고 생각하는 오만함과 무례함. 자신이 우위에 있는 것이 당연하다 여기는 태도까지.

자신을 줄타기 위해 애쓰는 속물로 여기는 여자를 앞에 앉혀 두고 도윤은 우습게도 애리를 떠올렸다. 라운지에 들어오기 전에 받은 애리의 메시지가 눈앞에 어른거렸다. 별것 아닌 안부 문자인데 확인하는 순간 당황스러웠다. 그래…… 이애리는 이런 사람이었지. 열아홉의 그녀는 잔잔한 호수 같았지만 중요한 순간엔 과감했다. 조심스럽고 섬세하지만 의외로 고집스러워 당황했던 순간도 있었다.

마지막으로 봤던 날이 졸업식이었던가. 공교롭게도 우현의 부모님 49재 다음 날이었다. 전날 하도 울어 우현은 그대로 앓아누웠고 도윤이 졸업장을 대신 받아 왔던 그날.

물론 그때로 돌아간다 해도 서도윤은 같은 선택을 할 것이다. 이애리가 아니라 최우현의 곁을 지키는 선택.

"올라갈까요?"

상념을 비집고 여자의 목소리가 들려왔다.

도윤이 무슨 의미냐는 듯 여자를 똑바로 바라보았다.

"마음에 들었으니까. 그거, 잘할 거 같아서요."

여자가 어느새 손가락 사이에 객실 카드 키를 끼고 테이블을 톡톡 두들겼다. 아, 섹스. 도윤이 자신의 의도를 파악하자 여자가 눈을 반짝인다. 그는 아무런 표정 변화 없이 여자를 천천히 훑어보았다. 도윤의 시선을 느꼈는지 여자가 자세를 고쳐 앉았다.

골격이나 비율은 꽤 좋은 편이었다. 다만, 운동은 하지 않는지 근력이 부족해 보인다.

"일어나죠."

도윤의 말을 긍정의 신호로 받아들인 여자가 매혹적인 미소를 지으며 자리에서 일어났다.

계산을 하는데 도윤의 휴대폰이 울렸다. 우현의 메시지였다. 바빠? 지금 병원 갈게. 너희 엄마 심부름. 도윤은 그대로 통화 버튼을 눌렀다.

"응, 나."

도윤의 목소리가 한결 부드러워지고 휴대폰 너머로 우현의 목소리가 들리자 여자의 눈이 조금 커졌다.

"잠깐 밖에 나왔어. 난 교수님 심부름."

도윤은 의도적으로 여자를 훑어보며 말했다. 상대가 여자라는 것을 눈치챘는지 그녀의 예쁜 이마가 살짝 일그러졌다.

"아냐, 여긴 좀 그래. 병원으로 와. ……응, 갈게. 기다려."

전화를 끊고 도윤은 직원에게 건네받은 카드를 자신의 지갑에 넣었다. 여자에게 가자는 듯 눈짓을 하고 앞장서 로비로 걸어 나왔다.

"즐거웠습니다. 이 교수님께는 제가 적당히 말씀드리죠."

"지금 저 까는 거예요?"

여자가 발끈했다. 이럴 때는 어린 게 티가 난다니까. 도윤은 피곤한 기색을 숨기지 않고 가벼운 한숨을 내쉬었다.

"처음 본 여자가 가잔다고 호텔 방 들락거리기엔 내가 결벽증이 있습니다. 보시다시피 약속도 있고요. 이왕 체크인한 거 푹 쉬고 즐거운 시간 보내세요."

"너 홍삼 잘 챙겨 먹으래. 이건 나 베이킹 했거든. 너 좋아하는 초콜릿무스인데 아주머니 가져다드리러 너희 집 갔다가 심부름 미션까지 받았어."

우현은 챙겨 온 종이 봉투를 도윤에게 건넸다.

"학회라도 다녀왔어? 정장 입으니까 되게 멋있다 너."

"아, 뭐 그냥. 시간 돼? 잠깐 앉았다가 갈래?"

"응, 그럴까?"

우현이 도윤의 제안에 흔쾌히 고개를 끄덕였다.

"근데 너 나 만나면 안 되는 거 아냐? 정 실장이 싫어한다며."

"내가 언제부터 그렇게 말을 잘 들었다고."

우현이 대수롭지 않다는 듯 말하며 앞장서 병원 건물 쪽으로 걸었다. 도윤은 그녀의 뒤를 따르다가 잠시 고개를 들어 밤하늘을 바라보았다. 어두웠지만 바람이 불 때마다 하늘 가득 낀 구름이 흘러가는 것이 보였다. 맞선을 보러 갔었던 그 잠깐 사이에 소나기가 온 것인지 바닥이 축축하게 젖었다. 습기가 가득 찬 후텁지근한 지열이 발꿈치를 꽉 붙잡는 느낌이다.

우현이 회전문으로 들어서자 도윤이 바짝 붙어 그녀의 뒤를 따랐다. 등 뒤에서 느껴지는 도윤의 체온 때문인지 우현은 잠시 몸을 움찔하였다. 굉장히 짧은 순간, 아주 잠깐의 접촉. 도윤이 짧게 숨을 들이마시자 달콤한 향이 코끝을 스친다.

도윤이 앞장서 걷는 우현의 어깨를 짚으며 말했다.

"너 머리카락에 초콜릿 냄새 배었나 봐. 단내 나."

도윤이 가까이 붙어 냄새를 맡으려 하자 우현이 휙 어깨를 틀어 그의 손을 떼어 냈다. 반사적으로 한 행동인지 우현이 순간 당황하며 도윤을 바라보았다.

"어, 미안. 아니 그게…… 냄새 난다고 하니까."

"괜찮아."

도윤은 눈을 가늘게 뜨며 우현을 바라보았다.

전화가 아니라 실제로 보니까 더욱 명확하다.

지금의 최우현은 굉장히 수상하다.

병원 로비의 편의점에서 커피를 사려던 도윤은 잠시 고민하다 바나나 우유를 샀다. 우현이 카페인에 예민한 편은 아니지만 우유가 나을 것 같았다. 우현이 가장 좋아하는 브랜드의 우유를 사고, 빨대를 챙겨 그녀가 앉아 있는 벤치를 향해 걸었다. 무언가를 골똘히 생각하는지 우현은 넋이 나간 얼굴로 휴대폰만 내려다보고 있었다.

바나나 우유를 쥐여 주자 우현이 고개를 끄덕거리고는 그것을 받아 마셨다. 도윤은 우현의 맞은편에 앉아 가만히 그녀를 바라보았다.

"외박했다며?"

도윤의 물음에 우현이 그의 눈을 똑바로 바라보며 말했다.

"응, 정아 선배랑 놀다가 그대로 잠들었어."

거짓말이다. 우현은 거짓말을 할 때면 눈을 똑바로 보고 한다. 꼭 믿게 만들겠다는 강한 의지를 담아. 도윤은 아무런 말없이 그녀를 물끄러미 바라봤다. 우현은 시선을 피하지 않고 왜 그러냐는 듯 어깨를 으쓱했다.

그의 시선이 우현의 이마에서부터 천천히 아래로 내려가며 그녀의 얼굴을 훑어 내렸다. 메이크업을 하지 않은 우현의 얼굴은 또래보다 어려 보였다. 고등학생 때와 크게 다르지 않은 모습. 장난기 많고 사고뭉치지만 순수했던 그때처럼 웃고 그때처럼 말한다.

그때와 같은 얼굴로 넌 나에게 무엇을 숨기고 있는 걸까.

"아, 맞다. 이거 처방 받은 약인데…… 정 실장 예민하게 굴어서 진료 기록이랑 처방전은 못 떼 왔어. 넌 그걸 왜 그렇게 보고 싶어 하는 거야?"

우현이 가방을 뒤적거려 약 봉투 하나를 뜯어 그에게 내밀었다.

"처음 듣는 병원이라. 이름이 뭐랬지?"

"라움. 시설은 좋은데…… 전문 재활 클리닉은 아닌 거 같아. 성한 황 회장이 소개한 곳이라나. 그쪽에서 비용도 다 부담해 준다고. 도수 치료라고 해 주는데 에스테틱 마사지 받는 느낌이야. 거의 다 회복되어서 별 상관은 없을 거 같긴 하지만."

"앉아 봐."

도윤의 말에 우현이 벤치에 털썩 앉았다. 그는 우현의 발치에 한쪽 무릎을 세우고 앉아 그녀의 무릎을 살폈다.

"많이 좋아졌어. 통증도 덜하고."

우현이 도윤을 향해 허리를 굽히며 말했다. 그녀가 몸을 더 굽히자 머리카락이 아래로 흘러내렸다.

"발도 괜찮아."

옅은 초콜릿 냄새. 어지럽다.

"어깨는?"

도윤의 물음에 우현이 살펴보기 좋도록 오른쪽 어깨를 그를 향해 틀었다.

"통증이 좀 있긴 한데, 소염제 먹으면 될 거 같은?"

우현이 머리끈을 입에 물고는 양손을 올려 머리카락을 만지작거렸다. 티셔츠가 올라가며 가슴 라인이 그의 눈앞에 어른거렸다. 사춘기 시절 밤마다 저 광경이 눈앞에 떠다녀 꽤 고생했던 기억이 있다. 아직도, 이렇게 그녀가 여자로 느껴질 때면, 머릿속에서 숨겨 둔 상상을 하게 될 때면 도윤은 그 시절로 되돌아간 것 같아 부끄러움에 발끝이 오그라들었다.

마음에 들지 않는지 한참을 묶었다 풀었다를 반복하던 우현이 다 되었다는 듯 그에게 다시 어깨를 보였다. 새하얀 목덜미가 보통의 여자들처럼 가느다랗기만 하진 않았다. 잘 훈련된, 균형이 잡힌 몸.

우현의 어깨를 살펴보던 도윤의 시선이 문득 그녀의 뒷목에서 멈추었다.

"너도 알다시피 내가 기술 훈련을 따로 할 건 없잖아. 몸 상태만 좀 끌어올리면 이번 대표 팀 선발전 충분히 가능성 있을 거 같아."

우현이 떠드는 말에도 도윤은 그녀의 목에서 시선을 떼지 않고 멍하니 말했다.

"……어. 그렇지."

그 흔적이 하필이면 도윤의 눈에 들어온 것은.

"은퇴하고 싶긴 했는데 또 피스트 서니까 설레고 그런 거야. 나 되게 웃기지?"

조잘거리며 떠드는 소리가 채 도윤의 고막까지 닿지 못하고 흩어졌다.

그는 아무렇게나 대꾸하며 우현의 목덜미에 자신의 손을 가져갔다. 흰 피부에 붉게 올라온 멍은 오래된 것 같진 않았다. 이제 막 생긴…….

아마도 섹스의 흔적.

"야, 너 내 말 듣고 있어?"

도윤은 대답 없이 시선을 빗겨 내리며 낮게 숨을 몰아쉬었다.

"왜 그래? 어디 아파?"

우현이 눈을 동그랗게 뜨며 물었다.

무어라 말을 꺼내려 입술을 달싹거리던 도윤은 가운을 꽉 한번 움켜쥐고는 애써 평온한 척 미소를 지었다.

"그냥 좀 피곤해서."

역시, '친구만'은 안 되겠다.

"나 갈게. 도윤이 너 얼른 가서 잠깐 눈이라도 붙여. ……서도윤. 무슨 생각을 그렇게 해?"

도윤은 도대체 왜 그러냐는 듯 미간을 찌푸린 우현을 물끄러미 바라보았다. 그의 시선이 그녀의 눈에서 미끄러져 내려와 입술로 향했다. 알 수 없는 긴장감에 우현이 입술을 깨물었다.

짓이겨지는 붉은 입술과 작은 틈으로 보이는 흰 치아. 도윤은 잡고 있는 그녀의 손을 자신 쪽으로 끌어당겼다. 할 수 있다면 지금 당장이라도 그녀의 맛을 보고 싶다. 달겠지. 말도 못할 정도로 달콤할 것이다.

간신히 잠재운 그의 마음속 고요가 격렬하게 요동친다.

"왜?"

"아니, 아니야. 아무것도. 고마워. 가 봐."

도윤은 간신히 우현의 손목을 놓으며 말했다.

"뭐 친구인데 이 정도야."

우현이 어색하게 말하곤 몸을 돌려 회전문을 향해 걸어갔다. 그녀의 발소리가 그의 고막을 때렸다. 도윤은 저도 모르게 호흡을 멈추었다. 그녀가 완전히 병원을 빠져나가자 그때서야 겨우 긴 숨을 내뱉는다.

이내 적막이 공간을 매웠다. 남은 것은 어두운 밤뿐. 그림자조차 길을 잃을 것 같은 어둠이 그의 세상에 서서히 들이찬다.

그 순간, 요란한 소리와 함께 천둥이 치고 이를 신호로 거센 비가 쏟아졌다. 공기를 찢어 내는 바람 소리가 고막을 때렸다. 미묘하게 거리를 두려는 우현이 떠오르자 마음속 균열로 빗물이 서서히 들이찼다.

뭘까. 네가 나에게 숨기려는 그것은.

애석하게도 남자 외엔 떠오르는 것이 없다. 보란 듯이 목을 물어뜯어 놓은 그 남자.

역시 더 이상 망설일 순 없어.

결정을 해야겠다.

"친구가 이 브랜드 관계자라 그냥 구경 온 거예요. 저 포토 월 서면 사규 위반으로 징계받아요."

애리는 사진 한 장 찍어도 되냐는 기자의 질문에 완곡히 거절하며 난감하다는 미소를 지었다. 참석자 명단이 흥미로워 기웃거리다가 딱 걸렸다. 그러지 말고 한 장만 찍자는 기자의 말에 애리는 울상을 짓는 시늉을 하며 저 정말 회사 잘려요, 하자 기자가 그럼 기사만 쓰겠다며 그녀를 놔주었다.

한 명품 화장품 브랜드의 신상품 런칭 행사.

워낙 인기 있는 브랜드라 프레스들도 꽤 많이 왔다. 초청받은 유명 인사들의 참석률도 여타 브랜드보다 훌륭했다.

아직은 한적한 행사장 안. 좌석에 앉은 애리는 친구에게 건네받은 참석자 명단과 행사 진행표를 훑어보며 낮게 한숨을 내쉬었다. 흥미로운 이름이 눈에 걸렸지만 결국 그녀의 시선이 멈춘 곳은 열 번째로 포토월에 등장할 '최우현'이라는 이름에서였다.

애리는 아직 부기가 가시지 않은 오른발을 내려다보며 쓴웃음을 지었다. 또 최우현에게 지겠지. 그 병원에 도윤이 있다는 것을 들었을 때까지만 해도, 그래서 굳이 엄마를 모시고 갔을 때까지만 해도 자신 있었다. 심각하게 생각하지 않으려 했다. 가볍게, 밑져야 본전이라는 마음으로. 이애리 아나운서를 거절할 수 있는 남자는 많지 않을 거라며 불안한 마음을 허세로 덮으려 했다. 하지만 마음의 준비 없이 도윤과 마주쳤던 그날 새벽, 그 결심은 모두 물거품이 되어 버렸다.

과연 내가 서도윤과 최우현의 '시간'을 이길 수 있을까.

퍼뜩, 애리는 사람들이 웅성거리는 소리에 정신을 차렸다. 동요하는 분위기를 읽은 그녀 역시 시선이 집중된 곳을 바라봤다. 훤칠한 키의 남자가 행사장을 들어서고 있었다. 해준이었다. 흥미로웠지만 우현 때문에 그냥 스쳐 지나간 이름. 해준은 애리보다 앞쪽으로 안내됐다. 한국보다 해외에서 더 알려진 포토그래퍼니 홍보할 때 써먹을 사진을 찍기 위함일 것이다. 자리를 지키고 있던 브랜드 담당자와 연예인 매니저 들이 명함을 꺼내 들고 해준에게 다가갔다. 그 무리엔 탑클래스의 여자 배우 매니저도 보였다.

해준이 찍은 우현의 화보가 홍보용으로 몇 컷 공개된 날, 하루 종일 포털 사이트 검색어에 두 사람의 이름이 걸려 있었다.

애리가 진행하는 아침 프로그램의 연예 뉴스 섹션에서도 따로 소개할 정도였으니 말 다 했지. 애리는 휴대폰을 꺼내 인터넷 창에 화보를 검색했다. 포스트 하나가 그녀의 눈에 띄었다.

'최우현, 레드의 정석.'

긴 카피는 아니지만 이보다 더 그녀를 잘 표현하는 문장은 없을 것이다.

분명 이보다 더 노출이 심하고 자극적 화보가 많았음에도 불구하고 우현의 사진을 처음 본 순간 애리는 강렬한 충격을 느꼈다. 뷰티 프로그램에서 한 메이크업 아티스트는 우현이 다른 종목도 아닌 펜싱 선수라는 것이 강점이라며 열변을 토했다. 실제로 우현이 유명세를 타고 실시간 검색어를 쓸어 버린 것은, 아무도 기대하지 않았던 올림픽 여자 사브르 준결승전에서 은메달을 확보했을 때 마스크를 벗으며 얼굴을 드러낸 순간이었다. 접전에 접전을 거듭하고 마침내 승리를 결정짓는 순간, 검사劍士는 마스크를 벗으며 땀에 흠뻑 젖은 앳된 얼굴을 드러냈고 세상은 카메라를 똑바로 바라보며 윙크를 한 20대 초반의 펜싱 신데렐라에게 열광했다.

애리는 화보를 찬찬히 훑어보았다. 긴 목덜미와 밀도 높은, 조밀한 근육이 자리 잡은 어깨 라인의 실루엣이 기가 막히다. 여자인 애리가 보기에도 보는 것만으로도 나른하고 색정적인, 성적 긴장감에 사로잡히는 느낌이었다. 아나운서국의 남자 동기들은 영어로는 섹시하다고밖에 표현을 못 하겠지만 한국어로는 다양한 묘사가 가능하다며 화보를 보고 감탄했다.

애리는 휴대폰 홈 버튼을 눌러 끄며 고개를 갸웃하였다. 고등학교 졸업 무렵 김해준과 최우현의 사이가 심상치 않다는 소문이 돌기도 했었다. 김해준이 어느 날 갑자기 사라지는 바람에 끝이 났지만…… 사진만 봐서는 보통 사이가 아닌데.

'이건 누가 봐도 섹스하는 사이 아니야?'

'에이 설마. 김해준은 게이고, 최우현은 얼마 전에 스캔들 났잖아.'

'둘이 안 잤는데 이런 사진 찍을 수 있는 게 더 이상해.'

문득 AD들의 수다가 떠올랐다. 남자와 여자 한 프레임에 있으면 일단 호텔부터 보내는 이 바닥 생리를 감안하고서라도 화보가 주는 느낌이 묘하긴 하다.

김해준과 최우현. 꽤 그럴듯한 그림이긴 하지.

그때, 행사장 안으로 우현이 들어왔다. 몸매가 드러나는 블랙 패턴의 랩 드레스와 새빨간 킬 힐. 모델이라고 해도 믿을 것 같았다. 같은 여자가 봐도 시선이 간다. 남자라면 더할 것이다.

우현은 해준과 같은 섹션으로 안내됐다. 소파에 앉으려다 해준의 얼굴을 본 우현이 잠시 멈칫했다. 어딘가 모르게 불편한 기색. 어둡고 거리가 멀어 표정은 잘 보이지 않았지만 애리는 직감적으로 눈치챘다.

뭔가가 있다.

향수를 소개하는 프레젠테이션 내내 애리의 시선은 해준과 우현의 테이블로 향했다. 두 사람은 이따금 작게 대화를 나누긴 했지만 분명 호의적인 분위기는 아니었다. 김해준은 여유롭고 유연했지만 최우현은 불편한 기색이 역력했다.

긴장한 것 같은데.

아니, 아닐 것이다. 그 최우현이 긴장이라니.

그렇다고 단순한 적대감으로 치부하기엔…….

그때 해준이 테이블에 놓여 있던 향수를 집어 들어 우현의 목덜미에 살짝 뿌렸다. 그러고는 우현이 피하기도 전에 그녀의 목덜미로 자신의 얼굴을 들이대고는 깊게 숨을 들이마셨다. 우현이 부자연스럽게 몸을 뒤로 빼자 그의 입꼬리가 부드럽게 휘었다. 그 광경을 몰래 훔쳐보던 애리는 알 수 없는 긴장감에 손끝이 저리는 느낌이 들었다. 남자가 여자의 어깨 아래로 흘러내린 머리카락을 손에 쥐고 자신의 코로 가져갔다. 잔향이 좋다는 듯 고개를 끄덕이고는 여자의 맨 어깨에 닿은 머리카락을 정리해 준다. 그 모든 것들이 물 흐르듯 지극히 자연스럽다. 지켜보고 있던 애리조차도 위화감을 느끼지 못할 만큼 모든 것이 당연해 보인다.

그때 시선을 눈치챘는지 해준이 애리를 똑바로 바라봤다. 망설임 없는 눈빛에 멍하니 있던 애리는 황급히 시선을 미끄러뜨리며 작게 숨을 몰아쉬었다.

그래……. 도무지 끼어들 수 없을 거라고 생각했던 서도윤과 최우현 사이의 틈을 찾았다.

쇼가 끝나고 가수들의 축하 공연이 이어지자 우현은 재빨리 백을 챙겨 자리에서 일어났다. 남들이 쳐다보거나 말거나, 수군거리거나 말거나 자기 멋대로 행동하는 저 인간 때문에 40분 남짓 시간 동안 정말 불편해서 환장하는 줄 알았다.

"우리 아직 할 이야기 있잖아."

해준이 그녀의 손목을 잡아 다시 앉히며 말했다. 눈이 마주치자 해준이 의기양양한 표정으로 웃었다. 우현은 인상을 쓰며 팔을 비틀어 그에게 잡혀 있는 손목을 빼냈다. 그의 손을 볼 때마다 가슴 한구석이 울렁거렸다.

오늘 런칭 행사에 김해준이 참석한다고 해서 샵에서부터 오는 내내 뭐라고 따질까 외워 왔다. 하지만 쇼 내내 김해준 하는 짓을 보니 도무지 어떻게 해야 할지 감이 잡히지 않았다. 원 나잇 하고 내뺀 주제에 뭐가 이렇게 당당해?

"스케줄 확인했어. 주말엔 연습 없다고."

해준이 우현이 앉아 있는 소파의 등받이에 팔을 걸치며 그녀의 귓가에 속삭였다. 우현이 슬쩍 피하자 남자는 음악 소리가 너무 커 귀가 아프다는 제스처를 취했다.

행사장에 들어서는 순간부터 지금까지 남자는 쉬지 않고 그녀를 도발해 왔다. 살짝 스치는 어깨, 시선을 돌릴 때마다 마주치는 눈, 향수를 뿌리며 불쑥 다가왔을 때는 심장이 바닥에 나뒹구는 줄 알았다.

남자에게선 상쾌하면서도 무겁지 않은, 스모키한 향이 났다. 그날 밤, 그 팔에 안겼을 때 맡았던 것과 같은, 남자의 길고 큰 손이 내 몸을 더듬었을 때 느꼈던 향. 무방비하게 있던 우현의 코끝에 남자의 향이 닿는 순간 그녀는 느닷없이 점막이 스치고 체액이 섞이고 살이 맞닿던 감각이 떠올랐다.

미친 게 아닐까. 왜 이렇게 오감이 자기 마음대로 반응하는지 모르겠다.

"도망가 놓고는."

우현은 그를 향해 몸을 돌려 앉으며 무표정하게 말했다. 심상치 않은 분위기를 느꼈는지 행사장 안에 있던 사람들이 둘을 힐끔거리는 것이 느껴졌다. 쇼 내내 해준이 자신에게 장난치던 것, 여기 있던 모든 사람이 봤으니 소문 날 것은 불 보듯 뻔했다. 아니, 이미 카톡 지라시 타고 오만 사람들 다 알고 있을지도 모르지.

우현은 해준이 앉은 방향으로 다리를 꼬아 앉았다. 이브닝 샌들 밖으로 드러난 그녀의 발가락이 남자의 정강이를 살짝 건드렸다.

"호텔비 80만 원 좀 넘게 나왔어. 반 내놔."

우현이 결연하게 말하자 해준이 옅게 미소를 지었다.

"엄밀히 따지자면 도망간 쪽은 내가 아니라……."

해준이 무어라 말하다 말고 인상을 구기며 맞은편 여자를 향해 손가락을 까딱거렸다. 그러자 여자가 황급히 휴대폰을 테이블 아래로 숨겼다. 몰래 사진이라도 찍고 있었던 모양이었다.

"오늘 밤."

해준이 말을 길게 늘이며 그녀를 바라봤다.

"같이 있고 싶어."

자신의 욕망을 가감 없이 드러낸다. 나른하고 색정적인 목소리. 지나치게 선명하고 노골적인 유혹이다.

"오늘은 내가 낼게."

남자의 손가락이 그녀의 손을 옭아맸다.

"괜찮지?"

해준이 그녀의 손가락을 부드럽게 더듬으며 물었다. 야릇한 감각에 우현은 기분이 이상해졌다.

"응?"

그가 재차 되묻자 우현은 무언가에 홀린 듯 대답하려 입술을 달싹였다.

그러다 퍼뜩 정신을 차리며 남자의 손을 뿌리쳤다.

"됐어. 관심 없어."

여기 더 있다간 완전히 그에게 넘어가 버릴 것 같다는 불안감에 그녀는 몸을 일으켜 자리를 피했다. 갑자기 갈증이 나 웨이터에게 다가가 차가운 탄산수를 요청했다. 웨이터는 샴페인을 권했지만 거절했다. 불편한 자리에서 술은 절대 금물이다.

한 잔을 다 비웠지만 잔뜩 마른 입안을 적시는 정도에 불과했다. 심장이 쿵쿵 요란하게 뛰자 우현은 심호흡을 하며 고개를 들어 무대 위, 천장에 매달린 미러볼을 바라봤다. 점점이 흩어진 사이키 조명이 어지러이 공간을 채웠다. 현란한 빛의 향연. 순간, 현기증이 나 눈을 감았다. 잊으려 했던 기억들이, 조각나 흩어져 있던 감각이 어느새 되살아나고 있었다.

우현이 잠깐 자리를 비운 사이 누군가가 해준의 옆자리에 앉아 그에게 말을 붙이고 있었다. 브랜드 런칭이 어쩌고저쩌고. 꽤 예쁘게 생겼지만 우현도 모르는 얼굴인 걸 보면 연예인은 아닌 것 같았다. 그러거나 말거나. 이제 이 아수라장을 슬슬 뜨고 싶어 우현은 시간을 확인했다.

이제 겨우 8시를 조금 넘긴 시간. 10시까지는 파티장에 머무르겠다고 브랜드 업체와 따로 계약 옵션을 넣었다고 들었다. 별 거지 같은 옵션이 다 있다고 우현이 투덜거리자 정 실장은 인기 많아서 그런 거라고, 이 기회에 유명인들과 인맥을 쌓는 것도 좋은 기회일 거라며 미묘한 미소만 지을 뿐이었다. 운동선수가 이런 파티에서 누군가와 친해져 봤자 연예인 아니면 돈 많은 집 자식들밖에 더 있나. 아니, 굳이 친해질 필요가 있나. 걔들이 내 훈련 대신해 줄 것도 아닌데.

DJ의 공연은 한껏 무르익어 갔다. 슬슬 취기가 오른 사람들을 둘러보다 우현은 슬쩍 자리에서 일어났다. 구석진 곳에서 진하게 키스를 나누고 있는 남자와 여자를 지나치자 VIP 룸 안쪽에선 야릇한 소리가 들려왔다. 향락의 밤이 시작되고 있었다.

시끄러운 음악 소리 때문인지 마구 뒤섞인 향수 냄새 때문인지 정신이 없었다. 붉은 카펫이 깔린 복도를 따라 걷자 유리문 너머로 풀장이 보였다. 간신히 시야만 구별 가능할 정도로 조명이 어둡고 인적은 드물었다. 오늘은 오픈을 하지 않은 것인지 청소를 한 흔적이 남아 있었다. 저기 어디 앉아서 스마트폰으로 게임이나 하면서 시간 죽이다 조용히 사라지면 되겠지. 우현은 고개를 끄덕이며 풀장으로 나갔다.

실외로 나가자 후텁지근한 공기가 피부에 엉겨 붙었다. 열대야인가. 뜨끈한 공기가 차가운 에어컨 바람으로 식은 몸을 감쌌다. 한 걸음씩 옮길 때마다 짙은 풀 내음이 코끝을 찔렀다. 풀장의 담벼락을 장미꽃이 감싸고 있는 구조였다.

조도가 낮은 텅스텐 조명 아래, 붉은 꽃 뭉치가 더운 바람이 불 때마다 흔들렸다. 우현은 흰 커튼이 드리워진 방갈로에 걸터앉았다. 몇 번, 심호흡을 반복하자 실내의 차가운 공기와 마구잡이로 뒤섞인 향기에 취한 머리가 한결 가벼워졌다.

그녀는 샌들의 버클을 풀어 하이힐을 벗었다. 매끈하게 빠져 고양이 발톱 같은 핀힐과 굳은살과 상처로 뒤덮인 발을 보자 저절로 신음이 나왔다. 펜싱은 스텝 싸움이다 보니 훈련을 하다 보면 발목의 피로도가 굉장히 높아졌다. 경기 중 접질리는 일은 다반사. 때문에 평소에는 최대한 발목에 무리가 가지 않도록 신발부터 신경 써야 했지만…… 그렇다고 드레스에 운동화를 신을 수는 없어 늘 이 모양이다.

가볍게 발목 스트레칭을 하고 휴대폰을 집어 들었다. 무슨 게임을 할까 어플을 보는데 모르는 번호로 전화가 왔다. 거절. 또 온다. 또 거절. 그러자 문자 메시지가 왔다.

[나 김해준. 전화 받아.]

싫은데.

또 전화가 오자 우현은 휴대폰을 무음으로 바꿔 버렸다.

그때였다.

"뭐야, 한참 찾으러 다녔잖아."

방갈로의 커튼을 걷으며 한 남자가 얼굴을 내밀었다.

대명 둘째 아들. 이름은 기억이 나지 않았다.

"내가 너 붙잡아 달라고 여기다 뿌린 돈이 얼마인데."

망할. 그제야 생각났다. 이 행사, 대명 계열사 코스메틱 브랜드다.

"너 김해준이랑 거하게 뒹굴었다며? 왜, 걔 네 계좌에 10억 꽂아 줬어?"

한번 섹스하고 싶다길래 10억 내놓으라고 퇴짜를 놓았던 그 새끼였다.

CF와 화보를 하도 찍어서 사람들이 까먹는 것 같다.

최우현은 국가 대표 출신이다. 그냥 국가 대표도 아니고 세계 랭킹 1위, 올림픽 메달리스트, 펜서Fencer들 사이에서 리빙 레전드Living legend라는 소리를 듣는 사람. 심지어 펜싱이다. 리듬체조나 수영 같은 것이 아니라 무구武具, 사람 죽이는 검 휘두르는 종목.

우현은 빠르게 몸을 굽혀 자신을 덮쳐 오는 남자를 피했다. 술에 취해 눈이 풀린 게 제정신이 아닌 것 같았다. 일반인치고는 운동 좀 한 날렵한 몸놀림이었지만 우현이 피하지 못 할 정도는 아니었다. 한참 동안 우현을 잡으려 애를 쓰던 남자가 숨을 몰아쉬며 그녀를 노려보았다. 눈빛이 적당히 하고 물러설 것 같지 않았다.

"술 많이 취한 것 같은데, 그만하시죠. 시끄러워지면 피차 곤란할 텐데."

우현이 클러치에서 끈을 꺼내 머리를 올려 묶으며 말했다.

"야, 그냥 한번 대 주기만 하면 될 텐데 뭘 그렇게 비싸게 굴어?"

남자가 빈정거리듯 말하자 그녀의 미간이 일그러졌다.

"말귀 더럽게 못 알아듣네. 너한테 대 주기 싫다고."

"생부 뒤통수 까려는 사생아 새끼랑은 잘도 붙어먹어 놓고?"

남자의 말에 우현이 고개를 갸웃했다. 김해준 사생아였나. 차마 거기까지 프로필을 파악하지는 못했다.

"걘 잘생겼잖아."

우현은 말끝을 흐리며 빠르게 주변을 훑어보며 손에 잡을 만한 것을 찾았다. 구석에 놓여 있던 대걸레 자루가 눈에 들어왔다.

"뭐?"

"넌 못생겨서 싫다고. 꼭 직접적으로 말을 해야 알아들어?"

우현이 어깨를 으쓱하며 덧붙이자 남자가 열이 받았는지 어이가 없다는 듯 헛웃음을 지었다.

그러더니 곧장 그녀에게로 달려들었다.

우현은 주저하지 않고 빠르게 몸을 틀어 미리 봐 둔 자루를 움켜쥐고 발로 밟아 걸레와 분리를 했다. 남자가 다시 달려들려 하자 오른손으로 사브르 검을 쥐듯 자루를 잡고 뻗었다. 그제야 위기감을 느꼈는지 그가 몸을 뒤로 빼며 거리를 벌렸다.

"그냥 어울리는 애들이랑 놀다 조용히 집에 가는 게 어때?

본부장님이 자자 그러면 바로 따라 나설 여자 얼마든지 많을 텐데."

위협하듯, 우현이 마르쉬Marche(전진 동작) 자세를 취하자 남자가 달려들려다 다시 뒷걸음질을 치며 말했다.

"화보 봤어. 너 맛있게 잘 빠졌더라."

멋있게도 아니고 맛있게래. 진짜 뇌를 까 보면 여자와 섹스밖에 없을 새끼다.

"칭찬이지? 그거 참 감사하네."

우현이 싱긋 웃으며 대꾸했다. 이제 국가 대표 아니니까 사람 좀 팬다고 자격 박탈되고 징계위원회 열리고 그러진 않을 것 같은데, 몇 대 패고 싶었다.

"요즘 너 따먹으려는 새끼들 드글드글한 건 알아? 별미라고."

"운동만 해서 맛없을걸."

"속살은 쫀득하겠지. 착착 감기면서."

남자가 입맛을 다시며 다시 다가오려고 하자 우현이 그의 쇄골 부분을 내리 찔렀다. 슬쩍 뻗기만 했는데 꽤 아픈지 그는 무어라 욕을 하며 찔린 부위를 손으로 매만졌다.

"가까이 오지 마."

"야, 앙탈도 그 정도면 오버야. 거기서 더 해 봤자 네년 몸값 오를 거 같아?"

저런 새끼들 때문에 이런 자리에 오면 술은커녕 물도 잘 입에 안 대는 버릇이 들었다. 혹시나 약이라도 탈까 봐, 넙죽 받아 마셨다가 다음 날 나도 모르는 사이에 호텔 방에서 깨어나는 참사는 겪고 싶지 않아서.

저 되도 않는 음담패설 들어주는 것도 지겹다. 술 마실 거면 곱게 취할 것이지 이게 뭐람.

선수촌에서 훈련하던 시절에도 어쩌다 주말에 치킨이라도 먹으러 가면 얼굴 알아보는 취객들이 시비를 걸기 일쑤였다. 성희롱은 기본, 은근슬쩍 손까지 대려고 했지만 최대한 피하느라 강하게 나가지도 못했다. 괜히 구설수에 휘말리면, 그러다 기사까지 뜨면 대표 팀 자격이 어쩌고 분란만 될 게 뻔해서 조용히 피하는 것이 최선이었다. 더군다나 지금 눈앞의 상대는 잘나가는 재벌 3세. 성질 같아서는 어디 하나 분질러 놓고 싶었지만 적당히 겁만 주고 빠져나가야겠다.

그때, 갑자기 남자가 우현에게 달려들었다. 우현이 재빨리 어깨를 내려치며 제지하려 했지만 그 전에, 남자에게 손목을 붙들렸다. 팔목이 꺾이는 순간 복부를 걷어 차여 극심한 고통이 느껴졌다.

시야가 흐릿하다. 몸을 일으키려 하자 남자가 그녀의 팔을 잡아 꺾어 방갈로의 베드로 밀어 눕혔다. 피하려고 했지만 한 발 늦었다. 우현의 몸에 완전히 올라탄 남자가 벨트 버클을 풀며 낄낄거렸다.

"별것도 아닌 년이……."

맨다리로 남자의 신체 부위가 느껴지자 우현은 인상을 찌푸렸다. 온몸에 소름이 끼쳤다.

버클을 푼 남자가 허벅지에 힘을 줘 우현을 꽉 붙들고는 벨트를 쭈욱 잡아 빼 그녀의 앞에 내밀었다.

"어때, 손 묶고 할까?"

역겨운 술 냄새가 코끝을 찌른다.

분명 아직 파티장일텐데.

또다시 우현의 휴대폰이 부재중 전화로 넘어가자 해준은 욕지거리를 내뱉으며 빠르게 복도를 걸었다. 차마 룸마다 다 열어 볼 수는 없는 노릇이라 환장할 것 같았다. 우현이 술을 마셨던가. 아니, 탄산수 한 잔 정도 마셨던 것 같다. 술에 취하진 않았다는 게 다행이라면 다행이다.

많고 많은 행사 중 굳이 이걸 고른 것은 이 브랜드가 대명 계열사의 브랜드이기 때문이 컸다. 이재선이 흘려 말한, 우현이 하룻밤 화대로 10억을 요구했다던 그 대명.

대명의 둘째가 일은 제법 하지만 여자를 너무 밝힌다는 이야기 들은 기억이 났다. 좀 뜬다 하는 애들 불러 하룻밤 거하게 놀고 현금 쥐여 주는 게 취미라던 것도. 생각이 거기에 미치자 갑자기 불안감이 엄습했다.

주변을 두리번거리고 있는데 먼 곳에서 한 여자가 비틀거리며 뛰어오는 것이 보였다. 그러고 보니 여자가 온 쪽, 풀장은 둘러본 기억이 없었다. 어디부터 찾아봐야 할까. 바깥쪽 룸, 그리고 풀. 고민을 하고 있는데 어딘가 불안정해 보이는 여자가 해준의 얼굴을 확인하고 그를 잡아 세웠다.

"최우현……. 최우현 찾아요?"

낯이 익은 여자였다. 어디서 봤더라.

"네."

해준이 짧게 대답하며 여자를 바라보았다. 단정하게 생긴 여자, 애리는 무엇을 봤는지 놀란 얼굴로 손을 가늘게 떨고 있었다.

"지금 풀장 쪽에 있어요. 위험해 보여서, 나 혼자는 안 될 것 같아서 사람 부르려고 했는데……."

해준은 애리의 말을 끝까지 듣지 않고 급하게 그녀가 가리킨 방향으로 뛰었다.

"내가 말했을 텐데."

우현이 마대 자루로 바닥에 널브러져 있는 남자의 어깨를 툭, 치며 말했다.

"더 다가오면 네놈 어깨뼈를 아작 내 줄 거라고."

"아악!"

우현이 어깨를 건드릴 때마다 남자가 고통스러워하며 끙끙 앓는 소리를 냈다. 꼴이 우스웠다. 허벅지에 걸쳐진 바지와 드로어즈, 흉물스러운 아랫도리를 내놓고도 남자는 자기 몸 하나 가누지 못하고 숨을 컥컥 몰아쉬며 어깨를 붙들고 몸부림을 쳤다.

"아, 엿 됐다."

우현이 짜증스럽게 투덜거렸다. 강간 미수라고는 하지만 재벌 3세를 반 죽여 놨으니 조용히 넘어가긴 글렀지 싶었다.

어쩌지, 하다가 방갈로 한쪽에 뒹구는 휴대폰을 챙겨 동영상 녹화를 작동시켰다. 그때 남자가 숨을 헐떡이며 몸을 일으켜 우현에게 달려들려 하였다. 무어라고 중얼거리는 꼴이 욕지거리를 내뱉는 것 같다. 내용은 뻔했다. 상스러운 욕과 음담패설이 섞인, 결국엔 네년 매장시키고 말 거라는 협박. 우현은 마대 자루로 남자가 움직이지 못하게 분질러 놓은 쇄골을 꾸욱 눌렀다.

"으아악!"

사람 패서 은퇴하게 되는 꼴은 우현이 그린 미래가 아니었는데 그렇게 될 것 같았다. 역시 이민을 알아봐야 하나.

휴대폰의 플래시를 켜자 남자의 꼬락서니가 적나라하게 녹화되었다. 고통에 눈물과 침으로 엉망이 된 얼굴부터 덜렁거리는 어깨, 내려간 바지춤과 속옷, 그리고 털이 부숭부숭한 허벅지와 흉측한 하반신까지. 영상을 찍고 있는 것을 눈치챘는지 남자가 허겁지겁 몸을 가리려 하자 우현은 종료 버튼을 누르고 시현에게 곧장 전송했다. 영문도 모르고 멋지지도 않은, 살덩어리 남자 나체 영상을 봐야 할 동생의 안구 건강이 걱정되긴 했지만 어쨌든 보험은 보험이니까.

그때였다.

"최우현."

우현은 익숙한 목소리가 들려온 곳으로 시선을 옮겼다. 해준이었다.

급하게 왔는지 해준의 호흡이 조금 거칠었다. 나뒹굴고 있는 나체의 남자와 우현. 대충 상황 파악이 됐는지 그의 미간이 미세하게 일그러졌다.

"걱정했잖아."

"나?"

"아니, 이 새끼. 네가 죽일까 봐."

해준이 구둣발로 남자의 뺨을 툭 쳐 얼굴을 확인했다. 기억 속 대명 둘째가 맞았다.

해준은 한쪽에 뒹굴고 있는 힐을 가져와 우현에게 신겨 주었다. 반쯤 벌어진 랩드레스의 매듭을 고쳐 묶어 주고 그녀가 손에 꽉 쥐고 있는 마대 자루도 빼앗았다. 화장이 조금 번지긴 했지만 방금 쌈질을 한 여자의 몰골치고는 괜찮았다. 아니, 오히려 섹시했다.

"야, 나 망했어. 이거 어떡해?"

우현이 남자를 턱짓으로 가리키며 말했다. 이성이 있을 때는 적당히 겁만 주고 빠져나갈 생각이었는데 제대로 당하고 나니 정신을 놓고 아무런 대책 없이 거물을 두들겨 팼다.

해준은 대수롭지 않다는 듯 뒷주머니에서 카드 키를 꺼내 우현에게 건넸다.

"위에 방 잡아 뒀으니까 올라가 있어. 알아서 할게."

"그치만."

"올라가."

단호한 해준의 말에 우현이 얌전히 고개를 끄덕였다. 그래, 그래도 나보단 쟤가 낫겠지. 뭐 이런 생각이었다.

우현이 풀장을 빠져나가자 해준은 어이가 없다는 듯 헛웃음을 지었다. 공식적인 프로필로는 해준 역시 이 남자와 상대가 되지 않았다. 포토그래퍼와 재벌 3세. 게임이 될 리가 없었다.

……그럼 어쩐다.

잠시 고민하며 해준은 담배를 꺼내 물었다. 가스가 다 되었는지 라이터가 몇 번 엇나가다 간신히 불이 붙었다. 필터를 길게 빨자 매캐하고 끈적한 니코틴이 몸 안으로 퍼져 나가는 느낌이 든다.

몸 안으로 담배 기운이 돌자 빨라졌던 심장 박동이 조금씩 제 박자를 찾아갔다. 피가 모조리 발바닥으로 빠져나가는 것 같았던 아찔함, 쓰러져 있던 남자와 그 곁에 서 있던 우현을 봤을 때의 안도감을 되뇌었다. 그러곤 흰 연기를 내뱉으며 골절인 게 분명한 남자의 어깨를 꾸욱 밟았다.

"으아아악!"

남자가 비명을 지르며 몸을 웅크렸다. 대충 보니 딱 어깨만, 정확히 한 번 건드린 것 같다. 해준은 피식 웃으며 다시 한 번, 필터를 길게 빨았다. 자신이었다면 헐벗고 있는 저 아랫도리부터 처리했을 텐데.

"너……. 너 이 새끼……."

남자가 경기 일으키듯 몸을 떨었다. 한 번 더, 해준이 우아하게 걷어차자 자지러질 듯한 비명을 내지른다. 아마 이 남자는 우현의 경기를 단 한 번도 본 적이 없을 것이다. 봤다면 그 최우현에게 이렇게 덤비지도 못했을 게 분명하다.

소리를 들었는지 누군가가 풀 쪽으로 황급히 걸어오는 소리가 들렸다. 건장한 체격의 보안 요원 여럿이 풀의 조명을 모조리 켜고 안으로 뛰어 들어왔다. 해준은 담배를 눌러 끄며 보안 요원에게 손짓을 하였다. 쓰러진 남자의 얼굴과 처참한 상태를 확인한 보안 요원의 동공이 거칠게 흔들린다. VVIP의 얼굴을 알아본 모양이었다.

"이…… 이게 지금 무슨 일이…….."

"강간 미수입니다."

해준은 명쾌한 어조로 말하며 생각했다. 일단 해령에게 이야긴 해 둬야겠지. 평검사 끝발이 재벌 3세만큼은 아니겠지만 변호사가 필요할 일이 생길 수도 있으니까.

"네에?"

해준의 대답에 보안 요원이 쓰러져 있던 남자의 꼴을 보며 흠칫했다. 다른 보안 요원이 황급히 정장 상의를 벗어 남자의 아랫도리를 가려 주었다. 직급이 있어 보이는 중년의 남자가 어디론가 무전을 치고 다른 몇 명은 풀장의 입구를 막으며 공간을 폐쇄했다. 하지만 이미 어수선한 분위기를 감지하고 몰려든 파티의 참석자들 몇몇은 제각기 휴대폰 카메라를 들이대고 있었다. 프레스도 꽤 불렀을 거고……. 돈으로 막는다고 해도 말은 어떻게든 새어 나갈 것이다.

한상철 대선 후보에게도 도움을 청해 두는 편이 좋을 것 같았다. 대신 중요한 순간에 자신이 이재선 후보의 혼외자라고, 인터뷰를 하겠다 약속하면 기꺼이 막아 주겠지. CCTV야 돌려 보겠지만 대명 쪽에서 덮어 버리는 게 좋겠다는 생각을 들게 만드는 것이 중요하니까.

해준은 보안 요원을 바라보며 다시 입을 열었다.

"이 남자가 저 강간하려고 했습니다."

아무래도 게이 루머가 더 퍼질 것 같았다.

— 언니 니 돌았어?

시현이 씩씩거리며 성질을 부리자 우현은 휴대폰에서 귀를 살짝 뗐다.

— 야동에도 급이 있다고! 내 눈 썩었어.

혹시나 싶어서 영상 보내둔 걸 봤나 보다.

"어, 그래. 미안."

그걸 라이브로 본 네 언니는 어떻겠니. 우현은 넓은 침대에 누워 천장을 바라보며 대꾸했다. 올라가 있으래서 시키는 대로 했는데 괜히 해준을 곤란하게 만든 것은 아닐지, 튀고 나니 좀 신경이 쓰였다. 이래저래 방법 없기는 우현 자신이나 해준이나 마찬가지일 텐데.

"언니 오늘 친구네서 놀다 갈 거야."

— 친구야, 남친이야?

"친구. 너는 모르는 애."

— 그래 놓고 외박할 거면서. 서도윤한테 이를 거야.

"야."

— 됐어. 난 먼저 잘 거야. 끊어.

우현이 무어라 말하기도 전에 시현은 휙, 전화를 끊어 버렸다.

매니저에겐 먼저 들어가라고 해 두고 우현은 소파에 앉아 고개를 뒤로 젖히고 천장을 바라봤다. 객실 내부는 처음 머물렀던 그곳보다 훨씬 넓었다. 꽉 찬 어매니티와 서울 시내가 한눈에 내려다보이는 뷰. 그 방이 80만 원이었으면 여긴 도대체 얼마라는 소리야.

며칠을 투숙했는지 해준의 흔적이 남아 있었다. 깔끔하게 잘 걸어 둔 옷과 책상의 랩톱, 무엇인지 모를 기계들과 그 옆, 메모지에 낙서하듯 그린 여자 그림.

살짝 몸을 튼 여자가 머리를 높이 묶고 있는 그림이었다. 목덜미와 등의 근육이 굉장히 섬세하게 묘사됐다. 선으로만 이루어진 스케치인데도 무언가 분위기가 멋졌다. 예전에도 가끔 사람을 관찰하듯 뚫어져라 본다 생각했었는데 그림도 이렇게 잘 그리고, 타고난 눈썰미가 좋은 걸까.

해준을 생각하니 또 괜히 몸이 배배 꼬이고 열이 오른다. 왜하필, 여기서 만나서는. 아니, 아니다. 여기서 해준을 만난 게 다행이었다. 안 그랬으면……. 수작을 걸던 남자를 떠올리며 우현은 몸서리를 쳤다.

순간, 다리에 닿았던 남자의 감촉이 떠오르자 우현은 인상을 찌푸리며 몸을 웅크렸다. 생각만 해도 소름이 끼쳤다. 역시 몇 대 더 치고 올 걸 그랬나 후회가 되었다. 그깟 뼈다구 하나 분지르나 두 개 분지르나 어차피 상해죄인데.

그러고 보니 시간이 꽤 지난 것 같은데도 아직 해준은 감감

무소식이었다. 전화가 왔던 번호로 메시지를 보내도 답이 없었다. 아무래도 일이 복잡해지는 것 같다.

우현은 벌떡 몸을 일으켜 앉아 자신의 몸을 살펴보았다. 손목을 보니 남자에게 잡혀 꺾이는 바람에 슬슬 멍이 올라오고 있었다. 또 어디를 맞았더라. 배를 걷어 차였다. 옆구리 쪽 욱신거리는 부분을 살펴보는데 원피스의 플라워 패턴에 남자의 구두 자국이 선명하게 찍혀 있었다. 이거 협찬인데 망했다. 다행히 자세를 빨리 낮춘 덕에 빗겨 맞아 배에는 따로 멍이 들거나 상처가 있지는 않았다. 우현은 도윤에게 이 정도면 전치 몇 주나 나오나 물어볼까 고민하다가 휴대폰을 집어 들고 포털 사이트에 '정당방위'를 검색했다.

형법 제21조, 정당방위 성립 요건, 정당방위 상황, 방위 의사, 상당성.

······뭔 소린지 모르겠다.

재빠르게 포기한 우현은 괜히 나대지 말고 기다리기로 결정한 뒤 다시 침대에 철퍼덕 누워 버렸다.

그러다 깜빡 잠이 든 것 같다. 의식은 깨어 있지만 몸은 잠이 든, 몽롱한 상태. 누군가의 인기척이 느껴졌다. 객실 안으로 들어온 사람은 우현을 잠시 내려다보더니 그녀의 발에 매달려 있던 샌들을 벗겨 주었다. 잠시 후, 몸이 허공에 붕 뜨는 느낌이 들었다. 이어지는 푹신한 감촉. 소파에 있을 때보다 한결 몸이 편안해졌다.

커다란 손이 그녀의 뺨을 매만졌다. 기분이 좋아 우현은 가만히 그 손길에 몸을 맡겼다. 돌아눕자 아주 가까이에서 스모키한 향기와 익숙한 체온이 느껴졌다. 곁에 누군가가 있었다. 우현은 히죽 웃으며 저도 모르게 그 품으로 파고들었다.

"속도 편하지."

그가 그녀의 귓가에 속삭였다. 그와 동시에 우현은 퍼뜩 눈을 떴다.

"깼어?"

다갈색 눈동자가 그녀를 바라보았다.

해준이다.

우현은 정신을 차리기 위해 눈을 꿈뻑거리며 물었다.

"몇 시야? 잘 해결됐어?"

해준이 눈도 잘 못 뜨는 우현을 보며 웃었다.

"잘 안 됐어? 나도 맞았는데 고소한다 그럼 정당방위라고 하면 되지 않을까. 영상도 찍었는데 합의 안 해 주면 영상 풀어 버린다고 협박하거나?"

우현이 몸을 일으켜 앉아 쭈욱 기지개를 켜며 말했다. 그러자 해준의 얼굴이 굳었다.

"맞았어?"

"응. 봐, 이거."

손목의 멍과 드레스에 흉측하게 남은 발자국을 보여 주자 해준의 미간이 일그러졌다.

"또 다친 곳은?"

"사실 제일 다친 건 내 영혼이지. 너도 봤잖아. 바지까지 다

내린 거."

우현이 소름 끼친다는 듯 몸을 살짝 떨었다. 해준은 표정이 좋지 않았다. 그녀의 손목을 잡고 살펴보고는 커다란 손으로 가볍게 감싸곤 조심스럽게 어루만졌다. 손짓이 다정해 우현은 괜히 긴장이 됐다.

"데려다줄게."

짧은 한숨을 쉰 해준이 몸을 일으키고는 지갑과 차 키를 챙기며 말했다. 우현은 피식 웃으며 다시 침대에 누워 버렸다.

"그럴 거면 방은 왜 잡았나 몰라."

우현이 중얼거리자 해준이 그녀를 바라보며 말했다.

"너 꼬시려고."

"그런데 왜 마음이 바뀌었어?"

"그런 기분 안 들 테니까."

"들면 할 거야?"

우현이 눈을 깜빡거리며 묻자 그가 아무런 말 없이 낮은 한숨을 내쉬었다.

"할래."

"최우현."

"너 그리고 또 내일 아침에 없어질 거잖아."

그녀의 말에 그의 눈빛이 깊이 가라앉았다.

우현이 입술을 꾹 깨물고는 그에게서 등을 보이고 돌아누웠다. 해준은 그녀의 곁으로 다가가 몸을 굽혀 안았다. 해준이 우현의 허리에 팔을 두르고 어깨에 입을 맞추며 조용히 속삭였다.

"미안."

"뭐가 미안해? 10년 전에 말도 없이 사라진 거? 아님 섹스하고 다음 날 말도 없이 가 버리고 연락 두절된 거?"

"그런 거 아니야."

"아니긴 뭐가 아니야. 대명인지 그 또라이 새끼보다 네가 더 나빠. 너 진짜 재수 없어."

우현이 심통을 부리며 투덜거리다가 벌떡 몸을 일으켜 해준의 몸에 올라탔다. 우현이 양팔을 들어 헝클어진 머리카락을 정리하며 그를 내려다보았다. 조도가 낮은 미약한 조명이 그녀의 몸을 타고 흘러내린다.

아주 잠깐, 해준의 시선이 벌어진 랩드레스 사이로 드러난 가슴골에 머무르다 미끄러진다.

우현이 그의 손을 잡아 자신의 뺨으로 끌었다. 아주 잠깐 해준은 알 수 없는 눈으로 그녀를 바라보고는 더운 한숨을 내쉬었다.

손쉽게 유혹에 넘어간 그가 그녀의 목덜미에 입을 맞추었다. 시작은 부드러웠다. 가볍게 입술이 지나가다가 점점 혀가 농밀하게 움직였다. 살결을 맛보듯 핥다가 깊게 흡입하자 야릇한 고통과 쾌락이 서서히 발끝에서부터 올라왔다. 목덜미로 쏟아지는 남자의 뜨거운 숨결에 오감이 예민해진다.

우현은 팔로 그의 어깨를 안으며 질끈 눈을 감았다. 닿은 곳으로 느껴지는 남자의 근육 잡힌, 잘 빠진 몸은 그 자체로도 매혹적이었다. 목덜미를 물자 그녀가 작게 몸을 떨었다. 분명 유혹한 것은 우현 자신인데, 흡사 짐승에게 습격당한 기분이었다. 빨리고 물리자 저도 모르게 낮은 신음이 새어 나왔다.

해준의 손이 능숙하게 가슴 아래, 랩드레스의 매듭을 풀어냈다. 남자는 손이 참 예쁘다. 크지만 부담스럽지 않고 곧고 매끈하다. 그 손이 움직일 때마다 침대 시트와 드레스가 스치는 소리가 들렸다. 눈을 감은 채 우현은 남자가 수월하도록 허리를 살짝 들었다.

옷 벗는 소리를 이렇게 생생하게, 온 신경을 다 집중해 들어 본 적이 있었던가.

고정되어 있던 끈이 풀리자 우현의 몸을 감싸고 있던 드레스가 순식간에 벗겨졌다. 속살에 차가운 공기가 닿자 한기가 들었다.

"아, 이거 협찬인데 망했어."

우현이 생각났다는 듯 말했다.

"클리닝 맡기면 티 안 나겠지?"

그녀의 말에 그가 무심히 대꾸했다.

"사 줄게."

"뭐어?"

"잘 벗겨져서 마음에 들어."

그러면서 해준이 그녀의 목덜미에 코를 박고 깊게 숨을 들이마셨다.

"향수 바꿨어?"

바꾼 걸 안다는 건 이전에 쓰던 향도 기억한다는 건가.

"응."

"어울려."

해준은 대수롭지 않다는 듯 말하며 벗겨 낸 드레스를 옷걸이에 걸어 두었다. 깔끔한 성격이네. 우현은 침대에 몸을 웅크리며 그가 하는 양을 바라보았다. 꿈을 꾸는 것 같았다. 분명 오늘 아침에도 웨이트 트레이닝을 하면서 혼자 결심했었다. 하룻밤 남자에 의미 두지 말자고. 독한 걸로 치면 선수촌 TOP 3에 들 정도로 유명한 최우현이 이렇게 무방비하게, 아무렇지도 않게 넘어가고 만다. 그래…… 이건 다 해준 때문이다. 지나치게 잘생겨서, 유혹한 것 같지만 사실은 당한 거다.

우현이 다가오라는 듯 해준에게 손짓을 했다. 남자가 몸을 굽히자 그녀가 손을 뻗어 그의 허리를 안았다. 남자의 뜨거운 체온과 긴장으로 탄탄해진 근육이 느껴졌다. 옷을 입고 있어도 느껴지는 잔근육들이 그녀와의 접촉 탓인지 서서히 날을 세우고 있었다. 강렬한 성적 욕망이 느껴졌다.

도통 속마음이 짐작되지 않는 남자다. 밤을 보낸 다음 날 혼자 남겨 두고 갈 정도로 냉정하고 그 후 연락 한 번 없던 사람. 하지만 또 곤란할 때 자리를 피하게 하고 자신을 최우선으로 보호해 주는 것을 보면…… 통 모르겠다. 분명 오늘도 그냥 한 번 건드려 보는 걸 거야. 그러니까 이건 아무것도 아니다. 다음은 기약 못 할 하룻밤의 만남일 뿐. 그러니까, 즐겨야지.

우현은 천천히 해준의 셔츠 단추를 풀기 시작했다. 얇은 드레스 셔츠 너머 느껴지는 남자의 체온은 충분히 뜨거웠지만 그녀에겐 아직 부족했다. 여자의 손이 계속 미끄러지자 남자가 몸을 일으키고 직접 옷을 벗었다. 잠시 후, 사락거리는 소리와 함께 셔츠가 침대 아래로 떨어진다.

우현이 해준의 맨몸을 보고는 희미하게 웃었다. 시야에 들어오는 광경만으로도 가슴 한구석에서 조급함이 밀려오기 시작했다. 핏대가 선 목과 곧게 뻗은 쇄골과 넓은 어깨, 매끈한 복근과 장골까지. 깎아 놓은 것처럼 아찔한 남자의 몸을 보며, 그녀는 저도 모르게 입술을 핥았다.

사실 계속 상상하고 갈구했다. 남자가, 날 만지고 안아 주길.

해준이 몸을 숙이고 양손으로 그녀의 뺨을 감쌌다. 곧이어 입술이 겹쳐졌다. 우현은 조심스럽게 남자의 입술을 핥았다. 혀끝에 닿는 감촉이 부드럽고 달았다. 녹아내릴 것 같았다. 남자의 아랫입술을 깨물자 그의 잇새로 더운 숨결과 낮은 신음이 흘러나왔다. 가늘게 몸을 떨던 남자가 그녀의 브래지어 호크를 끌러 내고 가슴을 움켜쥐었다. 해준은 뻐근할 정도로 가슴을 꽉 움켜쥐더니 손가락으로 유두를 희롱했다.

길고 곧은 남자의 손이 가슴을 꼬집었다가 비틀 듯 돌리다가 달래 주듯 훑어 내렸다. 온몸이 오그라드는 것 같아 그녀는 발가락에 힘을 꾹 주었다. 아픈데, 기분 좋다. 방심한 사이 남자의 혀가 그녀의 입안으로 들어왔다. 타액이 섞이고 혀가 뒤엉켰다.

턱이 뻐근할 만큼 격렬한 키스가 꽤 오랜 시간 이어졌다. 그는 신음이 나올 만큼 세게 그녀의 입술을 깨물었다. 좀 더, 우현의 입이 벌어지자 해준은 그녀의 입안 가득 자신을 밀어 넣고 깊게 파고들어 마구 헤집어 댔다. 전부 다 먹어 치울 것처럼 세게 빨아들이다가 한 발 물러서며 입안을 부드럽게 핥아 애무하기를 반복했다. 우현의 호흡이 가빠지고 점점 시야가 아득해졌다. 섹스 같은 키스에 그녀의 몸이 한껏 달아올랐다.

우현은 해준의 어깨를 더 강하게 안았다. 가슴속 공허함이 차오르는 기분. 피부와 피부가 맞닿자 남자의 열기가 고스란히 살갗으로 느껴졌다. 안도감이 밀려왔지만 아직 이 불안감을 몰아내기에는 모자랐다.

우현은 반쯤 몸을 일으키고 남자의 팬츠 라인으로 손을 가져갔다. 배꼽 아래, 탄탄한 복근을 더듬다가 벨트 버클을 풀어내자 그의 눈이 조금, 커졌다. 하지만 여자는 손이 빨랐다. 남자가 제지할 틈도 없이 드로어즈 안으로 거침없이 파고 들어간 여자의 손이 그의 남성을 조심스럽게 감싸 쥐었다. 남자의 얼굴에 당황스러운 기색이 스쳤다.

"하지 마."

남자가 이를 악물고 말하며 몸을 틀어 빼내려고 했지만 여자는 순순히 놓아주지 않았다. 그녀가 손에 힘을 주자 남자가 인상을 쓰며 여자의 어깨를 꽉, 움켜쥐었다. 아, 이거구나. 여자의 입매가 마녀처럼 휘었다. 그녀가 조심스럽게 애무했다. 점점 강도를 올려 꽉 조였다가 서서히 풀어 주기를 반복하자 점점 그의 욕망이 단단하게 부풀어 올랐다. 서툴렀던 손놀림이 빠르고 격렬해졌다. 그러면서도 여자의 시선은 남자의 얼굴에 고정되었다. 그녀는 자신에게 반응하는 남자를 흥미롭다는 듯 관찰했다.

남자가 뜨거운 숨을 몰아쉬며 여자의 어깨를 밀어냈다. 하지만 우현은 히죽 웃으며 몸을 일으키고는 남자를 잡아 눕혔다. 둥글게 말아 쥐고 힘을 주었다가 풀고 다시 조여 대며 쓸어 올리자 남자가 욕설을 내뱉으며 허리를 들썩였다. 크고 단단하고 뜨겁다. 노골적인 남자의 신음 소리와 적나라한 욕망이 말로 표현 못 할 정도로 색정적이다. 남자의 숨결이 뜨거워질수록, 거칠어질수록 그녀의 심장 박동도 덩달아 빨라진다.

"그만해."

"왜?"

"하지 마."

갈수록 격렬해지자 해준이 그녀를 떼어 내며 간신히, 쥐어짜듯 말했다. 우현은 똑바로 그를 바라봤다. 남자의 눈동자에는 수많은 것이 담겨 있었다. 뜨거운 욕망과 흥분, 당황, 그리고…… 그녀는 차마 읽어 내지 못한 감정까지. 복잡하게 뒤섞여 혼재된 감정들이 남자의 눈 안에서 일렁거렸다.

그때 결심했다는 듯 해준이 그녀의 허리를 거칠게 잡아채 자신의 몸 아래에 가두었다.

"난 해 주는 쪽이 더 좋아."

해준이 낮게 중얼거리며 우현이 옴짝달싹하지 못하게 내리눌렀다. 배가 맞붙고 다리로 해준의 체온이 느껴지자 몸이 녹아내릴 것처럼 젖어 들기 시작했다. 바로 몇 시간 전 느꼈던 불

쾌감과는 달랐다. 야릇한 감각이 온몸을 타고 흐른다. 처음은 아무것도 모른 상태였지만 두 번째 밤은 그 끝을 알기 때문에 더욱 짜릿하다.

해준이 그녀의 양 가슴을 받치고 천천히 주무르며 애무했다. 엄지와 검지로 유두를 자극하며 그녀의 얼굴을 살폈다. 우현이 고개를 숙이자 남자가 아프게 꼬집으며 손아귀에 힘을 주었다. 찌릿한 쾌감과 야릇한 통증에 여자의 눈에 눈물이 고인다. 다음 날 도망가는 건 무슨 경우냐고 따져야 되는데 몸이 마법에 걸린 것처럼 꿈쩍도 하지 않는다. 아니, 그게 무슨 소용인가 싶었다. 섹스만 하는 사이인데. 이거면 됐지.

남자가 선사하는 황홀한 감각에 정신이 아득해져만 간다. 하지만 만지는 것만으론 부족했다. 남자는 그녀의 마음을 아는지 모르는지 손으로만 자극할 뿐이었다.

"왜?"

그녀의 아쉬움을 읽은 걸까. 남자가 혀로 자신의 입술을 핥으며 웃었다.

"부족해?"

뻔히 알면서.

남자가 고개를 숙여 그녀의 귓바퀴를 핥으며 속삭였다.

"말해 봐. 어떻게 해 줄까?"

수치심에 우현이 홱 고개를 들어 해준을 노려봤다. 그가 입꼬리를 길게 늘이며 미소를 지었다.

악마 같다.

그럼에도 불구하고.

"……빨아 줘."

그녀의 말에 그가 작게 키득거렸다. 우현은 어쩐지 해준에게 지는 것 같아 분했다. 그냥 아까 놔주지 말걸. 이상한 후회가 그녀의 뇌리를 스쳤다.

해준의 입술이 그녀의 유두를 머금고 쪽 소리가 나게 빨아들였다. 가슴에서 시작된 쾌감이 이내 서서히 온몸으로 퍼져간다. 뜨끈한 혀가 감질나게 유륜을 핥으며 원을 그리다가 거칠게 가슴을 희롱했다. 뭉클한 그의 혀가 유두를 핥을 때마다, 깊게 흡입해 빨아들일 때마다 그녀는 목 아래에서 터져 나오는 신음을 간신히 삼켰다.

"앗!"

그가 이를 세워 가슴을 깨무는 순간 찌릿한 무언가가 그녀의 몸을 관통했다. 달콤한 고통에 우현은 뜨거운 숨을 내뱉으며 해준의 어깨를 잡고 있는 손에 힘을 주었다. 고통스럽지만 아찔했다. 수치심과 쾌감이 엉망진창으로 뒤섞인다. 남자의 혀가 달래듯 그녀의 유두를 부드럽게 핥아 내리자 점점 그녀의 숨이 가빠진다. 발끝에서부터 시작된 황홀한 통증이 온몸을 돌아다닌다. 줄어들기는커녕 남자가 선사하는 자극에 잔뜩 민감해져 더한 것을 갈구한다. 기다렸다는 듯, 남자가 팬티를 끌어내렸다. 속옷이 허벅지를 지나 종아리 아래로 내려가자 그녀가 움찔 몸을 떨었다.

해준이 침대 옆 테이블에 던져 둔 콘돔을 꺼내 씌우고는 그녀의 허벅지를 잡아 벌렸다. 여자는 이어질 고통과 쾌락을 예측하며 꾹 입술을 깨물었다. 하지만 남자는 더 이상 움직이지 않았다.

더 들어와 줬으면 좋겠는데.

주저하던 그녀가 입을 열었다.

"왜?"

"뭐가?"

해준이 되물었다. 순간, 조바심 나게 뜨거운 남자의 분신이 그녀의 입구를 살짝 스치는 느낌이 들었다.

"어, 음."

그녀가 말끝을 흐리다가 물었다.

"왜 안 하냐고."

"뭘?"

장난하나.

남자는 교묘하게 여자의 허벅지에 자신의 몸을 문질렀다. 애태우듯 그가 그녀의 허벅지를 슬쩍 찌르고 달아났다.

"봐. 잘 안 돼."

해준의 말에 누워 있던 우현이 고개를 들어 아래를 바라봤다. 잔뜩 성난 그가 자신의 안에 몸을 묻으려 꿈틀거리는 광경이 적나라하게 보였다. 이상하다, 남자가 혼잣말을 하며 고개를 갸웃하더니 그녀의 다리 사이로 손을 가져갔다. 손가락이 몸 안으로 들어가자 우현의 어깨가 들썩였다.

"여기 맞지?"

남자의 물음에 그녀는 얼굴을 붉히며 고개를 끄덕였다. 그가 손가락을 세워 내부를 긁자 그녀가 신음 소리를 흘리며 입술을 깨물었다. 그는 다른 손으로 그녀의 다리를 부드럽게 쓸어 내렸다. 여자는 허벅지 안쪽이 유난히 민감했다. 밖에서부터 안까지 쓸어내리고 완전히 다리를 벌리게 하자 그녀가 숨을 참으며 고개를 옆으로 돌려 버렸다.

"아닌가."

당혹스러움을 가장하며 그가 손으로 그녀의 내부를 자극했다. 여자가 허리를 들썩이며 얼굴을 붉혔다. 그럴수록 남자의 손가락은 집요하게 그녀의 성감대를 누르고 문지르며 희롱했다.

"맞아, 아니야?"

"응…… .아웃, 응……. 맞아."

여자의 내부가 강하게 수축하며 그의 손가락을 집어삼킬 듯 조여 왔다. 축축하게 젖은 여자의 안은 당장이라도 그를 받아 낼 준비가 되어 있었다.

"안 되겠어. 니가 해 봐."

그의 말에 그녀가 몸을 움직여 서툴게 남자를 인도했다.

"여기."

"확실해?"

"응."

"아닌 거 같은데."

"맞다니까아……."

여자가 몸을 맞추며 그의 허리를 안아 천천히 자신의 하체

쪽으로 끌어당겼다. 천천히 살이 갈라지고 이물감이 느껴졌다. 그 순간, 남자가 허리를 강하게 밀어 붙이며 단번에 여자의 끝까지 자신을 욱여넣었다. 갑작스러운 삽입에 놀란 그녀의 입이 크게 벌어졌다.

남자가 무어라 중얼거리는 소리가 들렸다. 아마도 욕.

"야, 너 나 놀린 거지!"

그녀의 말에 그가 약 올리듯 어깨를 으쓱하는 시늉을 했다.

처음엔 다정했으면서 오늘은 왜 이렇게 심술을 부리는 걸까.

남자는 몸서리쳤다. 여자의 내부에 들어서자 말 그대로 미칠 것 같았다. 빨려 들어가는 느낌. 여자는 그를 꽉 붙들고 놔주지 않을 것처럼 엉겨 붙고 금방이라도 집어삼킬 것처럼 조여왔다. 이대로 그녀에게 먹히는 것은 아닐까 덜컥 두려워질 만큼 쾌감은 끝도 모르고 부풀어 차오른다. 터질 듯, 말 듯, 애간장을 태우며 그를 집어삼킨다.

그녀의 몸이 이질감에 딱딱하게 긴장하는 것이 느껴졌다. 아직 적응을 하지 못한 것일까. 그의 부피감에 놀란 듯 여자가 파들거리며 숨을 몰아쉬었다. 당장이라도 몸을 움직이고 싶지만 익숙해지도록 기다려 줘야 할 것 같았다.

그는 침대 헤드에 기대앉아 여자를 마주 보도록 앉히고 뜨거운 숨을 토해 내며 눈앞에서 흔들리는 여자의 젖가슴을 한 입 크게 베어 물었다. 혀를 움직여 유실을 건드리자 그의 어깨를 붙들고 있는 여자의 손에 힘이 들어갔다. 거세게 흡입하자 놀란 여자가 몸을 뒤로 빼려 했다. 하지만 그는 그녀의 등을 안아 단단하게 붙들고 먹어 치울 것처럼 빨아 당겼다. 이로 유두를 깨물자 여자가 손톱을 세워 그의 어깨를 할퀴었다. 통증과 쾌감은 비슷한 성질의 것이라더니. 여자가 손에 힘을 줄수록 그녀의 젖꼭지를 물고 있는 그의 턱에도 힘이 들어갔다. 도저히 안 되겠는지 여자가 몸을 버둥거렸다. 그는 가슴을 놓아주고 혀를 세워 젖꼭지를 핥았다. 단단하게 솟은 젖꼭지를 핥고 빨다가 아프도록 세게 깨물자 그녀가 더 강하게 수축하며 그를 압박한다.

순서가 잘못되었다. 오늘은 그냥 데려다주는 것이 나았다. 아니…… 뿌리치기엔 눈앞의 유혹이 너무도 컸어.

해준은 낮게 욕지거리를 내뱉으며 눈앞에 어른거리는 여자의 젖가슴을 한 손 가득 담았다. 손에 가득 차는 부드러운 감촉에, 혀끝에 닿는 살결에 뇌가 녹아내리는 것 같았다. 남자는 짐승처럼 신음하며 욕망을 토해 냈다.

혼돈이 어지럽게 흩어진다. 예상하지 못한 문제가 그의 머릿속을 어지럽혔지만 당장 앞에 놓인 쾌감에, 짙은 유혹에 생각이란 것을 할 수가 없다.

"왜……."

여자가 헐떡이며 물었다.

"너 왜 맨날 앉아서 해? 이게 좋아?"

맨날이라니. 이제 겨우 두 번째 밤인데.

"허리 아파하는 거 같아서."

해준이 손안의 가슴을 만지작거리며 대꾸했다. 우현이 아아, 말꼬리를 길게 빼며 그의 어깨에 이마를 기댔다. 언뜻 보이는 입꼬리가 올라가 있다. 공들여 애무한 덕인지 여자의 몸은 한결 부드러워졌다.

"아, 이제 괜찮아."

여자는 웃음기 섞인 목소리로 말하고는 고개를 들어 그의 귓바퀴를 깨물었다. 귀에서 시작된 찌릿한 느낌이 목덜미를 타고 아래로 흘렀다.

"너 하고 싶은 대로 해."

조용한, 악마의 속삭임.

남자는 또 한번 여자에게 지고 만다.

그가 여자를 침대에 눕혔다. 매끈하게 잘 빠진 여자의 다리를 들어 자신의 어깨에 걸치게 하고 몸을 일으켰다.

눈앞에 보이는 광경은, 말도 못 할 만큼 색정적이다.

천천히 허리를 얕게 움직이자 자신의 일부가 그녀의 몸 깊은 곳으로 사라졌다 나타나기를 반복했다. 파고들 때면 놔주지 않을 것처럼 끈질기게 조였고 빠져나올 때면 다시 갈구하듯 유혹했다.

남자는 손으로 여자의 몸을 몇 겹씩 애무하며 자극하기 시작했다. 처음에는 부드럽게 매만지다가 강하게 짓누르자 그녀가 보채듯 몸을 뒤틀며 침대 시트를 꽉 움켜쥐었다. 그럴수록 여자의 내벽은 강하게 수축하며 남자를 옭아맸다.

"괜찮아?"

그의 물음에 그녀는 대답 대신 고개를 끄덕였다. 여자의 눈동자엔 진득한 정념과 타오르는 열락이 가득했다.

시야에 가득 찬 여자의 몸. 가슴의 손자국과 그에게 물고 빨린 흰 피부가 그의 욕정을 부추겼다. 끈적한 점막을 가르고 그녀에게로 몸을 파묻을 때 등줄기에서부터 올라오는 쾌감이 미치도록 황홀했다. 결합하며 몸을 움직일 때마다 인간의 어휘로는 차마 표현하기 힘든 젖은 소리들이 귓가를 울렸다. 밀고 들어오는 박자에 맞춰 여자의 몸이 들썩였다. 늘씬하게 근육이 잡힌 여자의 다리가 뒤틀리며 그의 상체에 살을 비볐다. 남자는 여자의 다리를 부드럽게 매만지며 그녀의 발목을 깨물었다. 여자의 몸 중 가장 마음에 드는 것은 가슴, 두 번째는 다리다. 행사장에서 랩드레스의 벌어진 틈으로 보인 여자의 가슴골이, 발걸음을 옮길 때마다 언뜻 스쳐 지나가는 허벅지의 속살이 사람을 미치게 만들었다.

해준이 강하게 진입하고 튕겨 줄 듯 빠져나가길 반복했다. 그럴 때마다 붉은 립스틱이 마구 번진 여자의 입술이 뜨거운 신음을 토해 냈다. 흐느끼듯 더욱더 갈구하는 모습이 그의 욕망에 기름을 부었다.

살이 부딪히는 소음의 틈으로 빗소리가 들려왔다. 남자는 이마에서 흐르는 땀을 닦아 내며 창밖을 바라봤다. 갑자기 무섭게 비가 쏟아지고 있었다. 여기가 몇 층이더라. 밤새도록 비가 내려 세상이 잠겨 버렸으면 좋겠다. 그럼 그녀를 보내지 않아도 될 테니까. 가둬 놓고, 도망 못 가게 묶어 놓고, 엉망으로 만들어 버리고 싶다.

남자는 쓰게 웃으며 여자의 몸을 돌려 엎드리게 했다. 갑작스러운 남자의 움직임에 여자가 그를 돌아봤다.

"허리 들어."

남자가 여자의 골반을 잡아 올리며 그녀의 다리 사이로 파고들었다.

"아."

여자가 짧게 신음했다.

"기분 이상해……."

처음 해 보는 체위가 어색한지 여자가 몸을 가늘게 떨었다. 반응이 나쁘지 않다. 남자는 몸을 굽혀 그녀의 골반을 양손으로 잡고 거칠게 당겼다. 단번에 꿰뚫자 그녀가 자지러진다. 역시 무리일까. 그는 그녀의 뒷목에 키스하며 잠시 여자에게 적응할 시간을 주었다. 베개에 얼굴을 묻고 있던 그녀의 호흡이 점점 규칙적으로 안정되자 그는 골반을 잡아 강하게 쳐 댔다. 유연하게 허리를 움직여 유독 여자가 예민하게 반응하는 부분을 찾아 집요하게 찔러 댔다. 살이 부딪히는 요란한 소리와 함께 여자의 몸이 흔들렸다. 그 움직임에 여자의 몸이 들썩이며 앞으로 밀렸다. 당황한 듯, 여자가 숨을 헐떡였지만 그는 조금의 틈도 주지 않았다. 다시 여자의 골반을 잡아 끌어와 빈틈없이 몸을 맞붙였다.

그는 탄탄하고 매끈한 여자의 뒤태를 홀린 듯 바라보았다. 조밀한 등 근육 사이로 옴폭 들어간 골이 허리까지 이어졌다.

잘록한 허리와 매혹적인 골반 라인, 희고 탐스러운 엉덩이까지 모든 것이 완벽한 대칭이다. 자신의 몸 아래에 깔려 자지러지는 여자를 실감하자 가슴 깊은 곳에서부터 뜨거운 정복욕이 꿈틀거렸다. 허리를 놀리자 그녀의 몸 안으로 부드럽게 빨려 들어간다. 꾸욱 눌러 깊숙하게 침입하며 존재감을 키운다. 자신의 움직임에 반응하는 여자. 완벽하게 독점하고 있다는 만족감에 전율이 몰려왔다.

우현은 강하지만 억세지 않았고 여성스럽지만 결코 연약하지 않았다.

남자의 움직임이 빨라질수록 몸이 섞이는 소리가 요란해졌다. 여자의 어깨가 부들부들 떨리며 경련했다. 그녀를 부숴 버리고 싶다고 생각하는 순간, 그가 자신을 더 강하게 박아 넣는 그때, 한계점에 치달았다. 순식간에 남자의 시야가 스트로보를 터트린 것처럼 하얗게 변했다. 몸이 스카이다이빙을 하는 것처럼 저 아래로 뚝 떨어져 내렸다.

절정. 여자의 입술이 벌어지며 소리 없는 비명이 터졌고 그와 동시에 남자는 자신의 욕망을 토해 냈다.

그는 여자에게서 자신을 빼내고는 가늘게 떨고 있는 그녀의 몸을 끌어안았다. 손으로 이마의 땀을 닦아 주고 달래듯 토닥거리자 경련이 점점 잦아들었다. 해준은 헐떡이던 우현의 입술에 자신의 것을 가져갔다. 입술을 머금고 부드럽게 키스하자 뜨거운 호흡이 입안에서 부드럽게 얽혔다. 그는 여자의 입술을 물고 핥았다. 느릿느릿, 끊어질 듯 이어지는 입맞춤. 격렬하지는 않았지만 정사의 여운을 즐기기에는 충분했다.

우현은 눈을 감고 해준에게 기대며 완전히 몸을 내맡겼다.

"또 나 두고 갈 거야?"

우현이 가라앉은 목소리로 속삭이자 해준이 베개를 베 주며
말했다.

"두고 간 거 아니야."

"거짓말."

해준이 욱해서 무어라 입을 열려 하는데 우현은 눈을 감은
채 중얼거렸다.

"……됐어. 상관없어."

잠이 오는지 횡설수설 떠들며 우현이 느릿느릿하게 말했다.

"씻을래?"

"응. ……내일은 바쁘면 그냥 가도 돼. 그냥 그땐 좀 당황하
긴 했는데…… 괜찮아. 어차피 우리가 사귀는 사이도 아니고."

그 말에, 우현을 안아 일으키려던 해준의 손이 잠시 멈칫했다.

해준은 헤어드라이어의 소음을 가장 낮게 맞추고 그녀의 젖
은 머리카락을 조심스럽게 말려 주었다. 비몽사몽 정신을 못
차리는 우현은 메이크업을 지우고 머리를 감기고 씻길 때에도
잠에 빠져 꾸벅꾸벅 조느라 정신을 차리지 못했다.

그는 섬세하게 우현의 머리카락을 말려 주며 낮은 한숨을
내쉬었다. 넓은 객실 내부는 격렬한 섹스의 흔적으로 가득했
다. 테이블에 쏟아져 있는 콘돔 박스, 바닥에 아무렇게나 나뒹

구는 티슈, 아직 열기가 가시지 않은 공기. 우현이 잠들지 않았다면 아마 지금도 하고 있을지도 모른다.

아무래도 잘못 판단한 것 같다. 성욕에 미쳐서, 섹스만 하면 그냥 다 내 것이 되는 줄 착각하고. 그녀를 본 순간부터 뇌가 녹아 버려 지능이 퇴보한 것 같기도 하다.

……그래, 아직 넌 날 사랑하지 않지.

해준이 자조적으로 웃으며 우현의 정수리에 살짝 입을 맞췄다.

머리를 다 말려 준 해준은 우현을 안아 들어 편안하게 침대에 눕혔다. 해준은 몸을 일으켜 미니바에서 맥주를 꺼내 단번에 들이켜고는 잠든 우현의 얼굴을 바라봤다. 쓰러져 있는 남자와 그 곁에서 초연하게 서 있던 우현을 떠올리자 헛웃음이 났다. 반대의 상황, 최악을 그리며 허겁지겁 달려갔던 그때, 그 모습을 보고 안도하는 한편 어쩔 수 없이 또다시 반해 버렸다.

도망친 것 아니라고 한 말, 듣긴 한 걸까.

해준은 맥주 캔을 구겨 쓰레기통에 던지고는 우현의 옆에 걸터앉아 그녀를 내려다봤다.

문득 처음 봤을 때 자판기를 걷어차던 모습이 떠올랐다. 순수하지만 장난기로 반짝거렸던 그 눈. 그때부터 하는 짓이 남다르긴 했지.

해준은 맥주 한 캔을 더 꺼내 마시며 모든 조명을 다 껐다. 전체적으로 조도가 낮아 만족스럽지 않았지만 없는 것보다는 나았다. 그녀의 곁에 앉아 반쯤 흘러내린 가운 안으로 살며시 손을 넣었다. 부드러운 감촉. 아찔하다. 손에 힘을 주어 가운을 걷어 내자 방금 전까지 자신이 부둥켜안고 욕망을 토해 냈던 여자의 몸이 드러났다. 긴 목과 곧게 뻗은 쇄골, 부드러운 젖가슴과 매끈하게 길쭉한 팔다리의 근육.

찬찬히 살펴보던 해준은 손을 뻗어 그녀의 머리카락을 살짝 쓸어 넘겼다. 깔끔하게 손질된 눈썹과 쌍꺼풀 진 긴 눈매, 그리고 풍성한 속눈썹. 붉고 도톰한 입술은 살짝 끝이 올라가 독특한 느낌을 준다. 해준은 몸을 굽혀 그녀의 입술에 자신의 것을 가져갔다. 여자의 아랫입술을 입안에 머금자 도톰한 부피감이 느껴졌다. 이를 세워 살짝 깨물었다. 여자가 낮게 신음하며 몸을 뒤척인다.

짧지만 깊은 입맞춤을 하고 해준은 다시 여자의 이목구비를 찬찬히 뜯어봤다. 이번엔 커다란 손으로 그녀의 오른쪽 얼굴과 왼쪽 얼굴을 번갈아 가려 봤다. 왼쪽 얼굴은 순해 보이는 반면 오른쪽 얼굴은 차가워 보였다. 피스트 위에서의 우현은 오른쪽 얼굴에 가까웠다. 차갑고 냉정해 보이는, 상대방을 압도하는 그 오만한 표정.

그 여자가 자신의 아래에서 헐떡이던 그 광경이 뇌리를 스치자 갑자기 손끝이 찌릿해졌다.

눈을 깜빡일 때마다 사진이 찍혔으면 좋겠다는 유치한 상상을 해 본다. 가장 깊은 곳으로 파고들 때마다 찡그리던 미간을, 넘치는 쾌락에 자신의 어깨를 잡고 떨던 그 어깨를, 자신의 손아귀 안에서 흔들리던 그 젖가슴과 허리에 감겨 매달리던 그

긴 다리를.

누드 사진 찍게 해 달라고 하면 맞겠지. 허락 없이 찍었다간 잡혀갈 테고.

그때 우현이 뒤척이다가 눈을 가늘게 뜨며 그에게로 손을 뻗었다.

"어, 안 갔네."

여자가 그의 샤워 가운 깃을 살짝 잡아 자신 쪽으로 당겼다. 그리 강한 힘도 아니었지만 남자는 여자의 손짓대로 그녀에게로 몸을 숙였다. 여자의 어깨엔 전보다 더 멍 자국이 늘었다. 반복된 연습과 훈련의 흔적일 것이다. 손톱 아래에도 검푸른 멍이 선명했다.

"도망친 거 아니라니까."

"그래, 그래. 믿어 줄게."

그 말에, 해준은 충동적으로 그녀의 손가락을 입안에 넣고 핥았다. 혀끝으로 부드럽게 애무하고 아프지 않게 깨물자 여자의 미간이 살짝 일그러졌다. 결국 깨 버렸는지 여자가 눈을 뜨고는 남자를 올려다봤다. 최근의 우현은 이따금 이렇게 텅 빈 눈을 하고 있다. 길 잃은 어린아이 같은 눈으로, 안아 달라고 사람의 온기를 갈구하면서. 그 눈을 볼 때면 가슴이 멎어 버릴 것처럼 뻐근해진다.

지금처럼.

"추워."

우현이 마른 목소리로 중얼거렸다.

"에어컨 꺼 줄게."

"아니."

여자의 손가락이 그의 손목을 매만졌다.

"또 할래. 하자."

쇳소리 섞인 여자의 목소리가 잠재운 흥분을 자극했다. 오감, 아니 그 이상의 또 다른 감각은 모두 여자를 탐미하기 위해 존재하고 있는 것만 같다.

좁고 매끈한 여자의 안으로 들어서자 등줄기에 알 수 없는 기운이 스쳐 지나갔다. 그녀가 그의 어깨에 매달려 나직한 신음을 내뱉었다. 아마도 많은 것이 담겨 있는 듯한 한숨. 갑자기 무언가가 속에서부터 치밀어 올라와 남자는 더 깊이 여자에게로 파고들었다. 그래도 부족했다. 가장 깊은 곳까지 다다랐는데도 갈증이 채워지지 않았다.

그녀와 섹스를 할 때면 알 수 없는 조바심이 일어 감정이 해소되기보다는 그것을 쌓아 두게 된다. 명확한 것을 좋아하는 그이지만 이 감정만큼은 무어라 확실하게 정의 내리지 못했다. 차마 말로는 단정 지을 수 없는 종류의 것이어서.

여자를 먹어 치우고 싶기도 하고 또 그녀에게로 이대로 스며들고 싶기도 했다. 그때 약에 손 댈 게 아니었다. 너를 찾아서 가졌다면 그렇게 길 잃고 헤맬 일도 없었을 텐데.

잔물결처럼 시작된 쾌락은 순식간에 파도로, 해일로 부풀어 올라 두 사람을 휘감았다. 남자는 여자의 눈을 바라봤다. 정념으로 가득 찬 뜨거운 눈. 적어도 공허해 보이진 않아 차라리 다행이었다. 이럴 바엔 아무런 생각도 하지 못하게 만들어야겠다며, 그는 더 격하게 여자를 몰아세웠다.

다시 생각해도 어이가 없다.

짝사랑하는 여자에게 몸까지 대 주는 비련의 주인공이 김해준이라니.

발레스트라 Balestra

공격을 하기 위한 점프

"관할서가…… 중부 경찰서겠네."

아침 뉴스를 진행하면서 가까워진 사회부 기자가 휴대폰 목록을 확인하며 애리에게 안심하라는 듯 따뜻한 커피를 건넸다.

"최우현이 고등학교 동창?"

"네. 친했던 건 아닌데 걱정이 돼서요. 상대가 워낙 말이 많아서."

애리의 말에 기자가 허허, 웃었다.

"걱정될 만도 하지. 대명 둘째 쓰레기인 거 대한민국에서 모르는 사람 없잖아."

목록에서 찾았는지 그가 애리에게 잠시 기다려 달라는 듯 손짓을 하고는 어디론가 전화를 걸었다. 무어라 가볍게 인사를 하고는 우현의 신상을 알려 주었다.

애리는 조급하게 휴대폰만 만지작거리며 다시 머릿속으로 상황을 정리했다. 해준과 마주친 후 심상치 않다는 것을 느낀 애리 역시 그를 따라 풀 쪽으로 향했다. 다시 갔을 때 애리가 본 것은 황급히 풀을 빠져나가는 우현과 쓰러진 남자, 그리고 그 곁에서 담배를 피우던 해준. 그래……. 옷차림이 조금 흐트러지긴 했지만 우현은 괜찮아 보였다. 김해준이 바로 뛰어갔으니까 애리가 우려했던 상황은 일어나지 않은 것이 분명하다. 쓰러져 있던 쪽은 대명 둘째, 박정한.

"경찰 쪽 뭐 없다는데."

통화가 끝났는지 기자가 애리의 앞자리에 앉으며 말했다.

"신고를 안 한 걸까요?"

"그럴지도."

보안요원이 장소를 폐쇄하기 전까지, 애리가 찍은 영상을 돌려보며 기자가 고개를 갸웃했다.

"김해준이 거물이긴 하지만 재벌 3세 폭행 사건을 덮어 줄 정도는 아닐 텐데. 박정한이 때린 것도 아니고 맞은 거면. 119에 신고 들어온 것도 없고……."

"병원 쪽 알아보는 건 어떨까요. 박정한 치료 필요한 상태처럼 보였어요."

애리가 덧붙이자 기자가 수첩에 '병원'이라고 쓰며 밑줄을 그어 두었다.

"정리하자면, 최우현과 김해준 분위기가 심상치 않았고 이 아나운서가 최우현한테 인사나 하려고 갔다가 박정한이랑 몸

싸움하는 걸 봤다 이거지?"

"네. 박정한이 강제로 최우현을 선베드에 눕혔는데 캐노피에 가려서 자세히 보이지는 않았고요."

"뻔하지. 그 쓰레기, 최우현한테 껄떡거리는 거 스포츠국 기자들 다 알고 있더만."

"시간상으로 미수였을 거예요. 최우현 빠져나갈 때 옷차림도…… 괜찮아 보였어요."

애리는 떨리는 목소리로 말하며 낮은 한숨을 내쉬었다. 우현에게 발길질을 하던 남자, 쓰러지던 그녀를 강제로 밀치며 벨트를 풀던 광경을 떠올리자 손끝이 저리고 심장 박동이 빨라졌다. 너무나 놀라 몸을 움직일 수 없었고 그 짧은 순간 수만 가지를 떠올렸다. 직접 달려들어 무언가를 할 자신은 없었다. 운동선수인 우현보다 키도 작고 마른 애리 자신이 남자를 말릴 수 있을 것 같지가 않았다.

만약 그때, 김해준을 마주치지 못했더라면…….

갑자기 온몸에 소름이 돋는다.

"이 부분은 더 뒤져 봐야겠네. 고마워, 이 아나운서 덕분에 큰 건 물었어. 박정한 이 새끼 제대로 개망신당해서 다시는 그런 짓 못 하게 만들어 줘야지."

만족스러운지 기자가 자리에서 일어나 애리에게 인사를 하고는 또다시 어디론가 전화를 하며 회의실을 나갔다.

밤새 생각했지만 아직도 어떻게 행동 하는 게 맞는 것인지 명확히 결론이 나지 않았다. 기자에게 알린 것은 과연 잘한 것일까. 신고 들어간 것도 없고 아직 우현이나 해준의 이름으로 기사화된 것도 없다면 차라리 다행인 걸까.

많은 사회부 기자 중 저 선배를 고른 것은 혹시나 대명에서 금전을 제시하며 회유해도 넘어가지 않을 성향이며 민감한 사안을 자극적으로 가볍게 다룰 사람도 아니기 때문이었다.

최우현, 그리고 김해준. 각각 떼 놓고 봐도 이슈 메이커인데 그 둘에 재벌가 망나니가 엮인다면…… 하루 종일 포털 실시간 검색어가 도배되겠지. 거기다 미수에 그치긴 했지만 성범죄 관련 이슈라면 더더욱.

애리는 찬찬히 다시 되짚어 보았다. 단순히 고등학교 동창으로 치부하기엔 애리가 본 우현과 해준의 분위기는 심상치 않았다. 아슬아슬한, 지켜보는 사람마저도 성적 긴장감이 느껴지는 미묘한 기류.

그 두 사람은 연인인 걸까.

도윤은, 알고 있을까.

애리는 쓴웃음을 지었다.

"그 VIP 장 교수님이 집도하실 거 같다더라구요."

1년 차가 흥미진진하단 얼굴로 말하며 모니터에 엑스레이를 띄웠다. 도윤은 그러거나 말거나, 무심한 얼굴로 엑스레이에 시선을 고정했다. 쇄골이 조각난 게 핀 박아 고정하는 수밖에 없어 보였다.

"이거 라이딩 하다 골절된 게 아닌데."

도윤이 중얼거리며 CT로 눈을 돌렸다. 그러자 1년 차가 눈을 반짝인다.

"그죠? 너무 깨끗하게 부러졌어요."

사이클 라이딩을 하다 넘어졌다는 VIP는 쇄골만 골절된 상태로 병원에 이송됐다. 혹시나 싶어 도윤이 손부터 팔까지 싹 살펴봤지만 아무런 타박상이 없었다. 손바닥에 까진 상처 하나 없다는 건 말이 안 된다.

"뭐 또 망나니짓 하다가 회장님한테 골프채로 맞았나 보죠."

1년 차의 말에 도윤은 고개를 끄덕이며 환자의 차트를 확인했다. 그래, 내 알 바 아니지. VIP의 어깨가 어쩌다 부러져서 조용히 실려 왔는지 따위는 도윤의 관심사가 되지 못했다. 지금 그의 머릿속은 온통 우현이다. 묘하게 거리를 두려 하는 최우현 때문에 벌써 며칠째 신경이 곤두섰다. 알 수 없는 화와 조급함이 차곡차곡 쌓여 폭발하기 직전이다. 읽었지만 답이 없는 메시지, 받지 않는 전화. 확실히 이전과는 무언가 달라졌다.

남자가 있는 걸까 의심하며 얼굴도 모르는 상상 속의 상대를 맹렬하게 질투하다가, 섣불리 다가가지 못했던 지난 시간들을 후회했다. 어쩌면 도윤 스스로 자만하고 있었기 때문일지도 모른다. 넌 내가 아니면 안 될 거라는 자만. 그러다 이따금 생각이 많아질 때면 다가가려 할 때마다 조금의 여지도 주지 않고 선을 그어 버리는 우현이 원망스럽기도 했다.

무언가가 속에서 계속 뒤틀리고 꼬여 버리는 기분.

불쾌하다.

"수술은 내일 아침 8시에 들어갈 거고, 환자분 오늘 오후 10시부터 금식하시고 자정 넘어서부터는 물도 드시면 안 됩니다. 항생제 테스트 할게요."

도윤은 사무적인 어조로 말하며 환자의 팔을 걷고 주사를 꺼냈다. 하루 입원비가 직장인 한 달 월급인 특실을 사용하고 있는 VIP는 병원을 방문할 때마다 간호사와 여자 의사들 사이에선 '진돗개 하나' 경보가 울릴 정도로 악명이 높았다. 사사건건 시비를 걸고 성희롱을 일삼으며 스킨십을 시도한다나. 그 덕분에 여느 환자 같으면 간호사가 담당할 처치도 주치의로 배정받은 도윤의 몫이었다.

"아프다고 말을 해 줘야 될 거 아냐."

"참으세요."

VIP가 인상을 쓰자 도윤이 무표정한 얼굴로 대꾸했다.

"이거 진통제 듣는 거 맞아? 통증이 그대로인데."

"계속 투여하고 있습니다. 진통제 덕분에 그 정도인 거예요."

"마취라도 해 주면……."

"그럼 환자분 내일 수술 못 합니다. 폐부종 때문에 수술 중 마취 부작용으로 사망할 수 있어요."

도윤이 칼같이 자르자 VIP가 못마땅한 얼굴로 다친 팔을 부여잡으며 끙끙거렸다. 그 곁에 서 있는 수행비서는 안절부절못하며 두 사람의 눈치만 봤다. 강한 사람한테 약하고 약한 사람한테 강하다더니, 처음 왔을 때 내려온 인턴에게는 하대는 기본에 욕설까지 난리도 아니었다면서 지금은 또 순한 양이다.

"윤 실장, 아버지 알고 계신 거 맞아?"

"네, 보고 올렸습니다."

"확실히 말씀드렸는데도 그냥 덮으라고만 했다고?"

"당분간 자중하라고 하셨습니다."

환자와 비서가 떠들거나 말거나, 도윤은 체온을 재고 어깨의 상태를 확인했다. 골절 부위가 신경을 찌르지 않게 고정해 두긴 했는데 환자가 잠시도 가만히 있질 않고 계속 몸을 움직이는 바람에 부종이 가라앉을 기미가 보이지 않았다.

"그년이 내 어깨 이렇게 만들어 놓은 거 듣고도? 엄마는? 엄마 내 전화도 안……."

"혈압 잴 겁니다. 말하지 마세요."

도윤이 혈압계를 환자의 팔에 끼우며 그의 말을 잘랐다. VIP를 전담하란 장 교수의 주문 때문에 담당하고 있던 환자들은 들여다보지도 못했다. 평소라면 예정되어 있던 수술에 들어갔을 시간. 심각한 교통사고 환자도 아니고 고작 쇄골 골절 가지고 수선을 피우는 통에, 거기다 손버릇도 나빠 간호사들이 할 법한 작은 처치까지도 도윤 자신이 직접 해야 한다는 것이 불만스러웠다.

"혈압 높네요. 술 담배 줄이고 운동하세요."

하지만 도윤의 말은 들은 체 만 체 환자는 비서에게 제 할 말만 해 댔다.

"아니…… 아버지는 왜 덮으라고 하는 거야? 그 개 같은 년이 날 이 모양 이 꼴로 만들었는데, 뭐야. 이재선 쪽에서 압력 넣은 건가? 그년 이재선이랑도 스폰설 있었잖아."

이재선.

익숙한 이름에 도윤이 잠시 멈칫했다.

"김해준이 이재선 엿 먹이려고 나타난 거라며."

이번엔 김해준까지. 고3 때 잠시 우현과 도윤의 사이에 끼어들었던 이름이다. 우현의 화보를 찍으며 다시 도윤의 뇌리에 박혀 버린 남자.

"그럼 뭐야. 어떻게 된 거냐고. 설마……."

도윤은 애써 평온을 가장하려 노력했다. 차트를 기입하는 척, 환자 이름과 생년월일을 다시 살폈다. 박정한, 36세, 대명 그룹 둘째 아들.

"최우현, 애비랑 아들 둘 다랑 굴러먹는 거야?"

결코 저 천박한 입에서 나오지 말았어야 할 이름.

발바닥으로 피가 빠져나가는 것 같다.

"회장님께서는 그냥 함구하라고만 하셔서……."

비서가 환자의 눈치를 보며 힐끔 도윤을 살폈다. 외부인이 있는데도 생각 없이 떠드는 것이 못내 신경 쓰이는 눈치였지만 도윤은 애써 평온한 척 느릿하게 손을 움직였다. 그러자 환자가 은근한 어조로 목소리를 살짝 죽이며 말을 꺼냈다.

"내가 불면증이 좀 심해서 그런데……. 수면제 처방 같이 해 줄 순 없나? 간단하게, 졸피뎀 정도."

도윤이 링거의 속도를 조절하다가 그를 바라보며 고개를 갸웃하였다.

"아, 그러니까 복잡하게 갈 것 없이……."

힐끗, 남자가 도윤의 가운에 매달린 이름표를 확인한다.

"서도윤 선생 선에서 편의를 봐주면 나도 적절한 성의 표시 정도는 할 수 있는데."

그제야 감 잡았다는 듯, 도윤의 입꼬리가 순간 미묘하게 휘었다.

"아데랄이나 리탈린도 상관없습니까?"

둘 다 암페타민, 마약류 성분이 포함된 약물이었다. 도윤은 천천히 남자를 살피며 상황을 가늠했다. 우현에게 치근덕거리다가 쇄골 골절상을 당했고 김해준이 어떤 식으로든 덮은 모양이다. 최대한 이 약쟁이와는, 얽히지 않게 하기 위해서.

"아데랄이 좋겠어. 미국에 있을 때 장기 복용 했던 거라."

"과잉 행동 장애가 있으신가 보군요."

도윤은 싱긋 웃으며 차분한 어조로 입을 열었다.

"장기 복용 할 정도면 정신과 폐쇄 병동에서 입원 치료 받으시는 게 좋겠습니다. 골절 수술 끝나면 바로 정신과 트랜스퍼 해 드리죠."

어둑한 창밖을 바라보며 해준은 미니바에서 탄산수를 꺼내 한 병을 그대로 비워 버렸다. 남산 중턱에 있는 호텔은 서울 시내 전경이 내려다보였다. 아직 낮이지만 날씨가 흐려 초저녁 같다. 하늘엔 먹구름이 잔뜩 끼었고 바람도 제법 부는지 나무가 거칠게 흔들리며 이따금 날카롭게 천이 찢어지는 것 같은 소리가 났다. 흡사 지구의 종말을 앞두고 있는 듯하다.

해준은 탄산수를 한 병 더 꺼내며 룸 쪽으로 걸음을 옮겼다. 침대에 나신으로 엎드려 있는 여자가 보였다. 흰 침대 시트에 숱 많은 긴 머리카락이 파도처럼 넘실거렸다. 희고 곧은 등을 따라 내려가자 잘록한 허리와 동그란 엉덩이가 유려한 곡선을 그린다. 그는 가만히 시선으로만 여자의 몸을 더듬는다. 자신이 만들어 놓은 목덜미와 어깨의 붉은 멍이 지나치게 관능적이다. 역시 그는 시각적 자극에 약하다.

잠시 그친 것 같았던 비가 또다시 정신없이 쏟아지기 시작했다. 분명 어제까진 맑았던 것 같은데, 당장 지구가 종말할 것처럼 어둡다. 내일 지구랑 혜성이 충돌이라도 할 건가. 아……. 그럴 거면 이러다 죽는 것도 좋을 것 같다.

"지금 몇 시야?"

엎드려 있던 우현이 길게 기지개를 켜며 물었다.

"오후 3시."

"저녁인 줄 알았네."

우현이 몸을 일으키며 해준에게 탄산수를 달라고 손짓했다. 이제 우현은 벗은 몸을 가릴 생각도 하지 않고 허리를 곧게 세우고 천장을 바라보며 스트레칭을 하고는 해준이 건넨 탄산수 한 병을 그 자리에서 다 비웠다.

"찌뿌둥해."

우현이 성에 안 차는지 병을 아무렇게나 바닥에 던지더니 다시 엎드리고 허리 힘으로 다리를 들어 올리며 길게 스트레칭을 했다. 우현이 다리를 위로 올릴수록 그녀의 허벅지와 종아리의 근육이 팽팽하게 조여졌다. 이번엔 자세를 바꾸어 양팔을 뒤로 젖혀 늘리며 어깨를 풀어 주고 다리를 움직여 골반을 이완했다. 그럴 때마다 그녀의 몸에서 뚝뚝, 뼈마디가 맞춰지는 소리가 들렸다.

해준은 침대 옆에 놓은 소파에 앉아 그녀가 하는 양을 가만히 지켜보았다. 나신의 여자가 눈앞에서 어지럽게 움직였다.

우현이 스트레칭을 할 때마다 봉긋한 가슴이 탄력 있게 출렁거렸다. 해준은 그녀의 가슴이 좋았다. 입술을 제외하고 우현에게서 가장 부드러운 부분. 지난밤, 해준은 우현의 가슴에 머리를 묻고 물고 빨고 핥으며 한참을 맛보았다. 그러자 그녀는 가슴이 큰 편이라 운동할 때 걸리적거린다며 심통을 냈었고.

머리카락이 성가셨는지 우현이 팔을 올려 하나로 묶으려다가 머리끈을 찾지 못하자 포기하고는 다시 풀썩, 침대에 몸을 눕혔다. 해준은 곧장 몸을 일으켜 우현에게로 다가갔다. 그녀의 곁에 앉아 손을 끌어당겨 살며시 손등에 입을 맞춘다.

"먹고 자고 하고, 먹고 자고 하고. 우리 체력 대단한 거 같아."

우현이 베개에 얼굴을 묻으며 키득거렸다.

"나야 그렇다 쳐도 넌 뭐냐."

"글쎄."

해준이 손가락 사이를 혀로 핥으며 대꾸했다. 그러자 우현이 해준의 어깨를 끌어당겨 안고 그의 뒷목을 부드럽게 애무하다가 갑자기 생각났다는 듯 확, 그를 밀어냈다.

"아, 안 돼. 우리 콘돔 다 썼어."

"키스만."

우현은 못 미덥다는 얼굴로 해준을 바라보았다. 그의 눈이 끈적하게 젖어 있었다. 도무지, 그것만으로 끝낼 수 있을 것 같지가 않다.

"못 믿어. 너 새벽엔 아침 먹고 보내 준다고 했었잖아."

"응."

그러거나 말거나, 해준은 신음인지 대답인지 모를 말을 하며 우현의 귓바퀴를 깨물었다. 그녀가 다시 밀어내려 했지만 그는 꿈쩍도 하지 않았다. 오히려 체중을 실으며 우현의 몸을 더욱 압박해 온다. 그녀의 한쪽 가슴은 이미 남자의 손안에 놓인 지 오래다.

분명 아침에 가려고 했는데 해준은 우현이 정신을 차리려 할 때마다 손목을 잡아끌었다. 시현이 돌아가신 엄마 아빠까지 찾아 대며 성화라 이제 정말 가야겠다고 샤워하고 나왔더니 옷을 죄다 클리닝 보내 버렸다. 안 보내 주려고 일부러 작정하고 한 짓 같다.

"나 진짜 오늘은 가야 된단 말야."

해준이 귀를 핥자 우현이 움찔하며 속삭였다. 그러자 그가 가슴을 애무하며 말했다.

"고등학교 동창이랑 방 잡고 놀다 간다고 하면 되겠네."

아예 틀린 이야기가 아니긴 하다만.

"내가 이러고 다니면 그 기집애한테 잔소리를 못 한다고."

우현이 항변했지만 그는 듣고 있지 않는 듯했다. 남자의 손이 진득하게 가슴을 매만지다가 손가락으로 가슴 끝을 희롱했다. 처음에는 가볍게 건드리더니 꼬집듯 잡고 살짝 비틀며 자극을 준다. 남자의 애무는 질척거리지 않았지만 충분히 강렬했고 은근한 움직임이었지만 말도 못 하게 야하다.

해준이 아랫입술을 깨물자 우현이 작게 신음하며 그의 어깨에 팔을 둘렀다. 정말 키스만으로 끝낼 수 있을까. 그러기엔 너무 농염하다.

가지고 있던 콘돔을 다 써 버릴 정도로 밤새도록 엉망진창으로 뒹굴었다. 몸을 섞은 횟수는 세다가 포기한 지 오래다. 정말 발정난 게 아닐까 싶은 정도로 우현은 온몸으로 남자를 받아 냈고 마음껏 그를 맛보았다.

이건 전부 날씨 때문일지도 모른다. 밤새 쏟아지고 아침까지도 이어지고 있는 비는 창문을 타고 흘러내려 시야가 어둡고 흐렸다. 마치 세상에 단둘만 남은 것 같은 은밀한 느낌. 그 때문에 더 이 남자와의 행위에 몰입했는지도 모르겠다.

한 시간 전 써 버린 마지막 남은 콘돔은, 우현이 지난 올림픽 때 선수촌에서 배포한 것을 지갑에 넣어 두고 잊은 것이었다. 신경질적으로 빈 박스를 집어 던져서 꺼내 줬더니 눈을 흐리게 뜨며 바로 홀랑 써 버린 남자는 그제서 배고프지 않냐며 룸서비스를 시켜 놓고 이렇게 또 유혹을 한다.

"하나 더 없어?"

해준이 입술을 떼고는 침대 끝에 매달려 있던, 오륜기가 그려진 콘돔 껍질을 만지작거리며 말했다.

"없어. 나 그거 왜 지갑에 있는지도…… 아, 안드레아가 원 나잇 하자고 꼬시면서 준거다."

우현이 숨을 몰아쉬며 대꾸했다. 키스에 열중하느라 산소가 모자라 가벼운 두통이 일어 머리가 띵했다.

"안드레아 루카스?"

해준의 입에서 곧장 풀 네임이 나온다.

"어? 아네? 보통 잘 모르는데."

이탈리아 펜싱 선수다. 사브르, 세계 랭킹 3위.

해준이 눈을 가늘게 뜨고는 다시 우현에게 키스를 하려 했다.

"아, 맞다. 너 박정한 어떻게 막았어?"

우현이 살짝 고개를 틀며 물었다.

"그냥, 잘."

해준은 순순히 대답할 생각이 없어 보였다.

"아, 잠깐만. ……야!"

해준이 적당히 얼버무리며 다시 입을 맞추자 우현이 그의 어깨를 잡았다. 그제야 해준이 우현을 똑바로 바라보았다.

"너 징계받을 일 없어."

"진짜? 확실해?"

"응."

우현이 무얼 걱정하는지는 그도 잘 알고 있었다.

"두들겨 패고 보니까 걱정되나 봐."

"당연하지. 내가 선비처럼 살았다니까. 유흥과 향락을 멀리

하며."

우현의 말에 해준이 낮게 웃었다.

"나랑 이러고 있으면서 무슨."

해준의 혀가 밀고 들어오자 우현은 순순히 길을 열어 주며 입안 가득 차오르는 뭉근하고 뜨끈한 감촉을 즐겼다. 부드럽게, 얕게 시작된 키스가 점점 짙고 깊어진다. 또다시 정신이 아득해졌다.

해준이 우현의 허리를 안아 바짝 자신과 밀착시켰다. 서로의 가슴이 닿고 다리가 얽혔다. 점점 부풀어 오르는 남성이 그녀의 허벅지 속살을 쿡쿡 찌르기 시작했다. 우현이 몸을 뒤로 빼며 무릎을 조였지만 소용없었다. 해준은 잡아먹을 것처럼 농염한 키스로 정신을 빼놓으며 그녀의 다리 사이에 자신을 끼워 넣었다. 노골적으로 성적 욕망을 드러내며 우현에게 자신의 몸을 비빈다.

"안 된다니까……."

올림픽은 물론 국제 대회에 나갈 때면 코치들은 여자 선수들을 모아 놓고 자기 커리어를 위해서라도 누구랑 눈이 맞든 피임 없는 섹스만은 하지 말라며 알아서들 관리하라고 눈치를 주었다. 임신 가능성 때문일 것이다. 그러다 덜컥 사고가 일어나면 커리어에 지장이 가는 것은 여자 쪽이니까.

"알아."

해준이 나른하게 말하며 우현의 목덜미에 뜨거운 숨결을 쏟아 냈다.

"피임약도 혹시 도핑 걸릴까 봐 못 먹는다고."

우현이 몸을 뒤틀며 또다시 덧붙이자 해준은 그녀가 도망가지 못하도록 꽉 끌어안았다.

"응, 알아. 그런 거 먹게 안 해."

하고 있는 행동과는 다르게 그의 음성은 차분하고 단정했다.

"지금 알겠다는 사람의 행동이 아니야."

우현이 경계했지만 해준은 팔에 힘을 주어 그녀와 더 밀착하며 자신의 하반신을 비벼 왔다. 그녀는 저항을 포기하고 해준의 움직임에 몸을 내맡겼다. 들어올 듯 말 듯, 아슬아슬한 감각에 몸이 뒤틀린다. 맨살이 닿는 느낌은 과연 어떨까. 날것 그대로 얽혀 든다면 남들이 말하는 것처럼 쾌감이 더 클까. 여러 가지 호기심이 일었지만 우현은 간신히 목 아래로 삼켰다. 이 또한 성행위와 다름없었다. 아니, 이건…… 또 다른 의미로 자극적이다.

행위는 음란하고 퇴폐적인데 이상하게도 해준만큼은 우현이 봐 온 남자들과는 달리 천박하고 상스러운 느낌이 들지 않았다. 오히려 지독히도 섹시했다. 애써 욕망을 숨기려고 들지도 않아 더 유혹적이다.

"아, 이런."

우현이 베개 사이에서 뒹굴고 있는 자신의 휴대폰을 보며 한숨을 내쉬었다. 액정에 발신자, '서도윤'이라는 이름이 선명하다.

"받지 마."

해준이 우현의 휴대폰을 빼앗아 거절 버튼을 눌렀다. 하지만 금세 또다시 휴대폰이 울렸다. 해준의 표정이 묘해졌다. 화가 난 것은 아닌데, 미묘하게 일그러지고 불편해 보인다.

그가 또다시 거절 버튼을 누르자 이번엔 메시지가 왔다. 언제 우현의 스마트폰 비밀번호 패턴을 외운 건지 해준이 메시지를 보고는 묘한 표정으로 그녀에게 건네주었다. 메시지는 별것 없었다. 외박했다며. 친구 누구? 내가 모르는 네 친구 없어. 너 무슨 일 있지? 어디야 빨리 말해. 너 받을 때까지 할 거야.

또다시 전화가 걸려오자 우현은 액정을 보며 잠시 고민을 했다. 그때 해준이 몸을 일으켜 욕실로 향했다. 우현은 황급히 휴대폰을 무음으로 돌려 버렸다.

몇 분쯤 물소리가 이어지더니 해준이 허리에 커다란 타월을 두르고 밖으로 나왔다. 방금 전까지 자신의 몸을 끌어안고 헐떡이던 사람 같지 않은, 말끔한 얼굴이다.

"해준아."

못 들은 척, 그는 대답 없이 자신의 일에 열중했다.

"김해준."

또 무시한다.

우현은 아무 말 없이 무릎을 세우고 앉아 해준을 바라보았다. 탄탄하고 넓은 어깨와 긴 팔다리. 타고난 비율도 좋고 전체적인 균형이 완벽하다. 본인이 모델하지 왜 굳이 포토그래퍼가 됐는지 모르겠다는 말을 듣고 다닐 만했다. 아슬아슬하게 허리에 매달려 있는 타월 위로 보이는 잔골이 지나치게 색정적이다. 훔쳐보지 말아야지 하는데도 시선이 그곳으로만 간다. 우현의 뇌리에 해준이 자신의 허리를 들어 올리고 삽입하던 광경이 불현듯 스쳤다. 꿈틀거리던 남자의 장골과 그 갈라진 근육이 서서히 자신의 안으로 밀고 들어오던 광경을 떠올리자 갑자기 몸이 뜨거워지는 느낌이다.

아, 여태 뒹굴어 놓고 또.

우현은 무언가에 홀린 사람처럼 실오라기 하나 걸치지 않은 나체로 침대에서 몸을 일으켜 해준에게 다가갔다. 뒤에서 그의 허리를 안고 등에 뺨을 가져다 댔다.

"너 화났어?"

은근하게 말하며 배를 만지자 손끝으로 단단한 복근이 느껴졌다. 사실 해준이 왜 기분이 나쁜지는 아직도 모르겠다. '왜'까지 파악할 정도로 우현이 눈치가 빠른 편은 아니었지만 그가 기분이 상한 것만은 확실하게 느껴졌다.

"응? 해준아."

우현이 애교 섞인 목소리로 말하며 옴폭 들어간 그의 등 한가운데에 살며시 입을 맞추었다. 본능적으로 알게 된 것이지만 이 남자는 자신과의 스킨십을 정말 좋아한다. 늘 차갑게 가라앉은 다갈색 눈동자가 몸을 맞댈 때면 푸르게 빛이 나는 것을, 그녀는 잘 안다.

"나 추워. 안아 줘."

우현이 더 바싹 몸을 밀착하고 입술을 꾹 누르며 작정하고 유혹하자 해준의 체온이 서서히 올라갔다. 그래, 이제 얼마 안 남았어. 이렇게 생각하는 순간 해준이 낮은 한숨을 내쉬며 몸을 돌려 우현을 끌어안았다.

빠라드Parade(방어), 성공.

이른 새벽. 창가의 소파에 앉아 책을 보던 해준은 침대에 곤히 잠든 우현을 바라보았다. 무언가 꿈을 꾸는 모양인지 표정의 변화가 드라마틱한 게 어린애 같다.

그래, 해령의 말처럼 그는 운이 좋았다. 그사이에 우현이 다른 남자를 만나고 있을 수도 있고, 아니면 결혼을 했을 수도 있는 거니까. 결혼했으면 어쩌려고 했냐는 해령의 말에 내연남으로 시작해서 남편 하려 했다니까 어이 없어 하던 얼굴이 눈앞에 선했다.

이렇게 하나 둘 떠올릴 때면 자연스럽게 이름 세 글자가 뒤따른다.

……서도윤.

시간으로는 결코 이길 수 없는 남자.

해준은 소파 팔걸이에 턱을 괴고 잠이 든 우현을 바라보았다. 혹시 이 순간이 꿈은 아닐까 싶을 정도로, 눈앞에 잠이 든 여자가 10년의 밤을 그린 최우현이라는 것이 믿기지 않았다. 죽어야겠다 결심한 순간에도, 죽어 가는 그 순간에도 떠오른 게 너라는 걸 그녀는 알까.

아직은 아니라고, 최대한 거리를 두라는 해령의 잔소리가 뇌리를 스쳐 지나갔지만 지금 당장은 눈앞의 그녀밖엔 보이지 않았다. 안 되는 걸 알면서도 이건 어쩔 수 없는 거라고, 지금이 아니었다면 누군가에게 빼앗길지도 모른다는 불안감을 김해령이 안다면 그런 소리 못 할 거라고 스스로에게 변명한다.

재회한 순간부터 지금까지 작정하고 우현을 유혹했다. 은근슬쩍 시선을 맞추고 도발하다 키스하고 결국 호텔로 가자고 꼬여 내고. 다른 남자들은 여자와의 밤을 위해 유혹한다면 해준은 그 반대다. 아니, 이제 그도 아닌 것 같다. 분명 추파를 던지고 꼬여 낸 것은 해준인데 우현에게 완전히 말려 버렸다.

그때, 바닥에 뒹굴고 있던 우현의 휴대폰이 반짝이며 빛이 났다. 침대 옆 협탁의 디지털시계는 새벽 1시. 스팸 전화가 오기엔 늦은 시간이다. 왠지 가슴이 답답하고 무언가가 성가시다.

……어쩔까. 해준은 잠시 휴대폰과 우현을 번갈아 바라보다가 긴 한숨을 내쉬며 그것을 협탁에 내려 두려했다. 전화가 다시 걸려오기 전까진, 그러려고 했다.

'서도윤.'

휴대폰 액정의 발신자를 확인하기 전까진.

우현이 몸을 뒤척이자 이불이 흘러내리며 흰 가슴이 어른거렸다. 여자의 몸에는 격렬한 정사의 흔적이 고스란히 남아 있다. 그 모습을 바라보던 해준은 다시 시선을 우현의 휴대폰으로 옮겼다. 전화 속 상대는 쉽게 끊을 기미를 보이지 않았다. 받을 때까지 전화를 하겠다는 의지가 느껴졌다.

잠시 전화가 끊긴 틈에 우현의 잠금 화면이 그의 시선을 사로잡았다. 빗물에 잠긴 동백 무덤. 절정의 순간 벌어지던 여자의 입술을 닮은 꽃.

갑자기 해준의 머릿속에서 우현을 통해 엿본 서도윤에 대한 기억들이 마구잡이로 엉키기 시작했다. 학교에서 재회했을 때 다른 여자와 입을 맞추고 있는 도윤을 보며 울던 우현부터 스캔들 기사에 함께 찍힌 파파라치 사진까지.

서도윤, 그의 이름 세 글자가 해준이 무리해서 한국에 온 이유를 상기해 준다.

"네, 최우현 씨 휴대폰입니다."

해준은 주저 하지 않고 통화 버튼을 터치했다.

— 지금 우현이 자는데요.

담배를 입에 물려던 도윤이 멈칫하고 손목의 시계를 확인했다. 자정이 지난 시간이었다. 시현은 어제도 우현이 외박했다고 했다.

— 급한 일이면 메시지 전해 드리겠습니다.

차라리 건들거리며 과시하는 목소리였다면, 도윤이 가볍게 무시하고 넘어갈 수 있었을지도 모른다.

"아뇨."

잠깐 만나 가볍게 노는 남자라면.

도윤은 냉기가 느껴지는 얼굴로 담배를 물고 라이터를 꺼내 불을 붙였다. VIP 병실에서 들었던 '김해준'이라는 이름이 떠올랐다. 그 남자일까, 아니면.

"아, 적당히 놀고 내일은 집에 들어가라고 전해 주세요. 복귀 얼마 안 남았는데 정신 차리라고."

그러니까 넌 단순히 최우현과 즐기는 사이라는, 도윤의 말속에 담긴 조소를 읽었는지 전화 속 남자는 잠시 아무런 말이 없었다.

— ……더 놀고 싶은데.

남자가 웃음기가 섞인 나른한 목소리로 말꼬리를 길게 끌었다. 도윤은 길게, 담배 연기를 뱉어냈다. 흰 연기가 허공에 퍼지다 이내 사라져 버린다. 비는 저녁 무렵 그쳤지만 눅눅한 습기가 피부에 엉겨 붙었다. 도윤의 불쾌지수가 갑자기 치솟았다.

"지금 어딥니까?"

— 반얀트리.

남자는 의외로 순순히 대답했다. 남산 쪽이면, 차로 30분 정도. 도윤은 담배를 눌러 껐다.

"우현이 깨워 주세요. 데리러 간다고."

— 더 놀다 데려다줄게요. 집 앞에, 곱게.

남자가 산뜻한 어조로 말했다. 곧이어 전화 너머로 침대 시트가 스치는 소리가 들렸다. 누군가가 잠에 취해 뒤척이는 소리, 야릇한 신음까지.

— 아, 곱게는 아닌가.

혼잣말하듯 남자가 도윤을 조롱했다.

— 어쨌든 서도윤 씨, 우현이 내일 보낼 테니까 걱정 말아요. 그럼 전화 끊겠습니다.

도윤이 대답도 하기 전에 전화가 끊어졌다. 그는 미간을 찌푸리며 휴대폰을 내려다보았다. 액정이 깜빡거리며 통화 종료를 알리다가 이내 꺼져 버린다. 갑자기 뒷목이 뻐근해진다.

발끝에서부터 차곡차곡 쌓아 둔 감정의 찌꺼기가 서서히 차오르기 시작한다. 내버려 두는 게 아니었다는 얄팍한 후회와 휴대폰 너머로 들리던, 누군가가 뒤척이는 소리가 그의 가슴속을 헤집어 댔다. 도윤은 신경질적으로 다시 담배를 꺼내 물었다. 가스가 떨어진 라이터가 몇 번 거슬리는 소음을 내다가 간신히 불이 붙는다. 필터에 불을 붙이고 깊이 빨자 연이은 줄담배의 여파인지, 순간적인 현기증이 엄습했다.

이 격렬한 감정의 파도는 담배 따위로 잠재울 수 없는 성질의 것이었다.

"야, 맞다니까? 봐. 얼굴형이 완전 빼박이잖아, 목소리도 비슷하고. 확실해. 나랑 내기해."

그때, 먼 곳에서 누군가의 말소리가 들렸다.

"신음 소리밖에 안 나오는데 무슨 목소리 타령이야. 아, 그래 내기 해, 해, 해. 하는 것만 나오고 얼굴은 제대로 비추지도 않는데 무…… 어, 선생님."

인턴들이었다.

키득거리며 나오던 인턴들이 도윤을 보고는 흠칫 놀라며 입을 꾹 다물었다.

"무슨 내기?"

도윤의 물음에 인턴 하나가 눈을 굴렸다.

"네? ……어 그게. 저희들끼리 그냥."

"저희들끼리 장난친 거예요."

서로 옆구리를 쿡, 찌르는 모양새가 어딘가 모르게 거슬렸지만 도윤은 애써 캐묻지도 않았다. 그러거나 말거나, 도윤은 시선을 옮겨 허공을 바라보았다. 내일 있을 컨퍼런스 준비를 아직 마무리 짓지도 못했는데 최우현과 김해준, 두 글자가 머리에서 떠다녀 도통 집중을 할 수가 없었다.

"저……."

그때, 눈치를 보고 있던 인턴이 조심스럽게 도윤에게 말을 붙였다.

"선생님, 그 펜싱 선수 있잖아요. 어릴 적부터 친구라던."

"최우현?"

"네. 그 분이랑…… 사귀는 사이는 아니시죠?"

"그게 왜 궁금해?"

"아, 아뇨, 그냥. 많이 가까우신 거 같아서요."

도윤이 눈을 가늘게 뜨며 말하자 다른 인턴이 말을 꺼낸 놈에게 하지 말라는 듯 툭툭 쳤다. 인턴들은 슬금슬금 그의 눈치를 보고는 안 되겠는지 이만 가 보겠다며 황급히 건물 안으로 사라졌다.

도윤은 양미간을 꽉, 눌렀다.

사귀는 사이.

차라리 그랬으면 좋았을 것을.

"그래서 그 검정색 레인지로버는 누군데?"

338

오늘도 하루 종일 저 소리이다.

우현은 곁에 서서 징징거리는 시현의 말을 들은 체도 하지 않고 애호박을 써는 데 집중했다.

"아, 누구냐고! 남자지? 남자 맞네!"

한국에 있는 동안 한국 음식 많이 먹고 싶다 그래서 큰마음 먹고 장까지 봐 왔더니 저게 고마운 줄을 모른다.

"시끄럽게 굴지 말고 안 도와줄 거면 나가."

애호박과 감자, 양파를 먹기 좋게 썬 우현은 냄비에 고기를 볶고 찌개를 끓일 준비를 했다. 아무거나 잘 먹는 우현에 비해 시현은 꼴에 입맛이 까다로웠다. 시현이 고3일 때 '엄마가 해 준' 미역국, '엄마가 해 준' 김치찌개 기타 등등을 찾아 대는 통에 대학 생활에 훈련에 마찬가지로 바빴던 우현은 강제로 요리 블로그 구독자가 되었다.

"언니 이거 호박전 어떻게 해?"

"뒤집어."

엄마가 없는데 엄마가 해 준 게 먹고 싶다고 우는 대한민국의 상전 고3 최시현을 내다 버리고 싶었던 적이 한두 번이 아니었다. 그렇다고 도윤의 어머니한테 부탁하기엔 괜히 민망스러워서 유튜브에서 요리 영상까지 찾아보던 시절이 있었다. 대학교 1학년짜리 고3 학부모 시절.

"미국 가 있는데 언니가 해 준 밥 되게 먹고 싶었어."

"그래 난 네가 해 준 밥 한번 먹고 죽는 게 소원이야."

우현이 심드렁하게 말하며 고추장을 퍼 냄비에 풀었다.

"그래서 그 레인지로버 누군데."

"그만 좀 해라. 정신 사납게."

"남자 맞지? 언니 남친 생겼어?"

"아니야, 그냥 아는 사람이야. 우연히 만나서 얻어 탔어."

"남친 생겼으면 생겼다고 하지 왜 빼냐. 내가 어디 소문내는 것도 아닌데."

투덜거리면서 시현이 노릇해진 호박전을 하나 들어 우현의 입에 넣어 주었다. 됐다며 우현이 고개를 끄덕이자 접시에 하나, 둘 예쁘게 담아 냈다.

"아, 맞아. 언니 그 화보 되게 핫해. 김해준이 찍은 거."

갑자기 중얼거리는 시현의 말에 냄비 뚜껑을 덮으려던 우현이 순간 멈칫했다.

"되게 잘 빠졌어. 하, 진짜 김해준 사진 다 내 취향이야."

"……그래?"

"응. 아, 걔 우리 학교 출신인 거 알지? 그래픽. 원래 하버드 경제였나 경영이었나, 아무튼 그쪽 어디 들어갔었는데 1년도 안 돼서 때려치우고 우리 학교 들어온 거래. 하버드 갔다가 파슨스 갔다가, 머리도 좋고 센스도 좋고 진짜 세상 불공평하지 않아?"

우현은 대꾸 없이 감자볶음을 하기 위해 남은 재료를 손질했다.

그러고 보니 공부를 잘했던 기억이 난다. 도윤과 함께 수능 만점자라고 난리가 났었던 것도. 만점 수능 성적표는 여기 있는데 사람이 없어졌다며 해준의 반 담임이 허허, 너털웃음을 지었지.

"아, 진짜 게이인 게 아까워. 얼굴도 잘생겼는데. 하, 여자로 태어났으면 그런 애랑 연애 한번 해 보고 죽어야 되는 거 아니냐고."

시현이 호박전을 예쁘게 담은 접시를 식탁에 세팅하며 쫑알 거리자 우현이 저도 모르게 입을 열었다.

"게이 아닌 거 같은데."

"응? 언니 뭐라고 했어?"

우현이 중얼거리자 시현이 고개를 들며 물었다.

"아니, 나 아무 말도 안 했어."

그렇다고 내가 걔랑 두 번 자 봐서 아는데 게이는 아니라고 말할 수도 없지 않은가.

시현이 호박전을 집어 먹으며 다시 입을 열었다.

"원래 예술 하는 애들이 성적으로 개방적이고 연애사가 화 려하긴 하니까. 왜 나랑 친한 플로리다 출신 남자애 있다고 그 랬잖아. 앤디. 걔도 김해준 좋아해. 한번 자 보고 싶대."

얼씨구. 역시 미국이란 나라 참으로 오픈 마인드다.

"언니 촬영 따라갈걸. 나 사진집도 샀는데, 거기다 사인 받 고 싶었는데."

"나중에 또 볼 일 있으면 사인 받아다 줄게."

우현의 말에 시현이 뒤에서 그녀의 허리를 안고 꺄꺄거리며 좋아했다.

사실 잘 모르겠다. 또 해준을 볼 일이 있을지는.

아침에 눈을 떴을 때, 그가 또 사라졌을까 봐 불안했다. 밤새 안아 주었던 남자의 체온은 따뜻하고 그래서 울고 싶을 정도로 안심이 되었는데 아침에 눈뜨면 다 꿈처럼 날아가 버렸을까 봐.

이런 순간의 감정에, 사람의 온도에 기대는 게 과연 옳은 걸까.

"언니 김해준이랑 화보 또 찍어라. 나 그땐 진짜 구경 갈래."

"시끄럽게 굴지 말고 밥이나 퍼."

시현이 좋알거리는 말소리가 계속 귀에 걸렸다.

우현은 애호박과 감자, 양파를 냄비에 넣고 끓이기 시작했다. 처음에는 칼질이 서툴러서 시현의 아침밥 차려 주는 데만 두 시간이 걸렸다. 결국 다 망치고 삼각김밥 사 먹으라고 돈 줬더니 최시현 저게 팽개치고 가 버린 적도 있고, 그러다가 시현과 도윤이 싸우기도 하고.

그러고 보니 해준과는 밥 한번 마주 앉아 먹은 기억이 없다. 오늘 아침에도 서둘러 나왔지. 식사를 권하던 해준은 가야 한다는 우현의 말에 군소리 없이 집 앞까지 데려다주었다. 택시타고 가겠다고 괜찮다는데도, 굳이. 착각하고 싶게.

그 후로 연락 한 번 없는 남자. 분명 비정상적인 관계다. 이건 연애가 아니야.

역시 이제 그만하는 게 맞다.

"아, 난 진짜 머리가 나쁜가 봐."

우현은 휴대폰의 잠금 화면을 보며 중얼거렸다.

식사를 하는 둥 마는 둥 하고 집 근처 공원의 트랙으로 나왔다. 꽤 늦은 시간. 어두운 공원은 인적이 드물었다. 희미한 가로등 불빛 아래 교복을 입은 애들이 담배를 피우고 술을 마시고 있었다. 우현을 보고는 잠시 주시하다가 자신들에게 관심을 두지 않자 신경 쓰지 않는 눈치였다.

가볍게 워밍업을 하고 점점 속도를 높였다. 가진 에너지를 모두 다 쏟아 버릴 만큼 피치를 올리자 심장 소리가 머리를 울렸다. 이마에서 시작된 땀이 눈꺼풀을 적셔 시야가 흐릿해졌다. 숨이 턱까지 차올랐다. 입이 바짝 마르고 목 안에서 비릿한 맛이 느껴졌다. 눅진한 여름밤의 공기가 피부에 진득하니 감겨와 그녀의 발목을 잡는 것 같았다.

복귀전이 얼마 남지 않았다. 집중해야 해. 떨쳐 내야 해.

마치 뒤에서 누가 쫓아오는 사람처럼 미친 듯이 달렸다. 하지만 결국 다 쏟아 내지는 못했다.

그래 어디가 끝인지는 모르겠지만 일단은 흐르는 대로 내버려 두고 마음 가는 곳으로 뛰어 보기로 한다. 가볍게 생각해야지. 해준에게 끌리는 마음을 명확하게 규정하기는 힘들었지만 그와 함께하는 시간은 충분히 따뜻하고 안락했다.

그렇게 더는 뛰는 것에도 흥미가 느껴지지 않았을 때, 우현은 천천히 멈춰서 뺨의 땀을 훔쳐 냈다. 그러곤 재킷 안에 넣어 둔 휴대폰을 꺼내 빠르게 연락처 목록을 확인했다.

김정아, 서민지, 채주현.

나쁘진 않지만 부족했다.

남자가 필요하다.

— 아직까진 깨끗해. 딱히 경계할 만한 건 없어. 성한그룹이 최우현 훈련 지원해 주는 게 파격적이긴 하더라.

블루투스 이어폰으로 들리는 해령의 목소리에 필름을 스캔하던 해준의 손이 잠시 멈칫했다. 어쩐지 예감이 좋지 않았는데, 착각일까.

"사람은?"

— 붙였어, 후배 통해서. 입 무거우니까 안심해.

우현을 겨냥한 생부의 말이 신경 쓰였다. 우현 정도면 성한그룹 아니어도 충분히 다른 스폰서를 구할 수 있을 거라 크게 마음에 둘 일이 아니라 치부하고 싶었지만.

"고마워."

— 변동 사항 있으면 바로 연락할게.

"응, 부탁해."

그 후에도 생부는 비서실을 통해서 끊임없이 그에게 거래를 제시해 왔다. 돈, 명예, 핏줄을 내세운 회유 등등. 남자에겐 안타깝게도, 해준은 생모에게 물려받은 유산을 불릴 머리가 있었고 포토그래퍼로서의 명예도 있었다. 그리고 핏줄은, 그에겐 철저하게 논외의 대상이다. 죽은 생모가 살아 돌아온다고 해도 김해준이 이해준이 되는 일은 그의 인생에 없을 것이다.

— 아, 덕분에 황수영 회장 차명 계좌는 거의 다 찾았어. 독일이랑 스위스. 빠르면 다음 주부터 언론에 오픈하고 비자금 조성이랑 횡령 혐의로 조사 들어갈 거야.

해령의 말에 해준은 피식 헛웃음을 지었다. 대선 주자를 겨냥한 정치 보복성 수사라고 말이 많을 것이다.

"이재선 당 경선 전에 황수영 구속 가능할까?"

— 솔직히 그건 장담 못 하겠어. 혐의는 명확한데, 성한 법무 팀이 좀 대단해야지. 수사 들어간 거 알고 바로 대법관 출신 변호사 접촉한다던데……. 아마 당 경선에서 이재선이 후보 낙점되면 검찰 내부에서도 눈치 볼 거야. 이러다 대통령 당선되면 말 그대로 모가지니까. 원래 정권 말에 줄타기 심한 거 알잖아.

"넌?"

— 나? 난 이재선 당선되면 외국 나가야지. 차장한테 황수영 비자금 들이댄 것도 나고, 심지어 호적상 김해준 누나인데 날 그냥 두겠냐. 이재선 당선되고 황수영 구속 기각되면 그날로 야반도주야. 네가 나 먹여 살려야 해.

아무렇지도 않게 말하는 해령의 목소리에 해준은 옅은 미소를 지었다. 스캔한 필름을 모니터로 확인하는데 하단에 뉴스 속보 알림 창이 켜졌다. 이재선의 혼외자 의혹을 둘러싼 정치 공세와 관련된 뉴스가 대부분이었다.

미국에 있었던 10년 동안 생부의 소식은 가만히 있어도 흘러들어 왔다. 혼외자가 있다더라, 대통령 당선이 된다면 5년 임기 이후 이재선과 황수영이 이혼하기로 계약서를 썼다더라,

기타 등등. 팩트에 MSG를 치니 누구나 흥미로워 할 막장 드라마가 탄생했다.

— 아, 대명 둘째 수술받고 회복 중이래. 변호사가 그쪽 비서실이랑 만나서 해결했어. 그 문제에 대해서는 함구하기로.

"소문은 좀 난 모양이던데."

해준이 필름 롤을 말아 정리하며 무심히 말했다.

— 그러니까 당분간 우현 씨 그만 만나. 너 만나고부터 우현 씨 루머 너무 많이 도는 거 알아?

해령의 일침에 해준은 아무런 대꾸를 하지 않았다. 벌써 몇 번째 듣는 잔소리였다.

전화를 끊고 필름 정리를 마무리한 해준은 잠시 휴대폰을 바라봤다. 새벽 2시. 막 새로운, 보안이 최상위라는 휴대폰을 지급받았다. 하지만 생부라면 또 대포폰을 만들고, 또 도청을 시도할 것이며, 또 사람을 붙일 것이다. 그래서 최대한 연락을 피해야 하는데도 계속 휴대폰에 눈이 가는 건.

'고마워.'

헤어지기 전 그녀가 안전벨트를 풀며 말했다.

해준이 뭐가? 라고 묻기도 전에 우현은 너무나 환하게 웃으며 덧붙였다.

'후련해졌어.'

그 목소리를 떠올리자 다시 심사가 뒤틀렸다.

무언가에 집중할 것이 필요해 카메라 바디와 렌즈를 모조리 꺼냈다. 바디의 미러를 닦고 핀 테스트를 했다. 필터에 묻은 먼지, 아직 장비 다루는 게 익숙하지 않은 어시스트가 남긴 지문까지 깨끗하게 융으로 닦아 냈다. 그렇게 손질한 장비를 제습함에 넣고 습도를 맞추고 나니 겨우 새벽 3시. 아직 뉴욕에서 장비를 다 가져오지 못해 생각보다 작업이 금방 끝났다. 아직도 남은 밤이 길다.

문득 민트 색의 작은 즉석카메라에 눈길이 갔다. 평소에는 스냅용으로 콤팩트 카메라를 하나 들고 다녀왔는데 갑자기 폴라로이드 프레임 안의 우현이 궁금해서 산 것이다. 민트 색인 이유도 시답지 않다. 올림픽 결승전에서 우현의 머리끈이 민트색이었다.

해준은 지갑 깊은 곳에 넣어 둔 폴라로이드를 꺼냈다. 작은 프레임 안에 그녀의 얼굴이 눈에 들어왔다. 침대 시트에 반쯤 가린 얼굴, 카메라를 똑바로 바라보는 웃음기 섞인 시선, 그리고 검고 풍성한 속눈썹. 아웃포커싱된 목덜미의 붉은 상처는 그가 만든 것이다. 누구든 보고 물러서라는 심술이다.

기억은 왜곡되어 기록되기도 한다. 더군다나 사진은 이제 편집과 보정이 당연한 과정이 되어 버렸다. 너와 나 사이에 아무런 필터도 없이 순수하게 그 순간을 기록하고 싶었다. 셔터를 눌러야겠다고 결심한 그 순간 내 눈에 보이는 너는 어떤 모습일지 궁금해서, 그 순간 그녀의 시간을 붙잡고 싶어 폴라로이드를 택했다.

작은 폴라로이드 한 장에서 시작된 기억이 점점 줄을 이어 따라온다. 사사로운 모든 순간의 그녀가 잔물결을 일으키며 다가와 유혹한다.

여자가 묻는다. 이 사진 속 나로 과연 만족이 되느냐고.

해준은 지끈거리는 미간을 손으로 꾸욱 눌렀다. 몸을 일으켜 잠시 시선을 창밖으로 가져갔다. 여름밤. 주홍빛 가로등이 점점이 이어지며 길을 밝혔다.

가볍게 한숨을 내쉰 그는 테이블 한쪽에 놓인 지갑과 스마트 키를 빠르게 낚아챘다. 김해령이 알면 분개할 것이다. 만나지 말라고, 조심해야 한다고 그렇게 말을 했는데도 그 잠시를 참지 못하냐면서.

미국에서 침묵이 밀물처럼 밀려들어 와 의식을 집어삼킬 때면 해준은 죽음과 함께 우현을 떠올렸다. 고독이라는 우물은 불시에 해준을 습격해 그의 상처에 배어 들었다. 때때로 두려웠다. 고통은 순간일 테니, 그 뒤에 이어질 말할 수 없는 아늑함은 지나치게 유혹적이었다. 그럼에도 불구하고 끝의 끝의 끝에 떠오른 그녀의 이름은 결국 순간의 충동을 무너뜨려 버렸다.

관계를 규정짓는다면 더 그녀에게 집착하게 될 것 같아 최대한 피하려 했다. 그녀의 불안도, 그래서 선을 그으려 하는 것도, 자신이 가지고 있는 위험도 너무나도 잘 알지만……. 결국 흔들렸다.

밤이 짙다.

우현이 보고 싶었다.

우현은 반쯤 감긴 눈으로 괜히 신발 끝으로 바닥을 툭툭 찼

348

다. 10년 전 그때도 이랬었다. 뜬금없이 밤늦게 불쑥 찾아와 경계를 허물고 성큼 다가왔다.

그리고…… 말도 없이 사라졌지.

우현은 허리를 깊이 숙여 길게 스트레칭을 했다. 목을 좌우로 움직이자 관절이 맞춰지는 소리가 났다. 어깨를 가볍게 돌리고 무릎을 누르자 햄스트링에 찌릿한 자극이 왔다. 이제 올 때가 됐는데. 다시 한 번 더 스트레칭을 하려다 말고 그녀는 잠시 어두운 길의 끝 쪽을 바라봤다.

역시 그냥 들어갈까.

아무리 생각해도 너무 휘둘리는 것 같아 기분이 별로다. 인생 마이 웨이인데 계속 해준의 페이스에 휘말리는 느낌이다.

우현이 뒤로 돌아서려는데 먼 곳에서 엔진 소리가 들렸다. 곧이어 헤드라이트 불빛과 함께 차가 모습을 드러냈다. 아, 아니다. 시현이 그렇게도 집착하던 검정색 레인지로버 대신 흰색 세단이 모습을 드러냈다. 벌써 올 리가 없지. 기다린 것도 아닌데 괜히 설렜던 자신이 싫어 우현은 괜히 머리를 마구 헝클어뜨리고는 트레이닝복 주머니에서 담배를 꺼내 물었다.

불을 붙이고 깊게 들이마시자 니코틴이 천천히 몸 안으로 퍼져 나가는 것이 느껴졌다. 낮게 한숨 쉬듯 내뱉자 뿌연 연기가 흩어졌다. 허공으로 사라지는 담배 연기가 일탈은 두 번이면 족하다고, 이제 다시는 안 만난다는 자신의 결심 같아서 어이가 없었다. 이러고 또 김해준이 꼬시면 넘어갈 최우현이 보인다. 그동안 공부를 안 한 거지 머리가 나쁘다는 생각을 하지는 않았는데 아무래도 최우현 지능에 문제가 있는 것 같다.

아니면 욕구 불만이거나.

……맞네. 욕구 불만.

담뱃재를 털고 다시 필터를 입에 물려는데 그때 갑자기 플래시가 번쩍 터지며 셔터 소리가 들렸다. 이어지는 기계음. 소리가 난 곳으로 시선을 돌리니 해준이 작은 폴라로이드 카메라에서 필름을 꺼내 살펴보고 있었다.

"어……, 왔, 왔어?"

우현은 황급히 담뱃불을 껐다. 당황한 그녀와는 다르게 해준은 평온한 얼굴로 아직 잔상이 뿌연 폴라로이드를 허공에 흔들며 그녀를 바라봤다.

"왜, 맛있게 피우던데."

"그냥 1년에 한두 번이야. 어쩌다 한 번, 스트레스받을 때."

"스트레스받는 일 있나?"

지가 그렇게 만들어 놓고.

"어디 가서 말하지 마."

떠들고 다닐 타입은 아니지만.

"아무도 모른단 말야."

"서도윤도?"

"응."

왜 이렇게 횡설수설 변명을 하는 걸까.

"괜찮아. 난 마리화나도 하고 코카인도 하고 다 해 봤는데 뭘."

"뭐?"

해준의 말에 우현의 눈이 커졌다.

"농담."

해준이 폴라로이드를 확인하고는 알 수 없는 눈빛으로 그녀를 찬찬히 내려다봤다. 그러다가 슬쩍 미소를 짓는다.

"너 때문이야. 너한테 담배 배운 거잖아."

우현이 툴툴거리며 말하자 해준이 무언가를 회상하는 눈으로 아, 하며 고개를 끄덕이고는 낮게 속삭였다.

"안 잤어?"

저걸 말이라고 하나.

"네가 깨웠잖아."

우현이 심통 맞게 대답하자 그가 슬쩍 그녀의 손목을 잡았다. 가로등을 힐끔 바라보더니 그녀를 잡아끌어 빛이 잘 드는 쪽에 데려다 놓았다. 왜냐고 묻기도 전에 반짝, 플래시가 터졌다.

"뭐야, 갑자기 와서는."

우현이 말끝을 흐리며 시선을 아래로 옮겼다. 가로등 아래 나란히 서 있는 긴 그림자 두 개. 다짜고짜 호텔로 끌고 가면 정강이 걷어차려고 했는데.

아직 폴라로이드 필름의 끝을 쥐고 해준이 잘 마르라는 듯 흔들었다. 사진을 확인하더니 마음에 들지 않는지 미간을 살짝 찡그렸다. 그러곤 다시 우현의 위치를 잡아 준다. 카메라를 세팅하고 빛의 양을 조절하는 눈매가 제법 날카롭다.

해준이 위치를 잡아 주자 역광이 져 우현에게는 그의 표정이 잘 보이지 않았다. 얼굴을 자세히 보고 싶은데 아쉬웠다. 사진을 찍을 때 무표정한 그는 세상과 단절된 것 같은 느낌을 준다. 완벽하게, 모든 것을 차단하고 자신과 피사체만 남겨 두는 것 같은 그 눈빛. 온몸을 스캐너로 해부하는 것 같아 그의 시선이 자신을 훑어 내릴 때 저도 모르게 긴장하기도 했다.

무섭지만 그럼에도 불구하고 매력적인.

또 한번 찰칵, 기계음이 울렸다. 해준이 아직 잔상이 또렷하지 않은 폴라로이드 필름을 번지지 않게 말리며 우현을 내려다보았다. 한참을 뜻 모를 표정으로 바라보다가 허리를 굽혀 가볍게 입을 맞춰 왔다. 입술과 입술이 살짝 닿는 베이비 키스. 잠이 덜 깬 탓인지, 미약한 현기증에 우현이 비틀거리자 그가 그녀의 허리를 안아 자신의 품 쪽으로 당겼다.

……이건 꿈이 아닐까.

그에게 기대며 우현은 생각했다.

불현듯 예전에 들었던 이야기가 떠올랐다. 꿈속에서 누군가에게 사진을 찍히면 영혼을 빼앗긴다고 했던가.

아, 역시 위험하다. 김해준은 위험한 남자야.

우현은 슬쩍 그의 가슴을 밀며 뒤로 물러섰다.

"이제 너랑 안 잘 거야."

"좋았으면서."

저렇게 말하니까 또 할 말이 없긴 하다. 밤새 그렇게 엉망진창으로 같이 뒹굴어 놓고 이제 와서 이러는 거 좀 웃기긴 해.

"이상하잖아. 이건 꼭……. 그러니까 우리 관계가."

"섹스 파트너?"

네이티브의 발음이란. 우현은 이 와중에도 남자의 잠긴 목
소리가 그 입에서 나온 저 낯 뜨거운 말이 섹시하다고 느끼는
자신이 싫었다.

"응."

그녀가 볼에 바람을 넣고 고개를 끄덕이자 해준이 빈정거리
듯 말했다.

"할 거 다 해 놓고 호박씨 까긴."

"그러니까 이제 안 한다고."

우현의 말에 대답도 없이 해준은 그녀의 재킷 주머니에서
담배를 꺼내 입에 물었다. 싸구려 라이터로 불을 붙이고 길게
필터를 빨다가 힐끗 그녀를 바라본다. 진득하게, 예민하게 훑
어 내리는 시선. 괜히 욱해서 우현은 그의 손에 들려 있는 담뱃
갑을 빼앗아 한 대 꺼내 물었다. 해준이 키득거리고는 불을 붙
여 주었다.

"이게 마지막이야. 끊을 거야."

우현이 단정적인 어조로 말했다.

"담배?"

"담배도 너도."

"담배는 끊어. 난 안 될걸."

왜? 라고 묻기 전에 그가 담배 연기를 내뱉으며 그녀에게로
한 걸음 다가왔다. 키가 훤칠해 완전히 빛이 가로막혀 그의 얼
굴이 잘 보이지 않았지만 우현은 알 수 있었다. 짙게 가라앉은
눈. 그 눈과 마주할 때면 완전히 수를 읽힌 것 같아 뒤로 도망

가고 싶어졌다.

우현은 주먹을 꽉 움켜쥐었다. 차라리 지금 손에 사브르 검이라도 쥐어져 있으면 마음이 편할 것 같았다. 피스트 위에서보다 왜 이 남자 앞에만 서면 이렇게 알 수 없는 감정에 휘말리고 마는 건지.

"그러고 또 허전하면 다른 새끼한테 자자 그러게?"

"야, 너는!"

"아니야?"

"아니 그게 꼭……. 넌 날 뭘로 보는 거야?"

"아니냐고."

저렇게 나오니까 할 말 없어진다.

"아니야."

해준이 손끝으로 필터를 튕겨 불을 껐다. 그러곤 그녀의 손에서 담배를 빼앗아 갔다. 불쑥 우현의 손목을 감싸 쥐고는 자신 쪽으로 당겼다. 그 동작은 물 흐르듯 자연스러워서 우현은 멍하니 그의 힘에 이끌려갔다.

"해."

뭘?

"연애."

독심술을 하는 걸까.

"나랑, 연애하자고."

눈이 마주쳤다. 해준의 눈이 부드럽게 휘었다. 우현의 손을 가져간 해준이 품에서 무언가를 꺼내 만지작거렸다. 반지였다.

이상할 정도로 딱 맞는 심플한 큐브 디자인의 반지.

쿵.

심장이 낯설게 뛴다.

황수영.

대선 주자 이재선의 아내이자 성한그룹 회장이다. 이복 남동생을 쳐내고 결국 그녀가 성한그룹의 전권을 잡았을 때 세상은 여제가 등극했다며 추앙하기도, 피도 눈물도 없는 마녀가 승리했다며 빈정거리기도 했다. 그때, 《타임》지 아시아 특별판 커버를 장식한 수영의 사진 아래 제목이 《THE EMPRESS(여제)》였을 정도였다.

여자는 공격적인 경영으로 성한을 재계 5위 안에 복귀시켰으며 남편 이재선을 유력 정당의 차기 대선 주자로 만들었다. 황수영에게 걱정거리가 있다면 극심한 신경쇠약으로 언론 노출을 극도로 꺼리는, 하나뿐인 아들 이정훈뿐. 그래서 처음 이재선에게 혼외자가 있다는 소문이 돌 때 황수영이라면 자신의 왕국을 지키기 위해 그 혼외자까지 포용하는 것이 아니냐는 말이 돌았다. 죽어도 이복형제에게 성한그룹이 넘어가는 꼴은 못볼 테니, 그 독한 여자라면 자신의 야망을 위해 충분히 그럴 법하다면서.

"준비는?"

수영의 물음에 비서실장이 나직한 어조로 대답했다.

"다 됐습니다. 최우현은 오전에 제주도로 떠났습니다."

"해준인."

"재고 여지없어 보입니다."

"그래……."

수영은 말끝을 길게 늘이면서 태블릿 PC 속 해준의 사진을 보며 가볍게 한숨을 내쉬었다. 그 아들은 커갈수록 친부를 닮아 갔다. 어렸을 땐 여자아이라고 해도 믿을 정도로 섬세하고 수려했던 생김새가 점점 남자다워지고 단단해졌다.

"어떻게 할까요."

공교롭게도 수영의 최측근, 김명근 부회장의 검찰 소환 조사가 있는 날 최우현의 복귀전이 있다고 했다. 그리고 그날 오후 해준이 소문 속, 이재선 후보의 혼외자라는 단독 보도가 이어질 것이라고 내부 보고가 있었다.

"진행해."

수영의 단정적인 어조에 비서실장이 깊게 허리를 숙여 인사하곤 사무실 밖으로 나갔다.

해준이 미국으로 떠난 후 수영은 사람을 붙여 한 달에 한 번씩 그의 동향을 확인해 왔다. 눈치를 챈 것 같기도 했지만 딱히 큰 액션은 없었다. 해준의 사진이 이메일로 오는 날짜는 매달 7일. 그 전날 밤이면 잠을 뒤척일 정도로 푹 빠져 버렸다. 이렇게 아름다운 얼굴로 내 숨통을 조여 오는 줄도 모르고.

분명 언젠가는 앞길을 막을 것을 알았다. 그냥 그런 재벌가의 혼외자라면 상관없지만 도덕성이 우선시되는 정치인이라면 말이 달라졌다. 그래서 해준이 죽었으면 하면서도 한편으론 왜 널 내 배로 낳지 못했을까 하는 원망도 들었다.

이 기묘하고 이상한 애증을 어찌 설명해야 할까.

사진 속 해준은 조금은 예민하고 날카로워 보였지만 그마저도 매력적인 완연한 성인 남자의 모습이었다. 김해령 검사와 마주 앉아 식사를 하는 모습이 편안하고 자연스러워 보였다. 다음 장으로 넘기자 최우현과 함께 있는 사진이 눈에 들어왔다. 김해령과 마찬가지로 나란히 앉아 있을 뿐인데도 은밀한 성적 긴장감이 느껴졌다. 아무런 스킨십도 없이 그저 나란히 앉아 있을 뿐인데도.

수영의 시선이 사진 속, 물병을 쥐고 있는 해준의 손으로 갔다. 길게 뻗은 마디와 손등에서부터 이어지는 섬세한 근육. 이 손으로 넌 이 애를 어떤 식으로 안았을까.

최우현.

스폰서 지원을 하고 있으니 몇 번 마주쳤던 기억이 있다. 그 얼굴을 볼 때면 또 다른 얼굴, 해준의 친모인 화가 김유진과 겹쳐져 참을 수가 없었다.

미국으로 떠난 후로 해준과 우현은 따로 연락을 주고받은 것 같진 않았다. 가끔 우현의 해외 경기를 해준이 관전하긴 했지만 따로 만나지는 않았다고 했다. 그냥 그렇게 끝난 관계인 듯했는데 어쩐지 거슬렸다. 그리고 이상했다. 이루어지지 못한 첫사랑 같은 그런 종류의 감정인 줄로만 알았다. 너도 별수 없는 그 또래의 남자였구나, 그렇게 생각하려 했다.

하지만 알게 되었다. 그는 애써 감추려고 했지만 들켜 버렸다.

결국, 사랑.

그 사랑은 굉장히 은밀하지만 그만큼 집요하다. 아니, '사랑'이라는 말로 부족하다. 어떤 경외감까지 느껴진다. 해준은 종교처럼, 그 어린 여자애가 신이라도 되는 것처럼 굴었다. 가끔 그게 질투가 나 참을 수 없을 때면 수영은 자신만의 방식으로 우현을 압박했다. 세계 랭킹 1위. 더 오를 자리도 없을 만큼 우현의 성적은 훌륭했고 브랜드 모델로서의 파급력도 우수했지만 보좌진들조차 납득하기 어렵게 우현에게만큼은 야박했고 지원은 후했다. 돈으로 종속해야 그 여자애를, 아니, 김유진을 휘두르는 것 같아서.

그래……. 최우현은, 김유진 대신 수영을 괴롭히려고 나타난 여자 같다.

신이 준 선물 같은 재능은 유진에게 빼앗겼다. 최고가 될 수 없다면 차라리 그만두겠다며 그림을 버렸다. 남자라도 빼앗겠다고 악다구니를 썼는데 결국 그마저도 자신의 몫이 아니었다. 그 열망을 품고 독한 마음으로 배 속에 품은 아들은 산고의 고통이 아까울 만큼 쓸모가 없다.

수영의 시선이 다시 해준의 사진으로 향했다. 몇 시간 전, 마지막으로 그에게 거래를 제안했다. 대선 후 정식으로 밝히고 호적 정리를 하자고. 원하는 만큼의 돈도 충분히 줄 수 있다고. 비록 중퇴했지만 하버드에 들어갈 정도의 수재이니 조금만 가르치면 적당한 자리를 만들어 줄 수도 있을 것 같았다.

수영은 시간이 필요했다. 남편이 청와대에만 들어간다면 모든 퍼즐이 완성될 것이다. 그렇다면 더는 이복형제들이 성한그룹을 탐내지 못할 것이고 자신의 위치는 더 공고하게 만들 수 있을 것이다.

다만, 해준의 거절은 칼 같았다.

……그럼 이제 어쩔까.

수영의 시선이 우현의 진료 확인서와 처방전에 머물렀다.

어쩌긴.

"망쳐야겠지."

그러려고 여태껏 최우현을 붙들고 있었는걸.

〈키스 온 더 피스트〉 2권에서 계속